青春正道

文心 著

中国華僑出版社

北京

图书在版编目（CIP）数据

青春正道 / 文心著 . -- 北京：中国华侨出版社，
2022.2
　ISBN 978-7-5113-8693-9

　Ⅰ.①青… Ⅱ.①文… Ⅲ.①长篇小说—中国—当代
Ⅳ.① I247.5

中国版本图书馆 CIP 数据核字 (2021) 第 242747 号

● **青春正道**

著　　者 / 文　心
责任编辑 / 李胜佳
封面设计 / 皓　月
经　　销 / 新华书店
开　　本 / 710mm×1000mm　　1/16　　印张 /15.75　　字数 /248 千字
印　　刷 / 三河市嵩川印刷有限公司
版　　次 / 2022 年 2 月第 1 版　　2022 年 2 月第 1 次印刷
书　　号 / ISBN 978-7-5113-8693-9
定　　价 / 58.00 元

中国华侨出版社　　　北京市朝阳区西坝河东里 77 号楼底商 5 号　　　邮编：100028
发行部：（010）64443051　　传真：（010）64439708
网　址：www.oveaschin.com　　E-mail：oveaschin@sina.com

如发现印装质量问题，影响阅读，请与印刷厂联系调换。

目录

第一章　才子佳人偶相逢　　　　　　　1

第二章　登门拜访董事长　　　　　　　9

第三章　逛公园偶遇幸福　　　　　　　15

第四章　美女主播见听众　　　　　　　20

第五章　细心照顾女同事　　　　　　　25

第六章　文武双全帅小伙　　　　　　　33

第七章　听董事长说往事　　　　　　　43

第八章　酒壮大了胆子　　　　　　　　50

第九章　带女友见爸妈　　　　　　　　61

第十章　做大做强电信业　　　　　　　73

第十一章　再相遇心动女孩　　　　　　92

第十二章　矛盾纠结的情感　　　　　　102

第十三章　电信业全国一流　　　　　　108

第十四章　塘港警察出警了　　　　　　115

第十五章　男人的责任担当　　　　　　123

第十六章　创建电信生产线　　　　　　128

第十七章　记者专访马为民　　　　134

第十八章　清除脑中的"地雷"　　141

第十九章　与外国公司合作　　　151

第二十章　聚餐夜不醉不还　　　157

第二十一章　铭记在心的快乐　　162

第二十二章　欢欢喜喜做大媒　　169

第二十三章　希望你有大发展　　174

第二十四章　新官上任三把火　　178

第二十五章　处境艰难有好友　　188

第二十六章　女孩儿关心着他　　196

第二十七章　来到青春的城市　　202

第二十八章　分别是为了相聚　　209

第二十九章　北京大学的光环　　214

第三十章　谜语之后见高低　　　222

第三十一章　精彩讲座人气旺　　229

第三十二章　名老师的全优课堂　234

第三十三章　作文写作新方法　　238

第三十四章　伴郎伴娘展芳华　　242

第一章　才子佳人偶相逢

北京火车站，汽笛响起，催促站台上的旅客登车。

钟意即将乘坐这趟列车离开北京，他刚刚拿到北京大学毕业证。

他与送行的两位同窗好友握手道别，就要离开生活、学习了四年的北京，颇有些留恋。在登上火车的刹那，他回过头看他的同窗好友，眼里充满了泪水。别了，我的同窗好友！别了，我亲爱的首都北京！

还是有丝丝遗憾的，送别的人中没有她的出现。可惜呀可惜，这样想着心中难免惆怅。不过，她不会来送他，也不可能来送他。此时的她，身在美国，她有美国的世界与生活。她是他的师姐，与他同一个学院、同一个专业，但高他一个年级，他和她有过一年美好的时光。现在的她，据说在美国已然站稳脚跟，不可能回到北京来送他。

"不要说拥有，只要曾经爱过。"这歌唱得很美，真要做到这个境界，难！当然，做到了，也相当不错。其实美国有什么好呢，异国他乡，人生地不熟，钟意这样想着，但在心里，他为她祝福，希望她在美国幸福开心。或许，哪一天咱去了美国，她还能念着旧情，好好招待一番。

这是夏天，一年里最炎热的季节，钟意和他的同学们大学毕业。他们的专业是汉语言文学。

钟意脑袋瓜子好使，尽管在大学期间不算特别用功，但总能进入班上前五名，称得上高才生。

这是 20 世纪 90 年代，钟意读完了四年大学中文本科，顺利毕业。这个时候的大学生，还是有工作分配的。但是，双向选择已经初具规模，能够双向选择的都是有些门道、家里信息广的学生。普通大学生，如家在农村的大学生，大多心安理得地等待着分配。彼时，大学没有扩招，工作不成问题，只是好坏的差别。

钟意长得很有型，22 岁的钟意，身高 176 厘米，体重 70 公斤，眼睛大而有神。体魄健壮，行如风，坐如钟，站如松。

钟意买的是卧铺票，对当时的学生来说是种享受或者说奢侈。一是票比较难买，再就是属于高消费。钟意大学四年，好像总共就坐过三四回卧铺。

钟意找到他的卧铺包厢时，里面已经有了四个人，还剩下的两个位置正是他自己的下铺以及对面的下铺。

在自己的铺位上坐下来后，钟意想，对面铺的人怎么还没有来呢，都快开车了。那个不知道能否赶上车的人会是谁？

钟意坐火车，喜欢与人聊天，他不惧怕与陌生人说话。钟意是这样想的，天上不会掉馅饼，没有免费的午餐，与陌生人交往，只要不贪小便宜，就能与旅途上的人做萍水相逢的朋友。其实，每个人都一样，旅途中会孤独寂寞，但是偶尔的几个坏分子，让大家不得不提高警惕，防范着可能出现的危险与欺骗。

包厢里的另外四个人互不理睬，钟意进来的时候，有两人看了钟意一眼，然后就埋头继续做他们自己的事情，看书、睡觉，整理行李，总之包厢氛围比较沉闷。

钟意觉得没趣，北京到龙华市路途需要 40 多个小时，在火车上要待上两天两晚呢，如果这样沉闷下去，那会郁闷死。

火车的汽笛声再次响起，钟意经常坐火车，知道这一声长鸣表示火车会在一分钟之后发车，看来对面的铺位在北京站不会上来人了，这样也好，宽松点，所谓有失必有得，没有人聊天，图个安静吧。

大概过了 15 秒钟，之所以能够准确到秒钟，纯粹是钟意因为无聊，所以就在数着列车那个钟表上的秒针。这时，他眼前突然一亮，一个女孩提着很大的旅行箱出现在他的面前。

女孩看了看包厢边上的号码，如释重负般进入钟意所在的包厢，终于没有错过火车开车的时间。看来，她就是对面空铺的主人。

啊，这是多么美丽的女孩呀，脸颊粉红，像极了含苞欲放的玫瑰，秀丽娇嫩，楚楚动人,她的皮肤可以拧出水来,吹弹可破。女孩穿着白色的连衣裙,曲线毕显,一头秀发乌黑亮丽,偶尔甩一下头,就像广告里洗发水的那个主角。身材凹凸有致,气质当属小家碧玉型。

钟意有些看呆了,真像是从画中走出来的美女。有这样一个美女同行,而且是这么近距离地同在一个包厢的对面铺,舒服呢。不过,钟意作为北京大学的高才生,只有瞬间的失态,或许女孩并没有看出来。

女孩费力地想把她那大大的旅行箱塞进铺位下面,却徒劳无益,她的箱子很大,横塞、竖塞都放不进去,铺位下面的空间要容纳那样一个大箱子,显然力不从心。

女孩发现了问题症结所在,停顿了片刻,决定要将行李放到行李架上去。她一只手提起旅行箱,另一只手去帮忙,然而举到半空中,好像用尽了所有的力气,脸憋得通红。

钟意没有犹豫,果断出手,他站起身子,双手托住女孩的旅行箱。这么漂亮的女孩儿,如果放在校园里会有多少男孩子争相为她做事情呀,在这个特殊的空间,大家尽量压抑欲望,不敢贸然出手。钟意顾不了那么多,帮助弱小是男子汉分内的事。

女孩感觉到了这双手,全身陡然间轻松起来,她看见钟意出手,脸上的笑容青春阳光,皮肤不是那种血管爆裂的火红,而是像水彩画由里往外渗透的自然红。

"谢谢你!"声音真好听,钟意突然想起那句"说得比唱得还好听",钟意认为女孩说出来的话胜过此前他曾经听过的无数好歌。

钟意强健的体魄帮了忙,他轻而易举地把女孩的大旅行箱放到行李架上。

"没事的,一点儿小事。"钟意很谦虚地说道。

女孩安顿下来,坐在铺位上整理随身携带的一些小物品。

钟意似乎看不够对面的女孩,选择着角度细细地看她。他不希望被当成色狼,至少不要让女孩害怕呀。他所选的角度尽量避开被女孩发现。女孩应该是很敏锐的那种人,很快发现了钟意的举动。

她抬头看了钟意一眼,原本是提醒他,眼睛里却没有什么特别的严肃,反倒给了钟意更多诱惑。她这眼睛,怎么长得这么好看呢,很有神彩。

这时应该说点什么，钟意这样想着，开口问道："你去龙华市吗？"

这趟火车是由北京开往龙华市的，龙华市是东阳省省会，位于中国东南沿海。北京是全国性枢纽大站，往各省会城市、重要城市都有往返列车，所以一般情况下，大多数乘客是由起点坐到终点。因此，钟意这样问是通常的做法。

"嗯，你呢？"女孩柔声地回答，然后回问道。

钟意兴奋起来，有答有问，这就说明女孩愿意和他聊天。那就好，看来自己的形象还不错，起码不会把女孩子吓跑。

"我去龙华市，我是龙华市人。"钟意说道，"你去旅游吗？"

"不是，我去工作呢。"

"你也是今年毕业吗？"钟意猜测到，因为他看女孩清纯，不像是那种有很多社会经验的人，和他差不多。

"是呀，这么说，你是今年毕业？"女孩反应机敏，从钟意的话中听出来他是今年的毕业生。

"对，我大学毕业回老家工作。"钟意觉得女孩的普通话特别标准，没有什么口音，也正是因为她发音的标准，他意识到女孩应该不是东阳省人，至少不是龙华市人，龙华市人的普通话百分之九十九都有特别的尾音，只要熟知龙华方言的人都能够听出来，于是接着问道，"看来，你老家不在龙华市吧？"

"嗯，你猜对了。说说你的理由。"女孩与钟意聊天，有了快乐的感觉，开始互动起来。

钟意故作深沉，在想着说点什么更有意思，"这个嘛，我感觉你比我们龙华市的女孩都漂亮。"纯粹是瞎扯，有这样贬低自己家乡人的吗，钟意在心里做检讨，对不起，对不起，家乡的美女们，先让眼前的女孩高兴再说。

明知是一句夸张的拍马屁话，女孩听了还是很高兴，但嘴上说道："这是什么理由呀，你乱说。"

"不是理由，你老家哪儿的？"

"我是湖南长沙的。"

"哦，出伟人的地方。"钟意说得津津有味。

"你还了解湖南不少哟。"女孩赞道，她不知道钟意其实了解湖南特别少，因为他没有去过湖南。

"一点点，一点点。"言语中，钟意谦虚谨慎，不过，也真得谦虚点，不然，很快就会露馅，他赶快转移话题，"对了，你在北京上大学的吗？"

"嗯，我念的是北京广播学院，播音专业。"女孩对钟意已经不怎么设防。

"挺好的专业，和我的也有些接近。"钟意进入状态，开始深入地聊，"我在北京大学上学，学的是汉语言文学专业。"

"你还真有点诗人气质。"

"是吗？我自己都没有感觉。"钟意说的是实话，他学的是中文，可是他并不喜欢诗歌，觉得那种跳跃性思维比较累，不过现在，看来对面的女孩喜欢诗歌，没有办法，得装出一副喜欢诗歌的嘴脸来，这可是挺重要的一个筹码，"谢谢你挖掘了我的潜力。诗歌是人类生活最美好的精神点缀品，因为有了诗歌，生活让人有了想象。"钟意不写诗歌，但是几年大学文学专业的修养，让他说起诗歌来，足以滔滔不绝。

"就是，就是。"女孩很有内涵，很虚心地对钟意道，"以后吧，我得向你多多请教。"

"请教谈不上，互相学习。"钟意借着杆子往上爬，"我们以后多联系。"

"好呀，多联系。"

那时，中国的通信业还不是特别发达，不像现在留下手机号码什么的，联系起来特别方便，那时更多的是通信、写明信片之类，所以，两个年轻人拿出通信录和笔来。

钟意在女孩的通信录上写道：钟意，东阳省电信公司。

女孩在钟意的通信录上写道：刘芸，东阳省人民广播电台。

两人就这样正式认识，知名知姓，聊起来更有话题。

"刘芸，你们长沙市挺好的，怎么想到去我们龙华呢？"钟意一直觉得龙华市比较偏僻，比不上长沙的大气。作为龙华人，他愿意回到家乡工作，人在熟悉的环境里，不容易有寂寞孤独感，就是面对困难和挫折的时候，会有更多的朋友可以倾诉或者寻求帮助。

刘芸没有立即回答，心里在想着如何准确表达她选龙华弃长沙的决定。

"换个地方吧。"刘芸的回答让钟意感到意外，女孩更喜欢安逸的生活，通常不愿意颠沛流离，看来刘芸是个例外。

"那你会不会习惯呀？我们龙华市不吃辣椒的，饮食方面与你们那边相差很大。"钟意提醒道。

"没什么，在北京这么多年，各种饮食都品尝过，应该不会是问题，再说我适应力强，感觉你们这边的菜味道不是很浓重，但特别清爽，挺好的。"

"也对，你在龙华市有亲戚吗？"有点像警察查户口，钟意问了这句，自己都觉得不好意思。

好在刘芸并不介意，依然纯真地回答道："我有一个姑妈嫁到这边。"但她没有进一步说明，转而开起玩笑来，"再说呢，你到时候也可以帮我呀。"

这话听到钟意的耳朵里，心里很是甜蜜。

"那是自然，那是自然，你在龙华市有任何事情都可以来找我，我会赴汤蹈火，在所不辞。"足以表现出他的男子汉英雄气概。

这样的聊天下来，不出几个小时，他们已是相当的熟悉，彼此好感多多。晚餐，两人一起吃的方便面，钟意跑前跑后，为两人的面饼加水，然后打扫战场。这是他吃得最有味的一顿方便面。方便面是一个时代的特色，在学校与家之间往返，坐了很多次火车，吃过太多的方便面。

列车员把窗帘拉上，钟意却兴奋得不想睡觉。

"休息一下，还要准备长期战斗。"刘芸说道。

"嗯。睡吧。"钟意答应道。

火车行驶在铁轨上，发出咣当咣当的声音，在黑夜里极富节奏，也因此可能不算噪声，不久车厢里就响起了鼾声。

钟意毫无睡意。眼前的女孩温柔可人，漂亮大方。只是，他们就是旅途中的短暂相逢，虽然彼此留下地址，之后也会在同一个城市，可下了车到目的地之后，真会保持联系吗？有多少人在留下了联系方式之后，却从没有联系，重回陌生状态。

钟意看对面铺上的刘芸，不知何时已进入梦乡，偶尔，在车厢里的鼾声中能够捕捉到几声刘芸柔顺自然清新的呼吸，宛如美妙的音乐。

这趟回家之旅，因为与刘芸一起，时间过得特别快，四十几个小时坐下来，好像就只眨眼间。当火车在龙华车站稳稳地停下来，列车播音员用标准的普通话——可以听出来带着龙华市的尾音——欢迎各位旅客到达龙华市时，钟意觉得似乎刚刚从北京站发车不久。

"钟意，你到家了。"刘芸听到广播里的话，调皮地对他说，"我离家是越来越远了。"

"你都要在这工作，这就是你的家。"

"希望是这样，一个地方熟悉了就会有感情。"

"人也一样。"钟意有些不舍，"但愿能有机会再见。"

刘芸笑道："同在一个城市，肯定有再见的机会。况且，我们不是互留了地址吗？欢迎你有空来我们电台指导工作，我还要向你请教诗歌呢。"

钟意点点头，尽管谁也无法预测未来。就像自己，和师姐轰轰烈烈爱了一年，散起来也很快，好比茂密的芦苇，当冬天来临时，变枯了，一把火能在很短的时间烧个精光。师姐终究是个好人，她的离去给钟意淡淡的忧伤与想念，并没有伤到他的心灵深处，不知是爱得不够深，还是爱得足够深，像歌里所唱的"只要你过得比我好，什么事都难不倒"。

钟意帮刘芸拿下她大大的旅行箱。

"谢谢。"刘芸时刻礼貌有加。

"我帮你提出去。"钟意当仁不让，这个时候，他是不二的护花使者。

"辛苦你了。"刘芸还是很客气，这客气让钟意明白，他和她还只是火车上投缘的聊客，此次一别，难言将来。

"有人接站吗？"钟意问道，他想要是没有人接站，他会一直把她送到她想去的地方，单位或者她姑妈家。在龙华市，钟意是主人，他有能力让刘芸迅速平安地到达目的地，"没有的话，我送你过去。"

"不用了，谢谢你。我表妹和姑妈都会来的。"刘芸向车窗外张望着，看见了她的姑妈和表妹，"她们来了，就在那里。"

钟意顺着刘芸的视线往外看去，有一个中年妇女与一个年轻女孩在那边朝火车上张望，她们显然没有看见刘芸。

"把旅行箱给我吧。"刘芸在车上看见了接站的姑妈与表妹，心里踏实了，她对钟意说，"谢谢你一路的照顾。"说罢对他莞尔一笑，"以后见。"

这一笑，钟意浑身发酥，真美呀——刘芸的笑，即便不能与她终生相守，倘能偶尔相聚，也足以三月不知肉味。

7

钟意让刘芸走在前面，在客套之时，他们被插队的两个人给冲断了。刘芸先下车，她的姑妈和表妹立即迎上来，把她接走了。刘芸没有再回头看钟意，她忙于和姑妈、表妹热情寒暄。

　　钟意没有要爸爸妈妈来车站接他，他一直特独立，上大学的第一个学期，放寒假时他从北京坐火车回来，爸妈到车站接过他一次。后来，他就坚决不要他们来车站，他说一个大男孩，又是回到熟悉的家乡，在北京都没有事，回到龙华市就更不用担心。

　　反正不急，钟意站在队伍的后排，用眼睛搜索着走远了的刘芸。刘芸没有把他介绍给她的姑妈和表妹。缘聚缘散，有缘注定会重逢。钟意在心里为自己与刘芸的未来作注解。

第二章　登门拜访董事长

钟意属于节省型男孩，不会轻易浪费手里的钱，不该花的他绝不花，该花的慎重考虑再花。从火车站出来，他没有理会拉客的出租车，径直走向公交汽车站。上帝给了他强壮的体魄，他在中学与大学都坚持体育锻炼，体力方面比一般人要强得多。

公交车里人真不少，尽管开了空调，依然有些闷热。大家都显得没有精神。车到一个站，下去几个人，但上来更多人，车厢里显得更拥挤起来。

突然，传来一声惊呼，"我的钱包不见了。"是一个女人的声音。

钟意循着声音望过去，见一个中年妇女，拽着她身旁的年轻人嚷道，"你还我的钱包。"

"咦，你这人真怪呀，凭什么说我拿了你的钱包。"年轻人讥讽道，"不要随便诬陷好人。"

"我看见你拿的。"女人似乎有足够的证据，可是又好像没有什么能够证明，"我亲眼看见的。"

"哦，你自己丢了钱包，你说看见谁拿，就是谁拿了？"年轻人一副歪理走天下的模样，"那我说我的钱包也丢了，一定是你拿了。"

女人听年轻人这么说，脸上红一阵白一阵，一时哑口无言，颇为尴尬。

"怎么样？没话说了吧。没有依据就不要乱说。"年轻人气焰嚣张，"松开你的手，不然我告你非礼。"

女人气得流下眼泪，钱包没了，还受这小年轻一顿奚落。

这时，旁边的一个老大爷指着离他们不远处的另一个年轻人说："钱包在他身上。"

原来，刚才老大爷正好在女人和这两个年轻人的身旁，因为他个儿高，就看见了这两个年轻人偷包、转移的全过程。本来，抱着多一事不如少一事的想法，他没有打算站出来指证两个小偷。然而，看着小偷偷人钱包还这么狂妄嚣张，而女人泪流不止，他决心豁出去了。在那一刻，他想正义终究战胜邪恶，同时车上有这么多人，还怕两个小偷吗。

那个身上放了偷来钱包的年轻人一时慌了手脚，他没有想到行事麻利的他们，转移了的钱包还会被人看见。

一不做，二不休，这个小偷瞪起他的眼睛，饱含凶光，这凶光吓退了几个胆子稍小的人。

老人没有向邪恶低头，"你把钱包还给人家。"

"还什么还？我没有拿他的钱包。"这个年轻人同样张狂嚣张，"老不死的，你少管闲事。"

钟意一直在注视着事情的进展，朗朗乾坤，光天化日之下，在省会城市，居然还发生这种事情，太目无法纪。

他挤上前去，站在年轻人面前，严厉警告道："你把东西拿出来，否则我们把你送到派出所去，让警察和你说说清楚。"

"你是什么人？我干吗要听你的。小白脸，白眼狼。"这年轻人纯粹是乱骂人，口不择言，他看钟意长得白，就骂成小白脸，还来一句白眼狼。

周围的人看老大爷和钟意都在出头，胆子大了起来，听小偷说这样没有文化的话，有人禁不住对他讥讽地一笑。

小偷恼羞成怒，他把怒气发泄到老大爷身上。他突然收肘，出拳，重重地打在老人的眼眶上。

老人的眼眶立即肿胀，流血。

众人见这个场面，重新害怕起来，大家纷纷往两边退。那边被偷钱包的女人也收住泪水，她意识到今天遇见歹毒的小偷，她的钱可能找不回来。

这样正好，大家的散开让钟意有了施展拳脚的空间。钟意果断出击，他一个螳螂腿，扫向打人小偷的膝盖后窝，小偷立即跌倒在地。钟意再用手将小偷的两只胳膊反转起来，并且用力地往上提。

小偷痛得求饶：“大爷饶命，饶命！”

另一个小偷原本想出手相救，可是看到钟意这么厉害，打消主意，乖乖地从倒地小偷的身上掏出钱包，交给那位女人。

见此，钟意稍稍放松反转小偷胳膊的力度。“师傅，请你把车开到派出所去。”钟意对司机说道，他觉得小偷打伤老大爷，构成对正义人士的严重伤害，已经不能放了算了。

全车人都对钟意投以敬佩的目光，司机自然很配合地把车开往最近的派出所。

钟意在派出所做笔录的时候，他的爸爸妈妈在家里等得有些急，他们担心儿子路上出啥事情，父母亲永远为儿女担忧牵挂。儿子所乘坐的那趟车，根据列车时刻表，到龙华市已经有一段时间。儿子怎么还没有到家呢？虽然他们对于儿子的聪明才智引以为豪，但是儿子年轻，社会经验不足，难免会上当受骗。

“爸，妈。我回来了。”钟意在派出所录完笔录，想着爸妈担心，抓紧时间坐公共汽车往家里赶。

爸妈得知钟意要在这天回到家里，做好了饭菜等他。按照这趟车正常到达的时间，已经过去一个多小时，饭菜全凉了。

还好钟意及时出现在爸妈眼前，他们高兴地上前迎接儿子，爸爸接过钟意手上的小旅行包。妈妈亲昵地打量着几个月不见的儿子，很快惊呼道：“儿子，你脸上怎么有血，出什么事了？”

“在哪儿呀，妈？”钟意心想自己刚才兵不血刃，轻松地制服了小偷，不会挂彩呀。

钟意爸爸被妻子的惊呼声拉住脚步，回头来看钟意的伤。

“儿子，路上遇歹徒了？”爸爸问道。

“儿子，在这儿呢。”钟意妈妈拿着儿子的手摸他的额头，拿到眼前一看，手上沾了血迹。

“哦，可能是那个老人家的血。”钟意见事已至此，反正人也平安回来，就把公共汽车发生的事情讲给爸爸妈妈听。

“先坐下来，不急，慢慢说。”爸爸将儿子安排在沙发椅上，“我去给你端杯水来，一定渴了吧。”

钟意和妈妈在沙发上坐下来，爸爸一会儿拿来一杯泡好晾好的铁观音茶，清香四溢。

钟意接过爸爸递来的茶，咕噜几声就喝了下去，他的确渴了，这么大热天，刚才忙乎了好一阵。

"还要吗？"看钟意喝得这么快，爸爸问道。

"爸，这一杯喝下去，我肚子都胀了，先不用。"钟意挺孝顺地说，"爸，你也坐下，听我说今天的故事吧。"

"儿子说得对，他又不是牛，哪能喝那么多水呢。"妈妈含笑嗔怒爸爸道，"老头子，先听儿子说说是怎么回事。"

钟意开讲，爸爸妈妈做着世上最好的听众。

全过程扣人心弦，让妈妈听得心惊肉跳。妈妈说："多危险呀，儿子，要是你斗不过他们，可就有大麻烦。"

"不会的，儿子身体棒着呢。"钟意对自己很自信。

"就是，龙生龙，凤生凤，你继承了我和你妈的优点，很好。"钟意爸爸喜欢把优点往他的身上揽。

"美吧，你！"钟意妈妈对老伴儿说，"时间不早了，看你的那些老朋友常常四处游荡，你不习惯吧，你不同于人家，我们家都出北大生呢。"

"不要乱说人家，管好自己就行。"钟意他爸不愿意在口头上占下风。

"不和你争这个。你去把菜热一下，用微波炉转转，很快就可以吃了。"

饭菜很快热好，三人开始吃午饭，边吃边聊。

吃过午饭后，钟意在家里洗了个澡，然后舒服地躺在床上睡觉。新的阶段，新的追求。钟意希望最后结果会比较理想，如果真能够进入东阳省电信公司工作，那是相当不错的。

"儿子，晚上你和你爸去马叔叔家一趟。"钟意妈妈安排道，"你的工作咱们没花什么精力，全靠你马叔帮忙。"

"不用那个啥吧，孩子他妈，我这同学呀，帮不了什么忙。"钟意爸似乎对他们同学有意见。

"你看孩子的工作吧，他作为董事长，没有发挥作用，靠得是咱儿子表现优秀，才能在双向选择中一路胜出。"

"话也不能这么说呀，人家董事长是公家人，公司不是他一个人的。不管他帮多少吧，有个朋友在里面，多联系联系也是好的。"钟意爸爸不再反对。

饭后，钟意和爸爸散步去马叔叔家，两家距离不过几百米路程，走过三条街，他们就到了马叔叔家的小区。

这是一个高档住宅小区，钟意和爸爸在小区门口被保安拦住。

"请问有事吗？"保安话说得很客气，姿势是阻拦的。

"我们找马董事长。"钟意爸爸连忙道，"我是马董事长的同学。"

保安听说是马董事长的同学，脸上有了笑容，但并没有放松警惕，他对钟意爸爸说："在这登记一下。"

说着递给钟意爸爸一个本子和一支钢笔。

钟意爸爸在登记本上填写有关信息，来客姓名：钟天保；前来拜访：马为民。

保安用小区内线电话接通马为民董事长家。"马董事长在家吗？有个叫钟天保的人找。"

那边接电话的是个女声，电话里能够听见她说："董事长说请他上来。"

保安得到指令，对钟天保说："行了，你们进去吧。"

钟意和爸爸进入高档小区，在按响门铃后不久，门开，马为民董事长站在门口迎接他们父子俩。

马为民是东阳省电信公司董事长，东阳省龙华市人，与钟天保在高中时是要好的同学，天资聪颖，学习成绩一直名列前茅。钟天保在学业方面相比就逊色很多。那时的马为民和钟天保很合得来，竟成了死党般的关系。

"天保，快进来。"马为民热情地招呼。

"马叔叔好！"钟意很懂事地称呼马为民董事长。

"我儿子钟意。"钟天保介绍道。

"面试的时候见到过，脑子里的印象总是小时候的样子，现在都长这么高、这么壮，也难怪时间过得快。"马为民说道。在钟意上幼儿园的时候，马为民见过他。后来，马为民步步高升，官越做越大，和基本上原地踏步的钟天保就没有什么联系了。

"喝点什么？"马董事长询问道。

"不用客气，马董事长。"钟天保说道。

马为民笑道，"天保，你就不要叫我什么董事长，还是听你叫为民习惯。"

"哪能这样，你是大董事长，多叫你董事长几声就好了。"

"你呀，还是老样子。"马为民作无可奈何状，对着厨房道，"小吴，倒两杯茶来。"

"马董事长，我儿子过几天就到公司上班，以后请你多关照。"钟天保表达这老婆的意思。

"老同学，不好意思，没有帮上忙。按现在政策要求，公司招人实行双向选择择优录取，你儿子优秀，顺利录用，我们电信公司热烈欢迎。"马为民实话实说。

这时，一个女人端了茶盘走到他们面前。她把茶放在钟意和他爸爸面前。

女人问道。她叫吴彩霞，是马为民的远房亲戚，很小的时候就认识，现在家里帮着做家务。

钟天保觉得奇怪，这女人不是马为民的妻子，好像也没有听他说离婚另娶的事，这女人是他的什么人呢？说是保姆吧，不像，一个保姆哪里可能直呼董事长大人的名字呢，而且这么亲昵。

"不用，你歇会儿。"

"好的，那我看电视去。"

"时间过得真快。"马为民感慨道，"想想当年我们一起玩的时候，比你儿子的年龄还小，如今，都人到中年。"

"你事业有成，像我也就盼望着儿子了。我记得你女儿好像和钟意同一年出生。"

"是呀，一晃儿女们都长大成人了。我女儿复旦大学毕业后，去美国留学。她妈妈送她去美国，顺便旅游。"马为民很自然地说道。

钟天保心想，钱多真是好事呀，满世界乱飞。要是普通人家，就让孩子一个人去了，这大人美国一来回，少说也要折腾掉好几万吧。

第三章　逛公园偶遇幸福

钟意正式上班，岗位是董事长秘书，直接在马为民领导下工作。办公室的人员简称他为董秘或钟助理。

公司员工对于初来乍到的钟助理给予高度的关注，第一个原因就是钟意本身，他是来自著名高等学府的毕业生，虽说经过改革开放多年，但大学生仍属于不多的人才，何况来自名校。其次呢，与马为民董事长有关，不知道出于哪种考虑，因为喜欢钟意，举贤不避亲，所以要让众人皆知，反正他不避讳钟意是他同学的儿子这事，甚至在很多场合有意地说这事。

来自同事们的关注给了钟意压力，他清楚必须在岗位上有较好的能力体现才行。电信是一个他从前没有怎么关注的行业，虽说对于电话这些电信的内容有所了解，也只是皮毛，或者干脆说只是会使用电话，和普通老百姓没有什么区别。

好比建设高楼大厦一样，打好基础是重要的一环，钟意想，进入一无所知的电信行业，首先必须对公司、对行业有一定的了解，才能知道在哪些方面去学习去进步。那么通过怎样的途径比较好呢？看书看杂志对当时的他来说，是不错的方式。还有就是，直接请教马为民董事长，效率会更高。作为电信行业的成功者、领导者，他一定有很多可以传授的经验，可以给自己启发。

对，边干边学习，边请教前辈与领导，钟意在分析了自己目前情况后，决心努力前行，不浪费青春年华，不愧对大学四年的培养。

这天，钟意在办公室看一篇文章，题目是《现代传真通信特点与未来展望》，想起早些年在高中学物理时，老师讲过的传真原理，高考之后没有使用过这方面的知识，全部还给老师了，差不多在看文章的过程，也在温习着当年高中的功课，又回到高中那风华正茂的年华，一段值得永远记忆的青春岁月。那时，老师和同学们对读书充满了兴趣，课堂气氛热烈，老师教得认真，同学们求知若渴，学劲十足。那时，没有太多的补习班，课余时间跑步、打球、游泳，参加集体劳动，德智体全面发展。

电话响了，打断了钟意看文章的遐想与回忆。马为民董事长让他到办公室去。

"你坐，钟意。"马为民指着办公桌前方的沙发道，"喝点什么？"

"不用，谢谢董事长。"钟意接着问道，"有新材料吗？"

马为民笑道："没有没有。想和你聊聊，你坐。"

见董事长不是拿材料的事情，钟意安心坐下来。

马为民关心地问道："上班一个月，感觉怎么样？"

"还好的，慢慢熟悉了。"钟意对自己一个月来的状态基本满意。

"会越来越好的，你悟性好，学东西不难。"马为民称赞道，"一个人具有不断学习的能力，是非常重要的，也是最难能可贵的，有的人是懒惰，能学习而不学习，有的人确实是没有不断学习的能力，这些人会逐步地被社会淘汰。"

钟意点头赞同，认真听着董事长的教诲。

马为民接着问道："你了解我们公司在全国的地位吗？"

钟意有些茫然地摇摇头，客观地说，他还没有掌握这方面的资料，也可以说，还没有来得及关注。

"我们东阳省电信公司在全国居于下游位置，目前仅比西部几个省份稍好些，属于比较弱小，是需要扶持的对象。"马董事长有些自嘲地说自己和公司，但他随即说道，"我希望能用三五年的时间，彻底改变现状，实现跨越。"

钟意看到了马为民坚定的目光。

"我们公司地处改革开放前沿省份，为什么会处于下游？"钟意有些不解地问道。

"嗯，这个问题——"马为民沉思了一下，想着如何更准确地表达，"你是文科生，按说对于国家大事会有所了解，哦，你是文学专业，不是新闻专业，可能专业范围不一样。"

"是呀，请董事长多指教。"钟意想了解更多。

马为民和蔼地看着钟意，显然非常愿意和他谈论更多关于公司的问题。

"东阳省几十年来处于前线，从战略方面考虑，有发展的动力，但也有发展后的担忧，在矛盾与顾虑中，多少会受些影响。但是，世界潮流是和平与发展，经济与政治的强大是我们的国家目标。东阳省在未来的几十年会迎来黄金时代。"马为民的声调渐渐提高，慷慨激昂。

他还想继续说下去，敲门声传来，打断了他对钟意的激情演说。

在马为民的"请进"声中，来人推门进到屋子里。钟意不认识来人，猜想可能是外单位来的访客。

钟意于是告辞，董事长点了点头，没有挽留。

星期天，放松的日子。钟意躺在床上，缕缕阳光透过淡蓝色窗帘射进房间，清爽的秋风钻过窗帘的空隙，带来惬意的舒适，也使屋里的阳光跳动着。他在美妙的小鸟儿歌唱声中醒来，看了一下手表，时针快指向 7 点。

他跳下床，拉开窗帘，抬头看天，那是纯净的湛蓝，只有一丝云儿飘在上面，似乎在为天空作注解，以区别于海洋。窗前生机盎然的翠绿樟树于风中柔情摇荡，好一个婀娜多姿。

这天没什么事情等着去做，他决定去外面转转。

钟意告诉了爸妈一声，出门来到公共汽车站，他喜欢乘坐公共汽车的感觉。

公交司机开车属于激进派，汽车左冲右突，见缝插针，飞奔在二环路。听到绿江公园的报站时，钟意决定去看看，于是从车上跳了下来。

绿江公园正举行北国风光展，主要以哈尔滨冰雕为主。冰雕展对于南国龙华市的观众很有吸引力，虽然还不到早上 9 点，已是人山人海，钟意排队十分钟才买上票。

买完票出来，钟意穿过长长的还在延长着的买票队伍，真是热闹。他走到买票队伍的尾巴时，听得有人在喊"钟董事长"。

这声音挺熟悉的，凭感觉应该是发向自己的，可是我不是董事长呢。正疑惑间，"钟董事长"的声音再次清晰地传来。

钟意顺着声源望过去，发现是公司的一个美女在排队买票。美女是电信公司公关处的张雯雯，二十一二岁的年龄，很有青春活力，皮肤特别细腻，这天穿着一件开胸的淡蓝色羊毛衫，差不多同色的牛仔裤，惹火的身材尤显生动。

她化了点儿淡妆，青春的脸颊红润光滑，眉毛稍稍修整了一下，更显两个水汪汪的大眼睛清澈有神，鼻子高挺，嘴上涂了点口红，衬出嘴的玲珑小巧精致。平时天天见，见惯了穿着职业套装的张雯雯，并不觉得特别，这天她穿着休闲装，别有一番韵味。钟意心中涌起一阵快意。

"钟董事长。"张雯雯第三次叫道，明显地是对着钟意称呼。

钟意走上前去，四处看看，没有发现其他熟人，他不好意思地说："你是叫我吗？"

"哼，不要摆臭架子，人家叫了你三声还不理人家。"张雯雯嘟哝道，也不管是在大庭广众中。

"我不是什么董事长，只是个助理。这话如果被马董事长听见，会生气的。"

"我不管，你将来可以当董事长呀。再说了，马董事长那么喜欢。"张雯雯虽然大大咧咧，但说话稍稍放低了音量。

钟意无语，这话经不起推敲，不过听着高兴，遂不再反驳，由她去。

短短几秒钟的时间，钟意对张雯雯的感觉变了，此时不是上下级关系，也不是纯粹的同事感情，有点怦然心动，电流暗涌的感觉。

"你也来看冰雕？"钟意的话既是废话又俗气，不过，这也是最安全的问话。

"在家没事干，我就来了呀。"

确认张雯雯一个人，钟意心花怒放的心情更添几分。看美景有人分享是真正的快乐，这个上午好打发。钟意站在边上等着张雯雯，还好，虽然人多，但是售票小姐动作麻利，张雯雯就买了票走到他的身边。

两人进得冰雕展厅，钟意不免赞叹，太震撼了！现代化技术武装起来的灯光，加之无数人坚持不懈的创意更新与完善，将水的美丽与纯净以冰的形式固化起来，平添冰清玉洁和雅致。

厅正中"流动的冰河"雕塑造型别致，更因为相对常态而言，冰都是静态的，这里却是流动的，给人耳目一新的感觉。处于流动状态的冰河，是动态的、被音乐和舞蹈化了的万能的水……

张雯雯被眼前的奇妙冰世界所吸引，她自小在南方长大，很少接触冰的世界。

"多好看呀，钟董事长。"张雯雯忍不住欣喜。

"蛮不错的。科技就是好，要不然，我们哪能在龙华看到冰。"钟意同样感慨道，他靠近张雯雯，还是提醒道，"叫我钟意好了，免得下次到了单位，顺口叫出钟董事长，会不好意思。"

"好吧，钟意，既然你强烈要求，我答应你。"

钟意想，生活是可以创造的，物化的东西比如水、冰、灯光，与精神的东西比如语言、文字，进行高水平和巧妙的组合营造出几乎完美的境界，物质和精神的融合过程足以产生许多能工巧匠。

出得冰雕展厅，再往右，前行20余米，就来到了龙华市首届国际城市雕塑展所留下的雕塑群，又一道亮丽的城市风景，有中国、日本等国雕塑大师的作品，如力量、团结、永恒等，给人以无穷的震撼和美感。

张雯雯再次对钟意说："这的确太美，太神奇了。"

"你也像这冰雕与雕塑一样，美得让我惊奇，让我赞叹。"钟意心里这样想着，但并没有说出来。

钟意的脑海里现在时常闪现着两个女孩，一个是在火车上遇见的刘芸，还有一个就是同事张雯雯。前者火车上偶遇，分别后再没有相见；后者差不多天天见面，不过都是工作上的合作。夜深人静，在一个人独处的时候，温暖地想着她们，感受内心想念的幸福。

第四章　美女主播见听众

　　在钟意这一天想着刘芸的时候，她正准备去广州赴另一个男生的约会——不是专程前往，是借着出差的机会顺道看看张致远——《华南杂论》编辑。

　　刘芸大学毕业入职东阳人民广播电台，担任主持人和记者。有一天，她收到一封信，用的华南杂论编辑部的信封，以为是一封公函。拆开信看了，刘芸有些心情激动，这是一封私人信函，是一个听众给她写来的。

　　信上说，写信人叫张致远，是《华南杂论》的编辑，说是有一天他在东阳省出差，住在酒店收听广播，那是一档点歌节目，节目主持人声音很动听，更重要的是，主持人在节目中传达的优雅与自信打动了他。这个节目主持人正是刘芸。当时，一位男士点歌给女朋友祝生日快乐，刘芸播放的歌曲是《明天会更好》。张致远说他最喜欢听这首歌，每当听这首歌，他就感觉世上没有了烦恼，再多的困难也会成为解决困难后的快乐与美好。刘芸在歌曲放完后说道，歌词写得多好，唱得是如此优美，我们相信，爱情一定会让明天更好，珍惜爱情，祝福有情人永远相爱。张致远在信上说，很冒昧地给刘芸主持写了这样一封信，如果可能的话，请主持人到了广州一定来找他，他会热情接待，末尾留下了详细的地址，并说如有不当之处，请多多包涵。

　　收到这样的一封信，刘芸是开心的，虽然经常收到听众来信，但信写得这么有感情、逻辑性强，这是第一封。还有，《华南杂论》是一本全国知名的社会评论杂志，影响力巨大，这杂志的编辑无疑有了一层光环，也让刘芸增加了好感。

　　尽管如此，刘芸没有给张致远回信，应该不是出于女生的矜持，因为刘芸决定利用这次出差广州的机会顺道看望张致远。

刘芸这次是要据台里的安排，前往广州参加广东省电台的音乐节目主持人比赛，时间不长，就是一个下午，两省的省及地市电台音乐节目主持人现场进行音乐节目主持比赛，由邀请来的听众现场打分，不设专家评委，这是走纯市场化道路，用以评估听众需要，了解市场动向，提高音乐市场化的质量与人气。

早上起床后，刘芸收拾了简单的行李，打的前往龙华国际机场。上午9时，由龙华飞往广州的航班正点起飞，冲向蓝天。

刘芸飞到广州后，抓紧时间办理公事，11点左右到达设在酒店的会场。报到、吃饭、午休，下午两点半正式开始音乐节目主持比赛。刘芸清新靓丽知性的主持风格，让她毫无争议地夺得音乐节目主持比赛第一名。

晚上，举行了盛大的宴会，荣获第一名的刘芸成为宴会的核心人物，来宾中的领导和同行中纷纷向她敬酒，并表示祝贺。自然，也有不甘心失败的同行，暗地里发誓要在以后的比赛中超越她。好在，这是公开的比赛，现场亮分，没有什么黑幕可言，输了的不服也得服。宴会在井然有序中顺利结束，此时已是晚上10点多。

刘芸完全放松下来，却也觉得很是疲惫，得赶紧好好休息，明天才好有精神去见张致远。她在高兴的期待中很快进入梦乡。

早上神清气爽醒来，刘芸在酒店吃过早餐，迎着朝阳，喜气洋洋地出发了。

这天是星期六，学校、政府部门都休息，只有一些公共服务行业人员在忙碌着。从前的报纸杂志编辑部周末都休息，进入20世纪90年代以来，报业竞争加剧，尤其是广告投放成为报社创收的重要一面。为了争取尽可能多的市场份额，报纸杂志的工作形式较之前有着明显改变，普遍看重发行量。很直观的，没有发行量作为基石，广告就根本上不去，而没有广告费用的支撑，就难以维持报纸杂志的正常运转，报社随时存在倒闭关门的可能。面对这么严峻的形势，报纸杂志的从业人员有了紧迫感，丝毫不敢掉以轻心。竞争有竞争的好处，那些信誉高，质量好的报刊杂志日子过得有滋有味。只是，创业难，守业更难，再有名气的报纸杂志为了维持江湖地位，也不敢有丝毫的懈怠，这就是一种良性的竞争。人类社会的主体是人，多数人的喜好和利益所在，乃是社会法制和制度要力保之所在。竞争求得发展，创造更多的物质与精神财富，是值得鼓励与支持的。

刘芸很快就找到了位于广州市雨花路的华南杂论编辑部。编辑部不算宽大，但包厢式的工作间使这里的一切显得井然有序，大约一半以上的包厢有人，一进门就听见这里的主旋律，是计算机不停打字的"叭……叭"声，虽然较单调，但在这样一个特殊的环境，倒让人感受到这简单音乐中的文化和知识氛围。

刘芸走近最靠门口的包厢，低声问计算机前的男士："请问张编辑在吗？"

"你找张致远吗？"男士反问道。

"是的。"刘芸听到这个名字，脸有些微微发烫。

男士看了她一眼，很热情地说道："你先坐吧，他10分钟之前还在这儿。对了，他办公的地方就在那里。"男士站起身来，用手指向右边角落的办公包厢，桌上计算机开着，文件铺满了桌面，显然桌子的主人不会走得太远。

"你要不到会客室去坐一下？"男士一边起身一边说，他准备领刘芸去会客室休息。

刚走出办公室大门，迎面走来一个高个男子，个子高得让刘芸必须昂头仰视才行。刘芸看着身高估计超出一米九的男子，心里不免一怔，想着这编辑部里做文字工作的个高得不一般。

"张致远，有人找你。"男士立即将刘芸交给张致远，刘芸赶紧向他致谢。

"刘芸！辛苦了。"张致远微笑着说道，眼角满溢着幸福感。几乎是同时，两人伸出右手，热烈地握着。

"你高得让我意外！"

"是呀，很多人第一次见到我会这么说。"张致远耸肩摊手，"没办法呀，天生的。走，我们到那边坐会儿。"

张致远带着刘芸走进客室，让刘芸坐下，把空调遥控到25度。随即，他从会客室旁边的小房间里取来一罐可乐，打开后插上吸管递给刘芸，一切做得自然而流畅。刘芸轻轻啜一口冰镇可乐——心情很好地坐在沙发上，感觉舒畅——高个子的他细腻热情，刘芸心中涌起一股好感。

张致远打量着刘芸，感叹她的好身材，她的淡妆凸现她的雅致和高贵。如此美貌的女子，在电台做播音主持，大大出乎张致远的预料。他觉得，刘芸更应该去做电视节目主持人。此时，面对世间少有的美貌女子，他想多些时间与刘芸待在一起。

"你从龙华飞过来,一定累了,我们吃饭去。"

"还没有到下班时间吧。"刘芸半认真半天玩笑道,"早退的话,不怕领导批评呀。"

"放心好了,我会搞定的。"

张致远带着刘芸来到广州有名的三里屯食街,他是这里的常客。张致远熟悉地挑选了一个临街靠窗户的位置,请刘芸落座后他自己坐下。

服务小姐走过来,"两位想吃点什么?"小姐询问的时候将菜单递给张致远。

"你看喜欢吃啥?"张致远征求刘芸的意见。

"还是您点,我不熟悉的。"刘芸的声音中竟飘荡出一丝撒娇的味儿。

张致远这回当仁不让,对着服务小姐说:"香辣蟹、天香鹅掌、烤鱿鱼各来一份,另外来两份鱼丸吧。"

"喝点什么饮料吗?"服务小姐问道。

"你决定吧。"张致远向刘芸询问。

"妙士牛奶。"刘芸也很快下定了决心,她平时就喜欢喝这种酸奶。

"好的。"服务小姐退下。

刘芸和张致远相对而坐,有那么几秒钟,两人谁也没有说话,就那么很自然地看着对方,好像照镜子的感觉,毫不别扭,理所当然。

张致远感慨上帝对刘芸的宠爱,集美貌、才华于一身,融高贵、时尚为一体。都说上帝是公平的,但是如果将哪个女孩去和刘芸比外貌,绝对会感觉这种平等的虚幻,像空喊口号。

张致远从看到刘芸的那一刻开始,就部分地丢失了自己,灵魂仿佛萦绕在刘芸身上,悠悠地随风飘动。他是广东省作家协会会员,出版过三部都市长篇言情小说,经历诸多人物的喜怒哀乐,内心里无数次体验爱恨情仇。可是,当遇见刘芸时,张致远调动自己大脑内存里所有的言语和文字,都无法准确描述内心的特别感受。

面对张致远有些迷离的目光,刘芸的心跳在加速。无论从外形看还是论才华,坐在面前的张致远无疑是非常出众的,如此优秀的男人情意朦胧地看着自己,不知究竟意味着什么。

优秀的男人从来不缺漂亮女孩的追求，漂亮的男人和漂亮的女人在一起，总会惹人关注，也会多些坎坷。想当初，那白马王子般的初恋男友，在和自己恋爱一年之后，就和一个高她两届的学姐远走美国，这爱似乎没有留下一丝痕迹，但是在内心深处，在刘芸的记忆中，这爱却不时地漫出来，湿润她的心灵。爱过就是爱过，爱过了就不能潇洒无痕地挥手与情感作别。一个人或许可以爱几次，就像计算机硬盘可以无数次使用，但是如果彻底崩盘了也就真正死亡了。

"你们的天香鹅掌好了。"服务小姐的到来使两人都回到现实中。

服务员小姐把妙士牛奶倒入两人的杯中后离去。

张致远举起盛满牛奶的杯子，热切地对刘芸说："来，刘芸，很高兴和你见面。我们干了这杯！"

刘芸以优雅的姿势端起杯子，两人碰了一下，一饮而尽。

就这么吃吃聊聊，两三个小时悄然逝去。张致远与刘芸分别时已是下午2点，因他下午要参加编辑部的一个重要活动，而刘芸定于当日返回龙华，所以两人就在三里屯食街门口握手话别。

张致远招手拦下一辆的士，拉开右车门后照顾着刘芸上了车，刘芸直接乘车去白云机场，效率是成就的保障。

张致远站在路口，望着起动的车子，怅然若失。

就在这时，刘芸摇下车窗，轻轻摇动她那美丽的双手。张致远的双眼陡然亮起了光芒，他想起徐志摩《再别康桥》里面的一句诗"轻轻的我走了，不带走一片云彩"。那么刘芸走了，我会是康桥的那一片云彩吗？

第五章　细心照顾女同事

钟意在办公室整理文件，张雯雯走进来，没话找话地说："钟意，马董事长没有在你这儿吗？"

"马董事长不会在我这里，都是我去他办公室的。"钟意开玩笑道，"雯雯小姐公关得有些糊涂了吗？"

"我是糊涂，就你是明白人，好不好？"张雯雯佯装生气，"我还不是来看看你呀，你还泼冷水下来。不理你了！"她说着，还真就往她那边的办公室走去。

钟意笑了笑，心里很舒服，这人呀，感觉一变，就是不一样，和雯雯这样逗上一两句，挺有趣的。

他正在情绪高涨中，突然走廊里传来一声沉闷的响声。

是谁摔倒了？钟意闻声立即起身。不好，一定是张雯雯摔了，他下意识地觉得不妙，赶紧冲出去。

平时人来人往的走廊里这会儿没有一个走动的人，果真是张雯雯倒在地上。

"雯雯——"钟意大声呼喊着她，情急中喊得有些亲密，居然把"张"字都去掉了。然而，张雯雯没有一点儿反应。怎么会这样，刚刚还好好的。

"雯雯，你醒醒——"钟意再次大声喊道，回答他的依旧是张雯雯的无声，只有微弱的呼吸。

走道两边办公室有人开门出来，钟意变调的声音让他们开始没有听出来是怎么回事，待出来后看到是钟意在喊着张雯雯时，大家连忙上前帮忙处理。

"快，快，打120。"钟意冲着办公楼里的同事喊道。此时，在办公室的同事们全出来了："钟助理，张雯雯她怎么了？"

"我也不知道，她从我办公室出来突然就倒在地上了。"钟意简短地答道，"救护车快来了吗？"他急起来了。

同事们第一次看见钟意如此心急如焚，为了张雯雯，一个公关部的普通员工，他们对钟意的行为都很感动。

钟意突然抱起张雯雯，他想尽快送她上医院。张雯雯躺在钟意的怀里，软软的像一根面条。

"钟助理，救护车已经来了。"有人对钟意说道，并在前面带队，那边从急救车上也下来了医生护士。120真是好，是市民生命的守护神。

医生护士们嘱托钟意将张雯雯放在急救用的担架车上，然后，医生们对钟意等人说，"你们也快上车。"

钟意果断地说："我去就行，你们先上班，有事我再通知你们。"

大家听从吩咐，全部回岗上班。救护车载着张雯雯与钟意风驰电掣般地往医院去了。

挂号、交费、完成许多的检查，张雯雯依旧昏迷着。检查结果不太乐观，是蛛网膜下腔出血，需要住院治疗。

"立即办理住院手续。"医生对钟意说，"住院治疗，进一步检查，看是否存在脑血管畸形。"

办完这一切，已经是晚上6点，这期间，张雯雯呕吐了好几次。钟意买来纸巾，细致地为张雯雯擦拭干净。呕吐之前雯雯就常常满床乱滚，钟意立即喊医生来看，医生说是出血在蛛网膜下腔，会很疼痛，要他多注意，千万不能让她运动幅度过大，同时要小心不能摔下床铺，以免造成新的损伤。

钟意在医院陪伴着张雯雯，在她病情相对稳定后，他在公用电话亭给马董事长打电话请假，并汇报有关事情。

马董事长已经听其他人说了张雯雯突发重病的事情，所以也用不着太多解释，他对钟意说道："你好好照顾她，医院方面你说一声，全力抢救张雯雯，费用的事情好解决。"

"谢谢马董事长。"

"你谢我什么呀？雯雯不是你老婆吧。"马为民董事长对这位老同学的儿子说道，有点开玩笑的味道，"她是公司的职工，我当然得尽力抢救她。"

"不是，不是，董事长你笑话我呢。我只是遵照你的指示，坚决完成任务。"钟意转移了话题，"我会随时向你汇报张雯雯的抢救情况。"

"好，你也注意身体。"马董事长非常亲民。

"马董事长，再见。"

"再见。"

钟意打完电话后，回到病房，远远地看见一个人在张雯雯的床前站着。这会是谁呢？钟意担心是坏人，快步走到张雯雯的病床前。

"钟意。"那人喊着他，显然是熟人。

这人钟意认识，是资料室的汪雨清。

"你来了？"钟意和他打招呼，"来看张雯雯吗？"

"不是的，听他们说你在医院照顾她，我来帮你忙。"汪雨清说道。

"没有太多事情，我一个人能够忙得过来的。"钟意不想让汪雨清也耗在这里。

"没事的，反正我那边的工作完成了就行。再说呢，钟意，我和马董事长请了假的。"

"你这小子。"钟意拍了拍汪雨清的肩膀，"那就辛苦你了。"

钟意对汪雨清这人印象很深。他刚到电信公司不久的一天，跟随马董事长去资料室找一个材料，这也是他和汪雨清第一次打交道。结果，让钟意有些不好意思的是，汪雨清对他热情有加，而对马董事长倒爱理不理。汪雨清身高一米六五左右，脸形长长的，皮肤很细腻，不像一般男人的皮肤。说话声音偏女生，不似男人的浑厚。

过了几天，马为民董事长偶尔提起这事，对钟意说："汪雨清这人有水平，资料管理得很不错，就是感觉他有点男不男、女不女的，作为男人嘛，太缺少阳刚之气了。"

钟意听了只笑笑，没有表示什么。他想，马董事长不是那种小心眼儿的人，肯定不会因为那天汪雨清怠慢了他而说他的坏话，他一个董事长也没有这种必要。当然，马董事长和钟意说这些，是把钟意当自己人，是和他说掏心窝的话。或者，汪雨清真就是那种缺少男子汉特性的人，而不为马董事长所喜欢吧。好在马董事长是爱才之人。

钟意怕说话会影响张雯雯的病情，因此没有和汪雨清多说话，专心地看着输液管里往下滴的液体。

汪雨清以前就认识张雯雯，为其美貌赞叹，她的美貌当然是佳人之列，更重要的是她躺在病床上都能让人感觉到她的优雅气质，如果是活生生地走在大街上，或坐在音乐厅里，一定是个非常惹人怜爱的人。

第三天，钟意开始去单位上班。不过因为睡眠不够，工作效率当然有些差强人意，这是正常的。同事们纷纷来问张雯雯的情况，要去医院看她。钟意说现在她需要安静，等她清醒过来，再去探望吧。

钟意电话通知了张雯雯的爸爸妈妈，怕两位老人着急上火，钟意在电话里说得极其委婉，说是他们的女儿生病了，叫他们前来看望一下。嘱咐他们坐下午的火车过来，他会在下午 6 点在火车站出站门接他们。钟意在电话里问了两位老人的名字，以方便联系。

下午，钟意去火车站接张雯雯的爸爸妈妈。他准备了一张纸，上面打印了两位老人的名字。张雯雯爸妈乘坐的火车准时到达，他们看见了钟意的纸牌走过来。

"大叔，大妈好。我是张雯雯的同事，请两位往这边走。"钟意领着他们前去乘车。

"孩子，我家雯雯怎么了呀？"张雯雯爸爸不无担心地问道，"她是不是住院了呀？"

"嗯，"钟意想慢慢地向老人透露张雯雯的真实情况，因为毕竟两位老人要照顾他们的女儿，"她住在医院里。"

"那现在就去医院。"张雯雯妈妈说道，"我好想看到张雯雯。"

"大叔，大妈，你们坐了一下午的火车，也一定累了，我们吃了饭再去医院看张雯雯，好吗？"钟意怕他们的身体吃不消，这样提议道。

"不，要先看雯雯，不然也没胃口。"张雯雯妈妈强调，"麻烦你了，孩子。"

钟意短暂沉默，张雯雯的爸爸说道："那就先去医院吧，孩子。"

两位老人很喜欢这个帅气的男孩，看着自己的女儿有这么懂事、好看的男孩儿喜欢，打心眼儿里高兴，如果要是女儿与他一起来车站接他们多好。不知女儿是得的啥病，我的闺女，你可不要吓你爸妈。

"好的。我们先去医院看张雯雯。"

张雯雯的爸爸妈妈在钟意的带领下来到病房，他们一眼看见他们的女儿。雯雯躺在床上，手脚有些乱动，眼睛紧闭着，对疼爱她的爸妈到来没有任何反应。

"雯雯，你怎么了？"张雯雯的妈妈眼泪流下来，哭喊着，"雯雯，你醒醒，我是妈妈。"

"雯雯，"张雯雯爸爸抓住她的手，"雯雯，爸爸妈妈来看你。你说话呀。"

张雯雯毫无反应，只手上的动作幅度大了些，她爸爸的眼眶里溢满了泪水。

"孩子，张雯雯她怎么了呀？"张雯雯的妈妈摇晃着钟意的胳膊，"你说雯雯她怎么了，为啥这样子呀？"

钟意心里很难受，他不知道如何安慰两位老人，沉默着。

"孩子，雯雯她到底怎么了呀？"张雯雯的爸爸也问道，声音比她妈妈冷静许多。

"大叔，张雯雯上班的时候突然发病，医生说是脑出血。现在正全力进行各种抢救，他们说张雯雯年轻，应该希望很大。"

"你给大夫说说，要他们尽力救救张雯雯。"张雯雯爸爸以渴求的目光望着钟意。

钟意想对他们说，他是同样的希望，他多么盼望张雯雯快快恢复健康，他要认真地追求她，与她在一起。

"我会的，大叔放心，我一定会给医生说，我会尽全力抢救她。"钟意回答着张雯雯的爸爸，表达着自己爱的决心与勇气。

几天后，正是周日，钟意在医院陪伴着张雯雯，两位老人去外面给她买吃的东西去了。

钟意坐在张雯雯的床前，护工在边上整理着柜里的物品。为了便于方便照顾病人，钟意特意请了一个女工。

钟意看见张雯雯的上下眼皮在不停地抖动着。"她要醒了，她要醒了。你快看——"钟意忍不住喊道，同病房的人被他的喊声牵住了往这边看。护工停止整理物品，似要与钟意共同见证一个重要的时刻。

张雯雯打了一个呵欠，这也是很少有的事情，钟意预感，张雯雯很快就会醒过来。

钟意目不转睛地看着张雯雯。张雯雯的眼睛睁开了一条小小的缝隙。"张雯雯，张雯雯。"钟意喊道，这时候的他已经完全没有了上级的身份，而是一个深情的好男孩。

或许是他的呼唤搅动了张雯雯的心扉，她的眼睑更快频率地眨动着。突然，张雯雯的双眼完全睁开。

"董……事……长。"睁开眼的张雯雯声音微弱地说出了三个字。

钟意并没有听清楚张雯雯说的是什么，但是他确实听到了她发出的声音。

"张雯雯，你醒了！太好了。"钟意兴奋地说道，"可惜这时你爸爸妈妈不在这里，他们买东西去了。"

"我……在……哪儿……呀？"张雯雯疑惑地问道。

护工和其他病友及家属一起为张雯雯高兴，纷纷过来看她，"真是年轻身体好，这么快就醒过来。要是我们家这位也这么快就醒过来多好呀。"

"张雯雯，你生病了，你这是在医院。"钟意回答张雯雯的问话。

张雯雯好像明白了，没说什么，似乎累了，又闭上了眼睛。

大家怕吵着她，都回到自己的原位上。但是病房里的氛围明显地没有原先的沉闷了，毕竟这让人们看到了希望。

张雯雯爸爸妈妈回到病房的时候，钟意和护工还没有来得及告诉他们张雯雯刚才醒了的事情。不知是心电感应，还是他们回来的声音把张雯雯惊醒了。这回，张雯雯完全地自然地睁开眼睛。

张雯雯的妈妈正好看见这一幕，"雯雯，你醒了！"声音是无比的高兴，"老头儿，你看，雯雯——"

"妈！"张雯雯清晰地说话了，又看到了她爸爸，"爸！"

两位老人一人握着一只张雯雯的手，"可把你盼醒了，我的好女儿。你可把我们吓坏了。"

医生这时正好到病房来，看见张雯雯的状况，也非常高兴，钟意代表家属感谢医生医术高超。

"不用客气，病人醒过来就好，这样就会少了许多并发症的危险。"医生叮嘱道，"病人刚醒过来，暂时不要和她说太多话，让她好好休息。"

医生说完走了，钟意和张雯雯的爸妈暂时就不和张雯雯说话了。"闺女，你好好睡，啊，医生说你要多休息。"

张雯雯的爸爸妈妈到来后，钟意就没有专门在医院照顾她了。那个请的女护工倒是继续留用，请护工的费用钟意负责。

既然钟意没有在医院照顾张雯雯，汪雨清也同样没有在医院了，回公司上班，仍然尽心尽责地做资料收集与整理工作。钟意很感激他，照顾病人是很累人的事情，如果当时没有他的协助，坚持起来会相当困难。

汪雨清在钟意面前似乎很随意的样子。那天，钟意在公司路上遇见他，汪雨清喜上眉梢，快活地喊道："钟助理，您好！"客气得有些过头。

钟意对这些形式不是太在意，怎么样的语气与用词，他都能接受。

"你好！汪雨清。"

"钟助理，你急匆匆地去哪里呀？"汪雨清挺关心钟意的。

"马董事长叫我送材料给他，他在省里开会。"钟意答道。

"哦，那你去忙。"

"对了，前一阵在医院辛苦你了。"钟意想起了在医院时汪雨清的尽心尽力，"真谢谢你。"

"那你请我吃饭呀，好不好？"汪雨清说话有点女人味，钟意注意到了这一点，他想这或许是个人习惯吧，听多了好像也没有觉得有何不妥。

"没有问题，你想去哪里吃？"钟意问道。

"让我想想啊。"汪雨清在钟意面前觉得很高兴，也很放松，看钟意在等着他，就连忙说道，"啊，钟助理，不急呀，你先去送材料吧，我想好了告诉你。"

汪雨清把钟意请他吃饭看作理所当然的事。

"好的，那我先去了。"钟意不想耽误马董事长的大事，立即同意汪雨清的建议，"行，你想好了给我打电话。"

一个月后，张雯雯出院，身体基本康复，只是她的脑血管有些畸形，弄不好就是一个定时炸弹，随时可能引爆。医生对她的爸爸妈妈都说清楚，也告诉了钟意，他们是把钟意当作张雯雯的男朋友的。钟意听了不以为然，定时炸弹，没有必要说得那么恐怖吧，身体上的一点儿毛病怕什么，有病治病，没病就快活，人生不要自己把自己折磨得太累。

出院后一周，钟意请张雯雯听音乐会。然而，待要开始时，张雯雯却临时有事没有去成。她觉得对不起钟意，在她生病的日子，多亏了钟意，如果不是他及时送医院和在医院的照顾，或许要留下终生的后遗症，而现在，她恢复得挺好，不和别人说的话，根本不会想到她大病过一场。

为了表达歉意，张雯雯一周后主动地请钟意去听音乐会。钟意喜出望外地答应了，这真有"天上掉下个林妹妹"的幸福感。

音乐会里，最动人的还是那首传世的《梁祝》，小提琴演奏的曲调格外优美，让人仿佛看到了梁山伯与祝英台那情深意浓的牵手和化成蝴蝶翩翩起舞的浪漫唯美，整个意境全出来了，声声如情人间的呢喃。

张雯雯回到宿舍里，依然心潮澎湃，与钟意一起听音乐会，多么美妙的享受呀。

她躺在床上，心绪激动，难以入睡。钟意，他会是我的白马王子吗?

第六章　文武双全帅小伙

马为民董事长把钟意完全当作自己的心腹，很多事情都当着他的面进行，不过多地隐瞒。

那天，在钟意还没有正式去电信公司上班时，他和爸爸钟天保去马董事长家表示感谢。

钟意和爸爸临走的时候，趁着马董事长离开一会儿的空档，把一个厚信封放在茶几的隔层上。信封里，钟天保装了现金1000一千元。那个时候，1000元还是相当多的，因为当时事业单位的平均工资每人每月不到200元。彩霞躲在小房间里看电视，自然没有看见。

这个装了钱的信封好久都没有被发现。因为家中只有马为民和彩霞，房间的卫生很容易做，角落里的打扫要求不高。就着茶几喝茶的机会也不多，马董事长很少带人到家里来。

钟天保离开董事长家之后，感到有些庆幸，终于把钱给了马为民，不然还真不踏实，虽说是同学，可人家贵为董事长，如果不收下一丁点儿礼品什么的，也不会用心关照儿子呀。

一个月后，彩霞打扫卫生的时候，在茶几的隔层上发现了这个信封。信封没有用胶水封口，钱很容易看见，全是百元大钞。她数了数，整整1000元。彩霞把这个装钱的信封收好，放到马为民的书房兼家庭办公室。

"奇怪，这会是谁？是谁把钱留在这里呢。"彩霞疑惑，想不起来，等马为民回来后再问他。

马为民回到家时，彩霞把拖鞋递给他，关上门，旋即对他说道："为民，今天我做卫生时，在茶几里发现一个信封，里面装了不少钱。"

"哦，知道是谁的吗？"马为民疑问道，他一时不清楚谁会送钱到家里来。

彩霞前面已经想过了，没有想起是谁的，这下很快回答道："不知道是谁的。"一副等着马为民给答案的表情。

"我没在家时，有人来过吗？"马为民问道。

"为民，你不在家，没有人来过，就算有人来找你，我也不会让他们进来，你不在家，我不晓得怎样招待他们。"

"好，就该这样。"马为民赞许地说道，"对，就说我不在家，叫他们有事直接找我。"

他不喜欢把一般关系的人往家里领，如果是陌生人根本不会让他知道家庭住址，有事要么让人在办公室谈，有些不适合在办公室说的话，他会叫访客找个茶楼、咖啡厅之类的地方说话，但凡能到家里做客的人都是相当熟悉，而且关系特别好的。

"为民，是不是你那个同学送的呀？"彩霞突然想起了钟意和钟天保，她提醒道，"好像最近的客人就是他们俩。"

"你是说钟天保和钟意？"

"好像是，你那回对我说过，年轻人是叫钟意。"彩霞回答道，她对钟意这名字有印象，她同时想起了和马为民聊过关于那个年轻小伙子的话题。

那天，钟意和他的爸爸钟天保去马为民家拜访他。彩霞端茶上来时，就觉得眼前这小伙子特别眼熟，好像在哪里见过，可一时又没有想起。

送完茶后，彩霞回到她的房间看电视，本地一家电视台正播放着一部警匪言情片。男女主角爱得很深很浪漫，在拥挤的地铁里旁若无人地搂抱在一起，非常亲密．这时画面出了个特写，一个小偷的手伸进了男孩屁股上的裤兜里。

小偷——彩霞想起那天在公共汽车上遭遇小偷的事，偷她钱的小偷很凶，两个人一伙，一个偷了她的钱包，然后转移给另一个人，另外那个小偷特别坏，把帮她指证小偷的老人家打得口鼻出血，要不是一个小伙子出手，还真不知道会怎样。

公共汽车上的小伙子，见义勇为的小伙子——咦，那小伙子和正在客厅里坐着的小伙子，很像呢，该不会是同一个人吧？

想到这里，彩霞不看电视了。她第一次没有等待马为民的招呼，径直走出她的房间来到客厅。马为民有些奇怪，但并不怪她，反倒亲昵地说道："怎么，电视不好看？"

"没有，好看。"彩霞回答马为民的问话，眼睛却看着钟意。

马为民见彩霞出来，对两位客人说："加点水吧。"

"不用，不用。"钟天保回答道。

马为民示意彩霞给两位客人续水。

彩霞看了钟意，心里觉得他与那天在公共汽车上的小伙子有几分像，只是今天这小伙子西装革履，比那天斯文许多，所以，暂时无法确认。得了，有机会时问问马为民，看这小伙子是做什么工作的，会不会坐那趟公共汽车，听一下马为民的意见，如果真是同一个人，那就很有缘分呀。

彩霞去拿了开水来，为钟意和钟天保续上，给马为民的保温杯也加满。

加水后，她说道："我去看电视了。没什么事吧？"

"行，找好节目看。"马董事长有点像哄小孩子。

钟意和钟天保走的时候，已经晚上 10 点多。在他们走后，彩霞很快过来收拾屋子与做卫生。

马为民看着彩霞，很关心地说道："先随便弄一下吧，时间不早了，早些休息。"

"没事的，反正我也不需要太多睡眠，我的工作不用脑子，少休息点没问题。"

"哪能这样说呀，睡眠是健康之本。"

"好，就稍微整理下。"彩霞旋即问道："今天来的这个小伙子，他是做什么的呢？"

"他叫钟意，今年北京大学毕业。"

"北京大学的呀，怪不得看他，感觉非常不错。"彩霞感慨。

"怎么？想起你家小孩了？"马为民很有感触地问道，因为刚刚他看见钟意的时候，也很想念自己的女儿。父母对于儿女的牵挂，最深刻，最永远，最无私。

"不知道他现在怎么样了？信也很少写，你都好久没有帮我转信来了。"彩霞对于儿子的想念之情油然而生。

彩霞的丈夫多年前因意外死亡，她一个人把儿子拉扯大，盼望儿子有个好出息，但儿子虽然学习刻苦，想给妈妈惊喜，成绩却不理想，中考时成绩就不好，高考更糟糕，彻底落榜，什么学校也没有考上。彩霞问他要去复读吗，儿子坚决拒绝，说自己不是那读书的料。当妈的见儿子这样说，自是不再勉强，也同意儿子去深圳打工。一晃四年过去。本来，彩霞一直待在家中，后来，在一个偶然的场合，彩霞联系上了马为民，说想找点活干。马为民得知彩霞的情况，想着帮帮她，正好家里需要一个保姆，就和妻子说了，请她到家里来做事。

"那你给他写信吧，或者叫他给你打电话。"马为民安慰道，"孩子大了，很多时候，他们会自己安排好的。"

彩霞听马为民这样说，心里感觉好受多了，她笑了笑，说道："那样好，就是不知道他打电话方便吗。"

"应该还行吧，深圳那里通信工程做得不错。"作为电信公司的董事长，马为民对于其他城市的通信水平，自然有所了解。

"你说钟意是北京大学毕业的，那他去哪儿工作了？"彩霞心想，这么有名的大学毕业，单位肯定挺好的。

"你说钟意呀，他进我们单位。"马为民回答道，接着做了点详细说明，"他学的是汉语言文学专业，他爸找我说了，让我看能否在他儿子工作的事情帮忙。我说你儿子都北京大学毕业，很多单位需要。他爸觉得我们单位好，我说那行，叫你儿子走双向选择来应聘。他爸当时还有些不高兴。"

"什么叫双向选择呀？"

"就是个人和企业互相选择，看是否合适。"

"你是董事长，说了还不算吗？"

"那可不能一个人独断专行，要集体讨论。"

"这么复杂，我可弄不清楚。"彩霞用欣赏的目光看着马为民。

"钟意看起来很斯文的，不过，他的拳脚功夫是不是很厉害？"彩霞决定从马为民这里问一下钟意的其他情况，以便了解那天在公共汽车上斗小偷的小伙子是不是钟意。

马为民听彩霞这么问，觉得意外，她怎么会想到拳脚功夫呢？他不太相信地看着彩霞。

彩霞感觉到了马为民的疑问，直接说道："那天我在公共汽车上看见一个小伙子勇斗小偷，那人挺像他的。"

"原来是这样。"马为民如释重负般地松了口气，"这个我倒不是太清楚，因为我好久没有见过他。我哪天当面问问他。"

"要的，那个抓小偷的小伙子非常不错，真是他的话，你这同学的儿子就是文武双全。"

"那确实很难得，现在呀，大部分都是白面书生，身体素质不好。"马为民说道，"如果他能在公共汽车上与小偷搏斗，很勇敢，也很能干。"

"如果是他的话，我还得当面感谢他。"彩霞回忆道，对当时的情形记忆犹新，是呀，经历过那样一次胆战心惊，想忘记都难。

"你要当面感谢他？那天是怎么回事呢？"马为民关心地问道，"以前没有听你说呢。"

"我怕你为我担心，就没和你说。"彩霞看话到这个份上，决定告诉马为民，反正也过去这么久了，"那天，我去帮你买卤菜，在去的路途中，我坐上公共汽车后不久，被小偷偷去了钱包。一个老人家发现小偷，并指出了他，小偷动手打老人家，幸亏那小伙子出手。那小伙子，挺像钟意。"

马为民不想让彩霞受这类惊吓，他对她说道："下次你打的去吧，公共汽车上人多，难免良莠不齐，遇上坏人就不好。"

"没关系，世上还是好人多，我坐过这么多次公共汽车，也就是那一次遇上小偷偷我钱包。"

几天后，钟意和马为民董事长去下属单位检查电信建设发展规划，他想起彩霞说的事情，找了个机会，开口说道："钟意，听我家保姆说，她以前见过你。"

钟意一时没有明白什么意思，反问道："马董事长，她说在哪儿见过我呀？"

"她说是在公共汽车上，好像是你还没有到公司上班的时候。"

"公共汽车上？"钟意回忆着，"难怪我看你家保姆面熟。看来，那天在公共汽车上被小偷偷了钱包的人就是她。"

"她说得没错，你就是当时在车上斗小偷的青年。"

司机听到这儿，忍不住说道："钟助理，你见义勇为，真不简单，以前学过武术吗？"

"没有，只是经常锻炼身体，有点力气。"

"佩服，佩服，什么时候向你学两招。"司机对钟意说道。

马为民对钟意的文武双全有了更深刻的认识。

他回到家后，将情况说给彩霞听。

"我没有看错呀。"彩霞听了感觉高兴，"你同学的孩子厉害。"

"对了，明天你准备几个菜，我叫他到家里来坐坐，顺便把那钱退给他。"马为民关照钟意，那是发自内心的喜爱，就没有想过要收他的礼，再说呢，马为民中学时和钟天保那么铁的关系，如今人家钟天保的境遇远不如他，说啥也不能收。

"好的，我会好好准备，还叫别的人作陪吗？"彩霞愉悦地答应，并进一步询问道。

"不用，就叫钟意一人就可以。"

这是周末，通常情况下是可以开怀畅饮的日子。作为省电信公司领导与秘书，他们负责的主要是全盘规划，具体事情由下级单位和部门完成，所以他们可以安心过周末。

彩霞的菜做得相当不错，钟意在门口就闻到不一般的香味。

"好香呀，董事长。"钟意对前来为他开门的马为民说道，不是阿谀奉承之词，纯粹是发自嗅觉的评价。

"自然的，请你吃饭还能用不香的菜招待你吗。"马为民很亲民。

"不敢，受之有愧，董事长。"钟意诚惶诚恐，"按理我请领导吃饭才对。"

马为民直接把钟意领到小餐厅，只有三个人吃饭，用大餐厅显得太空旷。桌上已经摆上三双碗筷，还有两瓶酒，分别是法国红葡萄酒、茅台酒，是真正的小型酒宴。

"彩霞，钟意来了！"待钟意坐定后，马为民对着厨房大声喊道，这种称呼保姆的口吻，真让钟意不解，他更加坚信马董事长和彩霞肯定不是简单的雇主与保姆关系。

彩霞端了两个菜过来。钟意这回是第二次来董事长家，第一次他和父亲一起来，有些拘谨，这回就自然很多。他打量了一下彩霞，身材保持得不错，脸上皮肤稍显粗糙，但细看下来，整体上对于她这样年纪的人来说，还是比较不错的。

38

"钟意，那天，非常谢谢你。要不是你，那钱要不回来。"彩霞开门见山。

因为马为民和钟意讲过这事，钟意明白眼前的彩霞正是那天在公共汽车上被偷钱包的女人。他现在记起，第一回他和父亲来董事长家，觉得彩霞面熟，在哪里见过，还真是没有弄错。

"阿姨，不用客气，这是我应该做的，那个小偷也太狂，以为他天下第一。"钟意看董事长很乐见的样子，夸张地说道，"要让他们再也不敢偷鸡摸狗。"

马为民乐哈哈地看着钟意，"你坐，你坐。"刚才为了和彩霞打招呼，钟意是站了起来的。

"你们坐，我一下子就弄好。"彩霞道。

待彩霞把菜全部放上桌，马为民道："彩霞，来，我们三人一起好好喝酒。"

彩霞关了厨房的灯，这是她在乡下养成的习惯，按照马为民的说法，电灯开关使用过于频繁，反倒会对电灯泡构成强烈的刺击，不利于保护电器，所以，他不主张在还要多次使用的时候关灯、开灯，他的夫人接受了他的观点，因此，他和妻子两人习惯于灯火通明。彩霞来了之后，随手关灯的习惯根深蒂固，马为民说过几回，也不见成效，足见习惯势力之强大。后来，他就不再说这事，包括他的夫人，都不提这事。

三人坐好后，彩霞拿起桌上的葡萄酒准备倒酒，原来是开好了瓶的。

"先给我们每人来一杯红葡萄酒，之后呢，彩霞你想喝什么就喝什么，我和钟意喝白酒。"马为民吩咐道，"怎么样，钟意？"

"完全赞同，我紧跟董事长走。"钟意表示支持。

"好样的。"马为民夸奖道，"喝酒就是要有这股豪气，不然还喝什么酒呢。"他突然想起了一件事情，对了，今天请钟意来吃饭，要把上次他爸钟天保送来的1000元钱还给他。这是正事，不能耽误，待会儿喝酒多难免会忘记。

马为民起身前往书房，并对钟意和彩霞说："你们吃，我一会儿就来。"

马为民确实一会儿就回到餐厅，手里多了一个信封。

他把信封郑重地交给钟意，严肃地说道："把这东西还给你爸。我和他什么关系，还来这一套？"

钟意犹豫着是否要接过来，毕竟这是对马董事长的感激，而不是行贿。

"马叔叔。"钟意情急中喊出了他小时候常常喊的马叔叔，"这是我爸真心感激你的，你不要嫌少。"

"什么话呀，我哪会这样想呢？钟意，我是怕待会儿喝醉了忘记这事情，现在给你就好，以后我没有酒喝时你再请我喝酒。"马为民坚决地说道。

他用正式严肃的目光看着钟意，让钟意没有拒绝的动力。钟意收下了马董事长手里拿着的信封，也就是当初爸爸留给马董事长的 1000 元。

"嗯，你收好。我们现在喝酒。"马为民对钟意说道，"来，先干一杯红酒。"他端起酒杯，在座的钟意与彩霞自然与马为民一起干了第一杯酒。

钟意与马董事长像品酒般慢慢地喝下了那红红的液体，好像有些陶醉的感觉。彩霞也一口气喝下了那杯红酒，不过，觉得口里有些苦味，所以，一个人的美食是另一个人的毒药，这话一点不错。饮食要对胃口才可以。

彩霞没有吃太多的东西，就去整理厨房。然后，厨房里的事做完，她来到餐厅，没有再上桌，而是坐在靠近餐桌的沙发上，准备随时为马为民与钟意服务。

马为民与钟意开始喝白酒，这酒不愧是享誉中外的名酒，盖子打开，整个屋子充溢着浓浓的酒香，钟意贪婪地吸着空气中的酒香。

"钟意，这香味纯正吧。"马为民相当引以为豪，他喜欢喝酒，基本达到了品酒的专业水平，他的酒量也相当不错。

钟意年轻，酒量不一般，但论品酒，水平无法与马为民相提并论。

他谦虚地说道："马叔叔看中的酒，哪里会香得不纯正。"

马为民轻轻地笑道："功到自然成，喝酒也一样，酒喝得多，也就成专家里手。"

钟意拿过酒瓶给马为民倒酒。马为民把瓶颈抓住，朗声说道："你来我家做客，哪有叫客人倒酒的呀。不行，不行，我来，我来。"

"我可没把自己当客人，马叔叔。"这会儿的钟意嘴巴特别甜，"我就像在家里一样。"

"好，就要这样，我和你爸当年是啥关系呀，所以你尽管放开手脚，敞开肚皮喝。"马为民道，极其热情与豪爽。

彩霞看见了他们的争论，立即起身，把钟意手上的酒瓶拿了过来。

"来，你们喝就是，我负责倒酒。"彩霞以女主人的口气说道，尽管她的职责是保姆。

"阿姨，这样太对不起你。"钟意真心地说道，"还是我来吧，你歇着，不要太累。"

马为民听钟意如是说，心里涌起一股热浪，钟意挺会关心人，这小伙子修养好，马为民在心里感慨道。

"没事的，你马叔叔刚才说了，你敞开肚皮喝就是，我反正已经吃完，空着也是空着，为人民服务嘛。"彩霞不愧是高中生，说话还真有文采。

酒瓶已经在彩霞的手上。

"好，恭敬不如从命。酒权由阿姨掌握。"钟意看了看马为民，马为民高兴地点头。

两个男人喝得高兴，彩霞看见他们的杯里空了就给他们续上，好像不到两个小时，他们把三瓶酒都喝光了。酒喝多了，话题多，也更放得开，容易说知心话，还有一个标志就是舌头会变大，说话含含糊糊。可以说吧，他们两人都有点醉酒的前兆。

彩霞知道马为民的酒量，喝了这么多酒，要醉倒是不会的。钟意怎么样，还不是太清楚，但看他壮实的身体，应该酒量不会差到哪里去。

不过，彩霞高估了两人的酒量。

"彩霞，来，你也再喝几杯。"马为民用激情的声音对彩霞说道。

彩霞犹豫着，她不太喜欢喝酒，可心里觉得没有办法拒绝马为民的要求。

"可是，我很少喝白酒的呀。"彩霞用基本上无力的语调说道，"刚才的葡萄酒我都觉得挺苦的。"

苍白无力的辩解。

马为民继续鼓动着："这个茅台酒的口感比葡萄酒要好得多，因为它纯呀，没有任何杂质，很容易入口，很容易进到胃里去。"

彩霞放弃抵抗，"好吧，我试试看，要是喝不下去我就不喝啊。"

彩霞领略到了这酒浸润口腔的贴近与自然，还有萦绕在鼻腔的醇香，一点儿也不辣，很舒服的感觉。她的眼里闪出愉快的光芒。

"没骗你吧，味道很好，是不是？"马为民有些得意地对彩霞说道。

"还行吧，不难喝就是。"彩霞故意用轻描淡写的口气说道，不能让马为民太得意。

"好，能喝下去就可以，慢慢你会品出味道。"马为民给彩霞的杯子倒满酒。

"来，钟意，我们三人喝一杯。"马为民继续组织着酒局。

钟意举起酒杯，与董事长、彩霞碰杯，喝光。

彩霞没有犹豫，痛快地喝光了一杯白酒，没有任何不适的表情。

马为民欣然地看他们两人喝了杯中酒，优雅地将酒杯缓缓地抬高尾部，然后让酒流入口中。

原来，茅台这么好喝呀。以前，彩霞总觉得白酒又辣又刺喉，难以下咽，这回体会到了喝白酒的舒服感。

三人喝出了新的高潮，彩霞彻底进入享受喝酒快乐的阶段，一杯接着一杯喝，顺其自然地，都喝醉了。

第七章　听董事长说往事

钟意不会是百分之百的听众，他设身处地投入，深刻地领会马为民与彩霞已然过去，却总消磨不掉的少年往事。

那一年，二十多年前的一个冬天，马为民 14 岁，学校放寒假时，妈妈带他去东阳省北部山区一个乡村走亲戚，他的姨妈全家住在那里。

就是在那里，马为民遇到了彩霞。

到亲戚家后没几天，晚上天气骤然变冷，很快就下起了鹅毛大雪。山上、树上、屋顶上全铺上白白的一层，天地霎时变得纯净与空明起来。

早上起来后，马为民看见那在城里难以一见的遍地雪景，兴奋异常。他对妈妈说："妈妈，我出去玩雪了。"妈妈一直以来特别宠他，也不想管得太死，既然到了乡村，就让儿子尽情玩吧。

"你去吧，儿子，注意安全。"

得到妈妈的同意，马为民飞也似的跑去外面疯玩。

马为民在雪地里飞奔着，身后是他一串串的脚印。

"啊，啊！"马为民在雪地里的呼喊在村子里回荡着。

可是，却只有他一个人的声音，年纪不大的马为民觉得有些孤独，要是还有人出来玩玩就好。

这时，他突然看见一个红色的身影在移动、奔跑着，慢慢地向他这边靠近。

这红色的身影就是彩霞，在东阳省北部山区乡村长大的她对于雪景并没有太多的惊喜。她听见一个让人激动的男孩声音在雪的世界里回荡着。

"你叫什么名字？"乡村女孩吴彩霞并不胆小，主动发问，或许想着自己是这里的小主人。

"我叫马为民，你呢？"马为民同样很主动。

"我叫吴彩霞。"

马为民看吴彩霞，挺好看的模样，穿着大红的棉袄，头发很茂密，没有带围巾或头套，眼睛大大的，黑亮黑亮，脸上有着淡淡的红晕，她口里的气息冒出来，包围着她，仙雾般美丽。

他想更多地了解这个女孩。

"你几岁？"

"我13岁。"小女孩认认真真地回答。

"你上几年级呀？"

"四年级。"小女孩诚实地回答，还是有些不好意思，这么大年纪了才上四年级，乡村女孩上学晚，她也没有办法。

"嘿嘿。"马为民自我介绍道，"我今年十四岁，过了年十五岁，我上初中二年级。"

说话间，一只小鸟从他们眼前飞过，大概是被冻坏了，飞得低矮无力，或是由于调皮，独自一人从温暖的小巢里跑出来玩耍，在风雪中找不到回家的路，或是冻得分不清方向。

"彩霞，鸟。"马为民率先看见。

"马为民，我们抓住这只鸟吧。"吴彩霞说道，带点儿渴望。

"好的，我们追它。"

红衣少年和红衣少女在那只单飞的小鸟后面追逐着、奔跑着，像两团燃烧的火焰，在纯净的山村白雪世界里，点缀着美丽的大地。

小鸟飞累了，停在山脚边一个高高的稻草垛上。马为民飞身上去，一把抓住了那只鸟。小鸟喘着粗气，胸脯剧烈起伏着。

彩霞很同情这只可怜的小鸟，两人商量着要帮助小鸟。马为民见机行事，把草垛中的稻草抽出来，很快就有了一个不算太小的洞。

"你好厉害，这么大一个洞，都可以在里面睡觉了。"吴彩霞笑道，接着她说，"要不你干脆把洞掏大一点，我们也进去吧，进去在里面陪着小鸟疗伤。"

马为民立即照办，年少的他很快完成任务，随即跳了进去。在草洞里，他们让小鸟有了温度，也让少男少女有了肌肤的碰撞。

"为民，我们长大了在一起，好吗？"吴彩霞说道，发自内心深处的朴素自然。

马为民听懂了这句话，他在吴彩霞的耳边说："在一起，我们一定要在一起的。"

那是少年的想法，后面的人生事实是马为民的夫人不是吴彩霞。

钟意到电信公司后听不少人说过董事长一家幸福的三口人，说他和妻子正宗原配，没有闹别扭更没有离婚，这对于位居高位的马为民来说，令说话的人相当地敬佩。

既然有着那么浪漫的爱情邂逅，可是为何没有结婚走在一起呢？钟意被董事长的事给提起了好奇心。

郁闷的是，马董事长说到这里，好比开车途中遇到路障，停了下来。

"不说了，不说了。"马为民拿起酒杯道，"彩霞，来，喝酒。"

彩霞听到马为民这话，眼里湿润了，她举起杯子，哽咽着说："为民，这么多年过去，作为你的远房表妹，你对我这么好，我已经知足了。"

马为民仰脖快速喝了这杯酒，再次斟满。

"为民，咱们不喝了，好吗？"彩霞体贴地对他说，"已经喝了很多，改天再喝。"

马为民正要端杯的手迟疑了一下，他看着彩霞，点了点头说道："是，酒喝多了不好。"

他看了看钟意，这个他目前最好的下属与听众，动情地说："钟意，谢谢你。"

钟意有些不解，对他说道："董事长，应该我谢你才对，你请我吃这么好的饭菜，喝这么好的酒。"

"嗨，应该的，应该的。有条件得享受生活，钱这东西，用了才算自己的。"马为民回到他的正题，"能够认真听完我和彩霞这本经的人，目前只有你。从前呀，没有遇到你这样的人。感觉这样对你说一遍，和穿越到那时有同样的效果。你说我能不谢谢你吗？"

"真没有想到，董事长你和彩霞——"钟意想着最准确的表达，"你们青梅竹马。"其实是很不准确的。

马为民反应灵敏，"错了，应该是一见钟情。只可惜，事情没有朝着预定的方向发展。"

钟意点头，没有说话。

"来，钟意，我和你喝了杯子里的酒。刚才彩霞说了，我们不能喝太多，就今晚的最后一杯，好吗？"马为民说道。

"好，我同意。"钟意回答，随即说道，"不对，是我服从领导安排。"

第二天，在公司，马董事长与钟意见面。双方比以往更觉得亲密，是呀，一起喝酒增进彼此的距离。

"董事长，你的事儿很传奇，非常不简单。"钟意称赞道。

"她吃了不少苦。"董事长颇为重情。

正在这个时候，他的大哥大铃声响起，他立即按了接听键。

"董事长，我哥出车祸昏迷，已经送到协和医院，我请假。"听筒里是龚永生副董事长急躁不安的声音，事情远远出乎他的预料，不然，以他知天命的年纪，应是沉稳大气、不慌不忙的。

"好的，你去忙你哥哥那边，公司的事情你放心，我会留意。"马为民立即准假，生老病死，天灾人祸，这些没有办法完全避免，只有在发生后想办法去应对，以渡过难关。

龚永生的哥哥龚永阳，全国著名医学专家，东阳省医科大学附一医院神经外科主任、教授。他所在的省医科大学附一医院是全省第一、全国知名的三级甲等大型综合性医院，历史悠久，是当地老百姓最信赖的医院。

这一天，在绝大多数人心中并没有什么特别。晴空万里，空气清爽。美丽的海滨城市龙华，气候宜人，不热也不凉。然而，这一天，对于龚永阳来说，是一个特别的日子。

龚永阳毕业于全国最著名的北京华光医学院，被分配到省医科大学附一医院神经外科工作。一晃三十年过去，再有两年他就到了六十岁的退休年龄，可以说干了一辈子神经外科。毫无疑问，他是同事、学生眼中德高望重的前辈，是患者及其家属眼中的健康守护神，是神经外科同行眼中的知名专家。

精力充沛的龚教授这天上午安排了两台手术。早上，如同往常一样，他提前30分钟驾车赶到办公室，这是他多年的习惯，为的是在晨会前把当天上午要做手术病人的查房工作做完，晨会后与助手再做一次术前讨论，这样既全面了解病人的病情，又可以缓解病人和家属手术前的紧张情绪，还多一次与助手沟通，掌握助手当下的身体、情绪及思想动态等情况。

上午两台手术结束后已是 12 点多，简单吃过工作餐，龚永阳还得去一家县医院会诊，前一天就约好的。外出会诊是他的家常便饭。他在洗手的时候，前来接他的人跑到科里请他。县医院距离市区 30 多公里，开车约一小时。

返回到龙华市时约是下午 4 点钟，在快要下高速路口时，不幸发生了，龚教授乘坐的车子与一辆载重大货车发生事故，同向而行的货车尾部撞击龚教授所在的后排。

实在是太过疲劳，坐在后排座位上的龚教授睡着了，虽然系了安全带，但是睡眠中的他头部失去支撑，头就靠在车窗上。他的头部受到重创。龚永阳被紧急送到省医科大学附一医院，也就是他工作的医院。省医科大学附一医院立即启动绿色通道，迅速进入手术室，开展全力抢救。医院领导和相关职能部门非常重视，神经外科、耳鼻喉科、口腔科、眼科、麻醉科等相关科室通力合作。看着龚永阳躺在病床上无声无息，大家都不敢相信这就是令人敬重的、阳光的龚教授，忍不住流下眼泪，好些女同事哭出了声。

龚教授的亲人得知消息立即赶往省医科大学附一医院，龚永生副董事长到达医院时，他的哥哥正在手术室接受治疗。他在手术室门口和其他亲人焦灼地等待着。

龚永生不安地迈步等待中，突然看见钟意出现在眼前。

"龚董事长。"钟意先和他打招呼，并说明道，"马董事长让我来陪陪你。"

"谢谢你，谢谢马董事长。"龚永生双眼含泪说道。他没有想到，平时看起来威严不太近人情的马董事长对他会这么关心。他有所不知，马为民董事长内心里关心下属，他仔细看过下属的档案资料，对中高层员工更是很用心地记住一些重要信息。他知道龚永生和哥哥龚永阳感情很深，在龚永生因哥哥车祸重伤请假后，他立即安排钟意前往附一医院，让钟意尽量协助龚永生办理相关事情，并叮嘱道，这事一直跟进，如果把握不准，就直接向他汇报。

这点，即便钟意也感到意外，如此关心下属的老总令人敬重。他抱着一种生命为大、情深义重的感觉，很神圣地前往附一医院。

"龚教授情况怎么样？"钟意问道。

"我到医院时，哥哥已经进手术室了，听我们家人说，哥满脸是血，人昏迷了，一点儿都喊不应。"龚永生很伤痛地答道。

"现在医学很发达，你哥会好起来的。"钟意轻轻地安慰道，他希望手术有很好的效果。随后，站在一旁默默地陪着龚副董事长等待着。

一个多小时后，龚永阳手术结束，担架车从手术室推出，守候在门外的亲人家属朋友围上前，看到的是龚永阳头上缠满了白色纱布，眼睛紧闭着，双唇苍白，手和脚一动不动。主刀医生说，龚教授仍然处于深度昏迷中，安排住进重症监护病房（ICU）。亲人家属朋友们被挡在门外。

钟意继续陪着龚永生在门外走廊默默地等待，盼望从 ICU 传出好消息。但情形不容乐观，不多久，里面出来一位医生，告诉家属说龚教授的呼吸节律不规则，呼吸力度越来越弱、越来越慢，医生告诉家属必须做气管切开手术，然后接上呼吸机来维持呼吸。龚教授的老婆孩子远在外地，龚永生成为相对当家做主的人，那时不是人人都有手机，和嫂子的联系不是那么通畅和快捷。医生拿着一张知情同意书对龚永生说："家属同意做气管切开和使用呼吸机的话，就在这里签个字。情况很紧急，要抓紧时间。"

龚永生对这些并不了解，他是第一次遇到这种事情，加上心情难受，无法判断该不该签字，不知道怎么做对哥哥更好。

他用求援的目光看着钟意。钟意快速地阅读医生拿出来的知情同意书。

"医生，一定要气管切开吗？"钟意问道。

"是的，不切开的话，痰液会阻塞气道，引起窒息，人会憋死。"医生用通俗易懂的话语回答道。

"那气管切开了一定要用呼吸机吗？"钟意继续问道。

"现在是的，我们刚才查了血气，龚教授缺氧明显，还有二氧化碳潴留，表明通气不足，气体交换不够，这些都是必须上呼吸机的指标。"医生解答得很仔细。

龚永生在旁边听懂了这些，有些期待地问道："医生，做完气管切开，接上呼吸机，是不是很快就会醒过来？"

"这个不一定，主要看病情。现在看来，昏迷特别重，呼吸、循环状态都不是太好，情况不是很乐观。"医生直面现实。

龚永生闻言痛苦无奈地摇头，他明白哥哥现在处于非常危急的状态，不做气管切开，不接呼吸机绝对危险，之后结果也很难预料。

"我签字，请你们快些！再快些！"龚永生在知情同意书上签下他的名字。

第八章　酒壮大了胆子

钟意看了一看墙上的挂钟，快下午6点，就要下班了。屋外还阳光灿烂，这白天的日子很长。钟意记起这天是6月22日，在二十四节气里，这天是夏至，一年里白昼最长的一天，这是钟意中学地理课印象最深的一个知识点。学习很有意思，它能让一个人掌握知识，并且是知其然，同时知其所以然。

进入夏天，天气渐渐热起来。龙华市是典型的海洋气候，可以说是冬暖夏凉。炎炎夏日，隔三岔五，来自海上的台风来到龙华市，带来雨水和清凉，一般不会造成大的自然灾害。

正在胡思乱想的时候，桌上的电话响了，准是张雯雯的，钟意心想，大概想他陪着逛街。都说陪女孩子逛街特累，可钟意一点儿没有这种感觉。他喜欢这活儿。

"钟助理。"电话听筒里传来一个男人的声音。

钟意听出来是资料室的汪雨清。

"汪雨清，你好。"尽管不是张雯雯的电话，钟意有些失望，但是他的语气还是热情的。

"钟助理，晚上有空吗？"汪雨清在电话那头问道，好像有事情要做似的。

"暂时没有特别的安排。"钟意回答道。

"那就好，对了，我想去肯德基。"汪雨清说道。

钟意没有忘记他答应了想请汪雨清吃一顿饭的，以感谢他当时帮助照顾住院的张雯雯。不过，如果就请他吃一顿肯德基，未免显得太小气。

"可以呀，不过，我欠你一顿饭呢，我们去吃海鲜，你看可以吗？"钟意提议道。

"那就听你的，钟助理。"汪雨清显然听从钟意的安排。

"你在办公室等着，我待会儿下来叫你。"钟意说道。

"好的，我等你。"汪雨清显得特别有耐心。

挂了电话后，钟意再拿起听筒，给张雯雯打电话。

"你好，公关办。"张雯雯从电话铃声听出是内线电话，用内部语言说道。

"是我。"钟意知道是张雯雯接的电话，"还在忙吗？"

"不会，都到点了，要下班。"张雯雯在撒一点点娇，在心里，她已经把钟意当成她的男朋友，只是，好像两人的感情还处于朦胧状态，大概还在等什么恰当的时机拍板定论吧，"是不是要请我吃饭？"

"你还真说对了。"钟意感到奇怪，"你好像能猜到我的心思呢。"

"有一本书上说呀，如果你想实现一个目标得到一件东西，你就时时在心里念叨，只要坚持就准会实现，没想到还真灵验哟。"

"至于吗，雯雯，可不要损我，我请你吃过饭呀。可不是你时时念叨出来的。今天我请汪雨清吃饭，顺便把你捎上。"

"咦，钟董事长，不会这么小气吧。多请了几次吃喝，这么计较？"张雯雯似乎有些气愤，"还顺带把我捎上，我不去了，你们去吃。"

"你真不去了？"钟意在这边有些得意地说道，"你先不急着回答，我给你5分钟时间考虑。待会儿给你打电话。"

两人的办公室相距不过几十米，走路用不了一两分钟，只是电话的速度更快，何况身为电信公司员工，近水楼台先得月，更应该多多享用电话的方便快捷。

钟意轻轻地挂了电话，生怕触痛张雯雯脆弱的心。

张雯雯无奈地挂了电话，哼，没想到呀，没想到，这个钟意，居然这么狠毒，是气死人，不理他。还考虑5分钟，不用考虑，一分钟都不用，一秒钟就可以决定。

钟意收拾好办公桌上的物品，看看时间，已经正好6点。可以下班走人。马为民董事长对于下属的时间观念要求严格，强调一个职员必须有组织有纪律，分内事要完成好，更高层次是创新创造力。

他对着镜子整理衣着，梳理头发。云想衣裳花想容，不论男人还是女人，个人形象得注意，穿着打扮不能马虎。

钟意敲响张雯雯办公室的门。

"请进。"虽然是用了个请字，但听得出语气里带有生气的成分。

好在钟意不是监察部职员，不然张雯雯用这样的语气回答客户或者领导同事会被扣分。

钟意推门而进，人到声音到，"怎么？在生气？"说话间顺手关上门。

"谁生你的气呢？大董事长。"张雯雯看见钟意到来，心里已然没气，嘴里不依不饶，"我哪里敢生你的气呀。"她的声音已经低得只有他们两人能够听见。

"可不能在公司里乱说，别人听见会说闲话的。"钟意阻止道，"要是马董事长知道了会批评你和我的。"

张雯雯抬起头来看着钟意，"谁爱说闲话，就让他说去。我这么小的声音，谁能听见呀，再说，你还把门给关上了，鬼鬼祟祟的。"

"咦，真是牙尖嘴利呀，我关门，还不是因为你屋里开着空调，咱为国家节省能源。现在国家电力资源不是很丰富，许多地方在高峰时节拉闸限电。"

"知道这些，不要你告诉我。我就要叫你大董事长，谁都知道，你是马董事长的人，他不会和你计较。"

张雯雯说这些话时，眼里是温柔似水的目光，她的声音已经让钟意陶醉。

"雯雯，走吧。"钟意盛情邀请张雯雯，"我今天请你和汪雨清吃饭。"

"怎么想着请我和他吃饭呢？"张雯雯道，"不想和我单独一起吃饭吗？"

"不是的，我对他表示感谢。"

"他帮你做什么事情？"张雯雯好了伤疤忘了痛，她没有想起钟意是因为汪雨清帮助照顾了住院的她而请他吃饭。

"对，帮我做了不少的事情。上回你住院，开始时你爸妈没有来，也没有请护工，就是他和我在那里照顾你。你当时人没有完全清醒，所以你不知道。"

"这样呀，钟意，当时真辛苦你们了。"张雯雯补充道，"你真好！"

"雯雯，不要说辛苦，我心甘情愿，我希望你快些好。我当时特别为你担心。"钟意很动情地。

"是不是怕我一去不复还呀？"张雯雯心情特好，拿自己开涮，"我告诉你，我的生命力是顽强的，没有这么容易就去见马克思。"

钟意点头道："吉人自有天相。你是上帝的宠儿。"

雯雯笑了，很开心地说："你是上帝给我的礼物，幸亏你那么用心地照顾我，不然现在可能没有我了。你是我的救命恩人。"

"你刚刚不是说，你没有那么容易见马克思吗？怎么又说我是你的救命恩人？"

"就是，我没说错。"张雯雯强调道，"我起死回生的生命是你给的，你是我的再生父母！"

"不要把我说得这么老嘛。"

"那就是我的再生哥哥。"

"嗨，你呀，雯雯。"钟意看时间不早，对她说道："走，我们吃饭去，免得没位子。"

"好像大家都喜欢上饭店，什么时候吃饭都搞得像赶集。"

"对，如果不订座的话，就要早些去。今天是汪雨清临时给我打电话。"

"不是你请客吗？怎么是他打电话给你。"

"他说今晚想去吃肯德基。我说还是吃海鲜。"

"奇怪，他一个大男人喜欢吃这些女孩子的食品。"

"好像他没有比你大。"钟意故意逗着雯雯。

"我不管他大不大，这是我的习惯说法，好不？"张雯雯白了钟意一眼，"我不喜欢他这种女人化的德行。"

"别这么损人，人家是真正的男人。"

"那是你的看法，我管不着，你也管不住我的想法。"张雯雯相当有个性，"我生病住院他帮忙照顾，非常感谢。"

"对，知恩图报。我们一起请他吃顿饭，情理之中。"

钟意与张雯雯肩并肩下楼，来到位于一楼的资料室。

"汪雨清。"钟意在门外喊道。

"在。"汪雨清立即应道，他在等待着钟意，已经做好下班准备。

"你也去吗？"汪雨清看见张雯雯，觉得意外，因为钟意说请他吃饭，并没有提到要请张雯雯，所以语气显得不那么友好。

张雯雯听汪雨清这么问，很冲地回答道："钟意请我去，不行吗？"

"我请雯雯一起陪同。"钟意出面调停，他可不希望三人在不愉快的氛围中吃饭。汪雨清做事说话的确像女孩子，非常情感化，好像少点理智的成分。

见钟意这样说，汪雨清不再发难。

张雯雯在心里想，这汪雨清真是做事说话不同常理，按说吧，她在公司不说是第一貌美如花，也是名列前茅的大美女，好多男孩子想和她一起吃饭还没有机会呢。哼，要不是看着你照顾了生病的我，一定把你痛骂一顿。

钟意领着张雯雯、汪雨清往外面走去。出了办公楼，来到电信公司大门口，一部的士停在门口，三人以为是好运气。可是，司机问他们去哪里，钟意回答后，司机说不顺路不去。钟意参加工作后常有打的，知道这是交接班的时候，已成惯例，这种拒载非常普遍。

连着要了几辆的士，终于有一辆的士愿意去他们要去的海鲜酒楼。路上汽车不是很多，时值下班高峰期，路上基本上是自行车，不愧是自行车的王国。他们的汽车速度和自行车差不多，时速大概20公里左右。反正也不急，单身汉嘛，一人吃饱，全家不饿，慢就慢点，三人一起随便聊点什么，时间也容易打发。

钟意生在龙华市，长在龙华市，除了大学四年在北京外，生命中有二十年是在龙华市度过的。北京大学毕业后，参加工作回到故乡，进入父亲朋友领导的好单位省电信公司机关，任董事长助理，这招待客人、迎来送往的事做了不少，点菜这类事更是熟能生巧，再简单不过。他很快就点好了菜。当菜上桌时，张雯雯与汪雨清食欲大开，上来的菜色、香、味俱佳，让人不得不直流口水。

"先生，喝点什么酒水？"服务小姐问道，这已经有些偏迟，是工作有疏忽。

张雯雯与汪雨清看着钟意，他是今晚的主人，客随主便，那当然得遵守老规矩。

"你想喝点什么？"钟意这次是打着请汪雨清吃饭的旗号来的，自然得让来宾享受应有的尊贵待遇。

"钟助理，你说喝什么就喝什么。我听你的。"在钟意面前，汪雨清好像总不愿意自己拿主意，或者说根本就没有想法。

"那你看想喝点什么？"钟意见汪雨清完全听他的意见，那就没有必要多问，征求张雯雯的意见。

张雯雯直接说道："你喝啥我就喝啥，和你一样的就行。"她这话意思与汪雨清的差不多，但是她眼里那种柔情让钟意看着特别舒服。

钟意高兴地说："既然你们两个都听我的，那好办。天气热得很，我们就喝低度酒，我看来点冰镇啤酒，你们同意吗？"

张雯雯利落地举起双手，"我同意，双手赞成。"

看着调皮的张雯雯，钟意掩饰不住他内心的喜爱，很大人般的说道："行，就算你两票。"

"我也两票吧。"汪雨清想享受与张雯雯同样的待遇，也举起了双手。

"好，那就啤酒。"钟意对于汪雨清这样子的表达方式，不是太认同，一个男孩子，言语与行为雄性化一些才符合自然的规律。

三个同龄人喝酒，似乎不需要太多的祝酒词，每人拿一瓶，自斟自酌，间断地互相碰个杯。钟意好好地在酒桌上感谢汪雨清。

"来，我敬你一杯酒，谢谢你当时全力帮助我。"钟意说道，"没有你帮忙，想做好事心有余而力不足。"

"不用客气，你的事情就是我的事情，帮你做事情，心里快乐着。做了事情，你请我吃饭，同样快乐着。"汪雨清张扬着他对于钟意的好感。

"嗯，谢谢。"钟意喝干了一大杯啤酒，很重情义地说道，"你有什么事情，我也不会袖手旁观。"

张雯雯知道钟意说的帮忙，是指汪雨清在她生病的时候，帮助钟意照顾了她，钟意吃饭前就告诉了她。虽然，张雯雯对于汪雨清的举止不那么喜欢，但既然在同一个桌子吃饭，既然他是钟意的客人，而且在自己生病的时候，花钱花精力照顾自己，终究是有恩之人。

她用的是小杯子，斟了满满一杯酒，举到汪雨清面前，对他说："汪雨清，我们虽然在一个单位，但以前很少打交道，这回听钟意说，我生病的时候，你照顾我不少，很感谢你，我敬你一杯。"

汪雨清听张雯雯这么说，很感意外。是的，他与张雯雯共事的时间比钟意长，他们两人都比钟意早一两年到电信公司工作。只是，如果不是因为钟意的原因，他们不会有除工作以外的私人交往。张雯雯是美女，在单位里有一枝花的美誉，无论形体、笑容还是穿着打扮，处处都显示着品位。

"不用客气。下回如果钟意忙，我还会来帮他。"汪雨清说的是大实话。

酒是饭桌上的催化剂，三个人接二连三干下去几瓶啤酒，尽管酒精度数不高，积少成多，慢慢地在三人体内发挥作用。

张雯雯的脸色更加红润起来，皮肤白皙的她，在灯光的照射下，更显得楚楚动人，娇弱不堪，樱桃小嘴细细地品着啤酒，吃着虾子，修长的手指拿着汤匙，那舀汤的动作宛如写意的工笔画，清新自然。

钟意看着有些入迷，他拿着一个大螃蟹在手上都忘记了动作，那螃蟹被煮得通红，在他的手上像一个大苹果。他的目光放射着缕缕情丝。

张雯雯显然被这情丝缠住了，觉得自己的手脚好像不那么灵活。她很快发现这种改变来自钟意。

她停住吃饭、喝酒、夹菜，缓缓地把头转向钟意，那双眸明亮如天上的星星，多情如深深的古井。

"钟意，咱们喝酒。"她轻轻地喊着他。

"哦，哦。"钟意从梦游般的状态回过神，"我们喝酒。"

汪雨清很真切地看到了这些，心里似有石头压着，闷得慌，下回呀，不能和他们两个一起出来。

三人喝光一箱啤酒，钟意保持着一定程度的清醒。

"雯雯、雨清，"酒喝到一定程度，称呼也亲切起来，钟意同样如此，"我们今天喝得不少，我看就差不多到这里，你们看好不好？"

"行，钟助理，今晚喝得非常开心。"汪雨清说道，虽然他不忍看他们两人眉目传情，但是能够与钟意一起待上这么长的时间，一起喝这么多的酒，吃丰盛的海鲜，感觉很有意思。

"我也不能再喝。"张雯雯带着些许醉意说道，"再喝就会醉惨了。"

"我们都把杯里的酒喝掉。"钟意拿起杯子，示意三人共同干了最后一杯酒。

酒足饭饱后，自然是钟意买单，因为是他请客。

看看已经晚上 9 点多，钟意说大家回去休息吧，取得共同意见，他就叫了一部的士。

张雯雯与汪雨清都住在电信公司的集体宿舍，那个时候住房条件不是那么宽敞，没结婚的单身汉两到三个人住一间房，没有配套设施什么的。钟意住在父母家，因为家里住房条件还算可以，家中人口不多，他一个人有独立的房间，也就没有在单位要宿舍。

钟意本打算在张雯雯与汪雨清下车后，让的士继续送他回家。他的家比电信公司宿舍要远一些。可是，他看见汪雨清与张雯雯的状况，放心不下。于是，他在电信公司宿舍和他们两人一起下车，付清车费，让的士走了，他得把他们送到宿舍才放心。

张雯雯醉得更深些，走路的时候有些摇晃，得钟意搀扶着她。汪雨清好些，起码走路基本是平稳的。

男宿舍近些，他们首先到达汪雨清的宿舍。汪雨清的两个室友都在房间，一个在听录音机学英语，一个在看报纸。钟意把汪雨清交给他们，要他们多加关照。

"一定的，钟助理，请您放心，我们保证完成任务。"在钟意面前，两个年轻人显然把钟意这个董事长助理当成官员。

"汪雨清，你早点休息。"钟意叮嘱道。

"谢谢您，钟助理。你也早些休息。再见！"汪雨清说道。

"嗯，再见！"

张雯雯看见他们两个热闹地道别，也想跟从一回，却没有发出声音，很可爱地对汪雨清摇了摇手。

张雯雯的醉意在加深，钟意感觉她越来越无力，只好整个地用有力的胳膊挟着她走。钟意好大的力气呢，张雯雯感觉到了这一点，她特别喜欢这种被呵护的滋味。与钟意在一起，这种感觉在每一个细胞、每一个毛孔浸润和渗透着。

钟意知道张雯雯大致住的位置，但不清楚具体是哪一间房。好在张雯雯还有一点清醒，指挥着钟意来到宿舍前。

"你的钥匙？"钟意问张雯雯。

"在……在裤子口袋里。"她回答道，"你帮我拿出来。"

钟意只好一只手搀着她，另一只手伸进她的裤子口袋。在掏钥匙的时候，不小心触到她的腿，隔着布料，感觉到她腿上皮肤的细腻与光滑。他的心战栗了一下。好在钥匙的位置很浅，他迅速掏出钥匙，害怕自己冲动中犯下低级愚蠢的错误。

房间打开，里面漆黑一片，张雯雯的室友还没有回来。她告诉钟意电灯开关在门边的位置。灯开了，屋里挤了三张床还有三张书桌，虽然条件不是太好，但收拾得干净整洁，整个房间散发出好闻的女孩芳香。

"你睡哪个床？"钟意问道，同时顺手把房门给关上，这是一个习惯性动作，他比较喜欢关门，保持自己独立的空间。

"这个。"张雯雯用手指了一下靠窗户左边的床铺。

钟意低下身子，把张雯雯放在床上。他想起身时，却发现动弹不了。张雯雯紧紧缠住他的脖子，吐气如兰，沁人心脾的气味让钟意迅即迷失。

他倒在张雯雯的身边。张雯雯的脸红润如三月的杜娟花，长长的睫毛闪动着，胸脯起伏着。她松开了缠住钟意的手，把手伸向钟意的后背。

钟意将手从张雯雯的后背伸出去，然后两手合拢，将张雯雯牢牢地抱在怀里。

张雯雯的嘴微微张开着，正如红红的樱桃。钟意咬住了红樱桃，将张雯雯美丽的双唇含在嘴里。两条灵活的舌纠缠在一起，传递着生命的旋律。

钟意感觉到胸前有软而厚实的东西顶着，是张雯雯两只如玉兔般的山峰。这刺激着他的向往，去感触那山峰的高度与宽度。

张雯雯被钟意吻得喘不过气来，胸部更剧烈地起伏。她想钟意继续，又害怕他继续，她不希望就这样结束她的少女时代，可是，一个自己喜欢的男孩和自己搂抱着亲吻，她没有力量拒绝身体与情感的双重诱惑。

既然无力反抗，既然正在发生的事情如此美好，好好地享受，由它去了。

钟意的手抚摸着张雯雯的脸颊，微微发烫，他的另一只手这时碰到了张雯雯背后的胸罩带，强化了钟意进攻的决心与速度。

他停止亲吻，把张雯雯轻轻地放正，让她平躺在床上。灯光下，张雯雯的五官雅致而晶莹剔透。钟意的手缓缓地登上了一座山峰，在他触摸顶峰的瞬间，张雯雯的身子一阵痉挛。

他的手在山的顶峰游移着，感受着一种欲望的迸发，又生出许多的不满足。雯雯身上薄薄的衣服阻隔着，他要和雯雯不受阻挡。

然而，张雯雯突然间完全清醒过来。钟意停止动作。

"怎么了？雯雯。"钟意失落地问道，"不喜欢我吗？"

张雯雯将手指放在唇边，做了个不说话的姿势。

屋外传来两个女孩说话的声音，钟意这下听得清楚。

"她们回来了，是吗？"钟意猜测到了这点，因为张雯雯和她们朝夕相处，对她们的声音熟悉，自然会早于他听到她们的声音。

　　"是的,她们就要进来了。"张雯雯坐起身来,在钟意的脸上重重地吻了一下,"起来，看来这是天意。"对于这个结果，张雯雯并没有不开心，这事的结果符合她的心愿，她希望把最美丽的那一刻留在新婚之夜。

　　两位室友开门进来的时候，张雯雯和钟意已经整理好衣装，她的床铺也打理整齐。钟意与张雯雯坐在房间里聊天。

　　"哟，钟助理在呀，稀客，稀客。"两位女孩异口同声地说道。

　　"刚送张雯雯回来。"钟意答道，"你们出去玩了？"

　　"逛街买东西去了，天气太热，在宿舍里待不住。"一个女孩回答道。

　　另一个女孩看着脸色红红的张雯雯，远远地还能闻到隐约的酒气，对钟意笑道："钟助理，请雯雯喝酒了？"

　　钟意笑笑，没有作答。

　　"人家钟董事长当然喜欢美女。"另一个女孩接口道，旋即对雯雯说，"就你们俩吗，雯雯？"

　　张雯雯知道室友是想知道是不是钟意在追求雯雯。在公司，尽管张雯雯与钟意接触比较多，但是大家都认为是工作上的接触，两人在同事面前并没有公开表示什么亲密的关系。再说呢，从某种意义上说，虽然钟意曾经在张雯雯生病时全力照顾她，但是当时汪雨清也在那里，到张雯雯出院后，大家看见钟意与张雯雯的关系似乎没有特别的进展。倒是这回，钟意把张雯雯送到宿舍来，破天荒头一次。

　　萌芽期间的谈恋爱最有意思，其实张雯雯倒希望两位室友明白她和钟意是男女朋友。刚才，她和钟意深情拥抱与亲吻，如果不是她们回来太早的话，或许她和钟意已经直接进入"无证驾驶"阶段。女孩爱上一个男人，喜欢听到这个男人的名字，喜欢听到关于男人所有的一切。

　　不过，言语间还是羞涩与否定的。

　　"没有啦，汪雨清也去了。"张雯雯回答道。

　　"你休息吧。"钟意对张雯雯说，"我先走了。"言语间每个音符都渗透着浓浓的关心。

　　两位室友听了都有些感动，一个女孩说："多坐一会儿吧，陪陪雯雯呀。"

钟意笑道："不用了，有你们陪着就行。"

"我们哪一样呀？你是白马王子，我们是巫婆。"另一个女孩开玩笑道。

"真该走了，你们逛街也累，我就不多打扰你们。"钟意很替她们着想。

两位女孩听钟意这样说，心中好感倍增，对他们的这位年轻上司更充满了敬意与喜爱。

"我走了。"钟意站起身来，对雯雯以及她的两位室友一起说道，"再见！"

"再见！再见！"雯雯的两位室友与钟意道别。

张雯雯送钟意出去。

走出门口几米的距离时，钟意说："你回去吧。"他非常担心已经有些酒醉的张雯雯一个人走远了会出意外。

张雯雯颇为不舍，还在跟随着钟意往外走。

钟意停住脚步，轻轻地拍了拍张雯雯的肩膀，"回去，早些休息。"

这回，张雯雯很听话地转身，往宿舍走去，心中涌起无限幸福。

钟意出了电信公司大门，往公共汽车站走去。没有特殊的情况，只有一个人，又没有带物品时，钟意会选择坐公共汽车，既是对国家资源的爱惜，也是节约的一个措施。钟意认为不论是个人、单位还是国家，经济的发展肯定是开源节流同步进行的，任何一方面都不能松劲。

坐在高大的公共汽车上，看着城市繁忙的交通与闪烁不停的霓虹灯，钟意欢乐无比。今晚，他和雯雯用激情的吻，正式成为男女朋友。钟意有过性爱，那是和自己的师姐，现在在美国的前任女朋友。他知道，像张雯雯那样的女孩，她给了他吻，没有拒绝他的进攻与亲密，毫无疑问地表明她深深地爱上了自己。

第九章　带女友见爸妈

钟意回到家里，爸爸妈妈还在等着他。自从他回到龙华市上班，他们改变了以前早睡的习惯，每天等到钟意回来才睡觉。钟意是学中文的，总想起"可怜天下父母心"这句话，在他的爸爸妈妈身上得到了最好的体现。

"钟意，喝点水。"钟天保端上一杯凉开水。

钟天保一直将钟意引以为傲，他自己从小到大，学习成绩不突出，成年了也没有找到好岗位。或许是对于没有知识与文化、没有学历文凭找不到好工作的痛苦体验，钟意还很小的时候钟天保就有意抓他的学习。钟意天生就是那种特别自觉、聪明的小孩，从上幼儿园起，钟意就在班上、在学校名列前茅。这让钟天保倍感光荣，充满着梦想成真的喜悦。等到钟意考入北京大学，更让钟天保觉得他是天底下最最幸福的父亲。

运气确实好，本来他没有什么社会关系，却没有想到，自己中学时代最好的朋友马为民当上省电信公司董事长，并且热情真心地帮他的忙，把他的儿子直接招进省电信公司，同时委以董事长助理之职。

那时钟意刚从北京回来，钟天保带着儿子去马为民家表示感谢，受到他热烈的欢迎。钟天保趁着一个空隙，把一个装有1000元钱的信封留在了茶几里隐蔽的地方，以期待他对儿子更多关照。

这种心安没有延续多久。不到两个月时间，钟意把那1000元钱从马为民家带回来，交给了父亲。钟天保当时详细问了钟意关于马为民退还1000元的事情。他得出结论，马为民是真心对他们一家好。正因为这样，钟天保要钟意一定要忠心耿耿地对马为民好，全方位地支持他的工作，哪怕他错了，也不要公开反对。

"孩子，要记着马叔叔的好，这样的领导少见，他很重感情，念旧情呢。"钟天保强调道。

钟意听到这里，倒是一笑，心想马为民当然重旧情。

"你笑什么，小子。"爸爸疑惑地问道。

"爸，告诉你一个秘密，你可不能和别人说，你知道吗？你还记得那个保姆吗？"

"保姆怎么了？"

"她是马叔叔的初恋情人呢。"

"你怎么知道？"

"他亲口告诉我的。"

"哦，那是对你绝对的信任，你可不能辜负他，千万不可以到外面去说这事。"

"爸，我有这么笨吗？如果真这样做了，北大也不会原谅我的。"

"臭小子，好好珍惜机会，有你马叔叔在公司，你好好干。说不定还会弄个一官半职。"

"你多庸俗呀，爸。我们要讲奉献，不要讲位子、票子。"

钟意接过爸爸递过来的凉开水，喝了一大口，舒服到心里去了，然后找地方放水杯，站在一旁的妈妈正怜爱地看着他，连忙接过水杯。在对于钟意的管教约束方面，妈妈从小就宽松，想着只要孩子快乐长大就好。

妈妈察觉到了他身上的幸福元素。他以前喝酒后也会比较兴奋，但像今天这样由内到外，发自内心的激动与喜悦，她是第一次看见。儿子准是有啥特别开心的事情，该是谈了女朋友吧。

这念头让钟意妈妈特别来劲，是呀，儿子23岁，到了谈对象的时候。不急，等儿子休息一会儿，问问他怎么个情况。

"儿子，你洗澡去吧。"钟意妈妈说道。

"好的，妈。"

"要用热水器吗？"她对儿子道，"洗个热水澡挺舒服的。"

"妈，不用的，在学校里夏天都洗凉水澡，习惯了。这样还能节省煤气呢。"钟意属于节约型的人。

钟意在浴室洗澡，爸爸妈妈聊着关于儿子的事情。

"天保，我发现儿子今天喜上眉梢，开心极了，你说儿子是不是有啥好事没有告诉我们？"钟意妈妈对钟天保说道。

钟天保闭目想了一会儿，说道："嗨，好像是这么一回事，他今天回来步子特别轻盈，嘴角总是挂着笑容。"

"待会我问问，他是不是有什么特大好事情。"

"那听你的，注意方式、方法。"

"我知道。你等着我的好消息。"

"不，我也一起进去。"钟天保希望站在问儿的第一线。

"我去切点儿西瓜，儿子喝了酒，容易感觉口渴。"钟意妈妈说道。

钟意妈妈把一个大西瓜放在水池里，小心地洗净。洗完后，她从刀架上抽出长长的西瓜刀。

"啵。"刀起瓜开，伴随着一声清脆的开裂音。

红色的瓜瓤暴露在他们的眼前，很诱人，很耐看。

钟意洗澡很快，不到10分钟就搞定。

看见浴室的门打开，钟意妈妈端着那红瓤、绿皮西瓜，慢慢地来到儿子的房间。

"来，儿子，吃西瓜，你看妈这次买的西瓜多好。"钟意妈妈说道。

钟意听妈妈的话，立即拿起一块西瓜吃了起来。

"爸爸、妈妈，你们也吃呀。"

"好，妈也吃，儿子这么懂事，做妈的有福气。"钟意妈妈边说，边高兴地拿了一块西瓜。

钟天保也拿了一块西瓜，他一直以来就抱着孩子要与父母共同分享的观点，钟意幼年时，他的教育就是这样，不过，在东西确实很少的年代，他会稍稍吃点，以表示他的看法和行为，而会把大部分东西留给儿子，父爱无言。

钟意一连吃了好几块西瓜，喝酒后容易感觉口渴，这西瓜解渴还真是特别地好。

"妈，这瓜特好吃。"钟意吃得嘴唇红红的，很爽地对妈妈说道。

钟意妈妈开心地笑了，对儿子说："你多吃点儿。"

"够了，妈，再吃会撑。"钟意对妈妈和爸爸说道，"你和爸多吃点儿。"

"我们吃，我们吃。"钟天保听了儿子的话，喜滋滋的，一边对妻子使眼色，示意她这会儿趁儿子心情舒畅，赶紧问正事。

钟意妈妈会意，琢磨着话儿，然后问道："儿子，今晚去哪儿喝酒了？"

"妈，是不是有些特别呢？"

"也没什么，是妈看你今儿个挺高兴。"钟意妈妈进一步说道，"我就想，儿子是不是有什么喜事呢。"

"是，我也想知道呢。"钟天保直言道，他有些忍受不住好奇心。

"这样呀，爸妈。"钟意想，这晚真是有喜事，这会儿借着酒劲，更愿意与父母分享，"是呀，去一家海鲜酒楼喝酒。"

"和谁去的呢？"钟意妈妈的问题一步一步接近核心。

"就我和两个同事。"

钟天保直接问道："是不是女同事呀？"

钟意妈妈白了他一眼，意思是这问题太没有水平。不过，她也没有换问题，话糙理不糙，这问题虽然粗糙，但是很实际，与他们问话的目的相符合。

钟意笑了，亲昵地对爸妈说："有女同事，一个男的，一个女的，加上我，总共三个人。"

"那女同事是不是挺喜欢你？"钟天保不怕失败，继续穷追猛打，问话的对象是自己的儿子，说错了也没关系。

钟意被爸爸这样问话倒有一点点不好意思，不过，很快这不好意思就被快乐所代替，感情萌芽的时候，无论男女，总是喜欢亲朋好友提及自己喜欢的人。

"爸，你真有水平，恭喜你答对了。"钟意俏皮地说道。

听儿子这么说，钟天保和妻子都有些乐开怀的样子，两人笑靥如花，频频点头。

钟意想起与雯雯忘情的吻，唇间有她的芳香。忍不住用舌头舔了一下双唇。

"儿子，那女同事有多喜欢你呀？"钟意妈妈听儿子这么回答，更加来劲，比钟天保更加兴奋地问道。

钟意稍稍想了想，尽管喝酒不少，略有醉意，但是很认真地回答妈妈："妈，是很喜欢呢。"

"很是多少呀，要具体点。"钟天保添油加醋。

"这个怎么说呢，反正吧，比一般朋友要好很多。"钟意强调，"不过爸妈放心，这可是一个特别好的女孩子。"

钟意妈妈更加凑近儿子，"你和她谈恋爱了？"

钟意点头，"是的，妈。"

"该谈恋爱了。"钟天保肯定钟意的行为。

"儿子，什么时候领那女孩，让妈和你爸瞧瞧？"钟意妈妈见钟意直说有了恋爱对象，就想眼见为实。

"妈，你这么心急，怕儿子娶不上老婆呀。"钟意和妈妈开玩笑。

妈妈一副特别钟爱儿子的模样，拉着钟意的手，充满母爱地说："儿呀，你这么有出息，妈怎么会担心你娶不到老婆。只不过呢，妈是希望早些有个人关心你、照顾你的生活。你长大了，有些事情只能是老婆做。"

"那就说定了，我改天叫她来，你们帮我考察考察。"钟意对爸妈说，"我和她先说一下，看看她的意思。"

钟意是学中文的，准确地说是汉语言文学专业，对于人性、人情，有着深入的了解，天下父母都有一个共同的愿望，子女们早成家，并且家庭婚姻生活幸福。钟意在大学里谈了恋爱，但是那次恋爱父母并不知道，他没有因为恋爱找父母增加生活费，他和师姐女朋友平时参加校内校外的活动都有些收入，重要的是，他们的浪漫很多时候并不用花太多的钱，两个文学院的学生自有办法节俭办浪漫。那时，毕竟没有毕业，两人都不够成熟，也就没有想着让父母考察。还好没有，一年多后，两人就分手，师姐远赴美国。他自己晚一年毕业，回到家乡工作。

钟意爸妈乐哈哈的，他们已经明白了儿子的恋爱状况，喜笑颜开。

"儿子，你累了，早些休息。"问话的目的完全达到，而且可以说超出预期，钟天保对儿子体贴地说道。

"好的。"钟意答应道，"爸妈，你们也睡觉吧，时间不早了。"

三人取得共同意见，钟意起身去刷牙、洗漱，与爸妈道晚安，钻进房间快速地上床睡觉。

钟意躺在床上，眼睛有些睁不开，脑子很清醒，并没有一到床上就呼呼大睡。他闭着的眼睛清晰地看见雯雯。你该睡了吧，嗨，做梦没，会想起我吗？

我可是想你很多很多。你的吻我收着了，我不会让你逃离。你永远不能离开我，过几天，我们一起见我的爸爸妈妈，他们肯定会很喜欢你。你多漂亮，能说会道。

第二天，在钟意的办公室，趁着没有旁人的时候，他和张雯雯说了他爸妈想见她的事情。

"钟意，你真和你爸妈说了？"张雯雯不敢相信，觉得幸福从天而降，她是一个传统的女孩，觉得恋爱得到父母的认可非常重要。

"我不会骗你。他们要我快些带你回家去。"

"行，丑媳妇总要见公婆。我同意。"

"知道你漂亮，真是丑媳妇就不会说这话。"钟意调侃道。

"这是一句实话，哪有女孩专找自己的弱点说呢。"

"你看这个星期六晚上行不行？"钟意想着这周的日程，周一到周五晚上都有工作安排，多数是陪马董事长赴宴。

"我反正下班就没有特别的事情，虽然是公关部，但是真正的酒宴工作还是你们办公室，我们准确地说是联络员。"张雯雯回答道。

"那就星期六晚上。我和爸妈说一下。叫他们准备准备，迎接新人的到来。"

张雯雯短促地轻拍钟意的肩膀，"好，别酸。"

钟意回家和爸爸妈妈说了周六晚上张雯雯要来的事。

"确定了是吗？"钟意妈妈做最后的落实。

"是的，妈，保证到时把人带来吃晚饭。"钟意办事有计划，且雷厉风行。

"我和你爸好好准备，保证让你们满意。"钟意妈妈想给儿子的女朋友一个好印象。

张雯雯期待着周六的到来，她希望这次拜访能从钟意的家庭层面明确两人的关系。

周六下午3点多，钟意去电信公司宿舍接她。她在房间里等着，待钟意一到宿舍，她就飞也似的奔出来。

张雯雯化了淡妆，脸上的水粉衬托出皮肤的白皙，过膝的白裙配上紧身白衬衣，特别有精神，一双眼睛满目生辉，顾盼流彩。

"你不认识我吗？"张雯雯看钟意定神看着她，故意问道。

"初看真是不认识，难得化妆的人，哪怕是淡妆，也别有一番风味，真会让人认不出来。"钟意表扬道，"化得真不错。"

"那就好，我是为你争光哟，至少得让你爸妈看着舒服，是不？"

"很对，走，我们打个车去。"

"先去商场一趟。"

"为什么呀？直接去我家就是。"

"那可不行，咱是第一次去你家，得给你爸妈买点礼物。"

"不用讲究这么多，我爸妈特好。"

"今天一定得买，不然传出去会说我太不懂事。"

"既然这样，就去商场一趟，免得坏了规矩。"

商场里的东西可不少，但要买到中意的送人还是需要一点耐心。钟意陪着张雯雯在各个柜台转悠着。

"买些什么好呢？"张雯雯问钟意道，"你爸妈有什么特别爱好吗？"

"哎呀，这个我没有注意过，不过，我看，要不就买些烟酒、补品之类，这东西反正很多场合适用。"

"好是好，就是太平庸。"张雯雯想锦上添花，"再看看吧，实在没有合适的，再买烟酒。"

最后他们还只能走平庸的路子，钟天保和妻子没有对食物饮料的特别爱好，没有烟酒琴棋书画的爱好，以前是一心一意对儿子寄予厚望，为儿子提供学习氛围与环境，儿子大了，似乎就自然地形成了好习惯，在钟意上北京大学的四年，两人在家看书看报看电视，且早睡早起。

两人提着烟酒打出租车，直奔钟意家。

钟意按响了门铃，同时喊道："爸，妈，我们来了。"

"好咧！"

"好咧！"

钟意听见屋里差不多是男女二重唱，爸爸和妈妈的声音同时响起。

他的父母亲急着为儿子和他领来的女朋友开门。

钟意的爸妈看见面前的女孩，一头乌黑亮丽的头发，双眼大而有神，充满灵性与礼貌地看着他们，身材匀称精致，与儿子站在一起非常般配。

两人当下心里乐开了花，这么漂亮的女孩子做女朋友，难怪儿子特别开心。

现在，这女孩很有可能要走入他们的家庭，好，儿子有眼光。

"爸，妈！"钟意看见父母亲有些反应迟缓，忙叫他们一声以提醒。

"进来，你们两个快进来。"钟意的妈妈把室内凉拖鞋给了他们。

钟意把手里提着的酒、烟分别交给爸妈，并把张雯雯介绍给他们。

"爸妈，这是我的女朋友张雯雯。"

"伯父、伯母好！"张雯雯甜甜地称呼道。

"雯雯，你好。到了我们家，就像到自己家一样。"一开口，钟意妈妈就充分地表达她对张雯雯的喜爱。

"谢谢伯母！"张雯雯不愧是电信公司做公关的工作人员，清楚见面的头几分钟至关重要。

"还买东西做什么呢，人来了就好。"钟天保也很喜欢雯雯，"人来了就什么都好，不要花钱买这么多东西。"

"我和钟意不知买什么好，一点儿心意。"张雯雯回答道。

"沙发上座，雯雯。"钟意妈妈招呼着她，对钟意说，"儿子，你好好陪雯雯，看看电视。我和你爸开锅炒菜，一会儿就可以开餐。"

"妈，不用急，我们不饿。你们休息一下。"钟意体贴着爸爸妈妈。

一个非常和谐的家庭，浓浓的亲情氛围让张雯雯感到幸福与眩晕。一个人大部分时间在家庭中度过，一个和睦温馨的家庭是幸福的重要保障。将来和钟意，也会有这样美好的日子。再想想自己的爸爸妈妈，也一样恩恩爱爱。婚姻的幸福一定要好好去追求与把握。

钟天保和妻子把烟酒放好后，一起进了厨房。

"天保，雯雯这孩子，看着多可爱呀。"钟意妈妈率先将自己的感受与丈夫分享。

"确实，非常漂亮。"

钟天保接着道："现在的孩子呀，讲礼貌的不多，雯雯这点做得非常不错。"

"这点我特别喜欢，没有礼貌的孩子看着让人心烦意乱。"钟意妈妈对于不礼貌的人深恶痛绝。

钟天保在厨房帮助老婆做些小事、杂事，像个小工一样，两个人配合得非常协调，动作很快，没有多长时间，家宴大功告成。

钟天保首先来到客厅摆碗筷。张雯雯很懂事地前去帮忙。

"不用的，雯雯，你坐，我来弄就行。"钟天保倒真不好意思让雯雯第一次来就勤快劳动，再怎么说，人家这是二十多年来第一次到别人的家——有可能是未来的家。

"雯雯，让我爸弄吧，我爸快得很，手脚麻利，不会比我们两人一起慢。"

饭菜全部摆上桌后，钟意的爸妈一起来到客厅。

"儿子，雯雯，来，我们吃饭。"钟意妈妈邀请道，"试试我的手艺如何。"后面这半句是针对雯雯说的。

张雯雯用鼻子抽吸了一下屋子里的气味，笑道："伯母，您的菜做得挺好，好香呀。"

钟意妈妈闻言笑得像一朵盛开的花。

"好呀，那赶快坐下来吃，虽然现在天气热得很，但还是要趁热吃，那样味道才会好。"

钟意带着张雯雯，坐在了餐桌上，与爸妈一起共进晚餐。

"我们喝点酒吧。"钟意爸爸征求钟意的建议，"儿子，来点葡萄酒吗？"

钟意看着张雯雯，问道："你能喝一点葡萄酒吗？"

"好呀，听说葡萄酒有活血化瘀的功效。"

钟意妈妈于是给每个人的酒杯倒上葡萄酒，第一杯酒斟得满满的，象征着富贵团圆。

钟天保开始发挥家长角色的作用。

他朝妻子看了看，那意思是我们先和儿子、雯雯喝两杯，毕竟儿子这回带回来的可能是儿媳妇，能够处理好与他们的关系，也是福气呢。

钟天保缓缓地端起盛满酒杯子，举到儿子和雯雯中间。

钟意和雯雯都是见过世面的人，知道大老板要行动了，也做好了端杯的准备，只等着正式接受邀请。

果然没错。钟天保携妻子对两位年轻人说道："今天，儿子带雯雯回家，我们做爸妈的特别激动。我们一起喝一杯，祝儿子和雯雯工作顺利，幸福快乐。"

钟意先接话："爸妈，辛苦了。"

张雯雯见多了欢送晚会与迎新晚会，对于礼节很熟悉。

"伯父伯母，我第一次到你们家来，感觉你们特别亲切。"张雯雯说道。

钟意的爸爸妈妈不停地照顾着张雯雯吃菜，钟意也是呵护有加，这让雯雯感到特别开心快乐。第一次与钟意父母的见面温馨而自然。

吃过饭后，张雯雯与钟意一家人一起看电视。她与钟意妈妈很聊得来，在看电视的过程中，张雯雯不像很多女孩那样喜欢发表不成熟的言论，只在他们问到她的时候，说一说她的看法。

晚上9点半钟，张雯雯看了一下墙上的挂钟，先轻声地对钟意说："时间不早，我得回去。"

耳尖的钟意妈妈听到了张雯雯的话，对雯雯说道："反正周末，明天也不用上班，多玩会儿吧。"

"谢谢伯母，你们也早点休息，今天你们累了。以后再来看你们。"张雯雯通情达理、尊老敬老，她这话深得钟意爸妈的喜爱。

"你真懂事。既然这样，就听你的了。"钟意妈妈说道，"钟意，你送雯雯回去吧。"

钟意心里想，妈妈这是喜欢雯雯之情溢于言表，即便妈妈不说，他也会送雯雯回去，能与雯雯多些单独相处的时间，多好！

"好的，妈。"钟意简短地回答。

"那我们走吧。"张雯雯见钟意妈妈同意了，钟意爸爸没有提出反对意见，决定动身回单位宿舍，于是她站起身来。

钟意随即也站起，对雯雯："我送你回去。"

"不用，你在家吧，我打个车去，很快就到。"雯雯并不想给钟意添麻烦。

"那怎么行呀，你到我家来，我不送你回去，无论如何都说不过去。"钟意说道，并且压低声音说，"你这样的美女，我一定得做护花使者。"

"有钟意送你回去，路上就可以放心。"钟意爸爸的听力也不差，听清了钟意放低声音的话。同时，钟意爸爸对钟意的身体条件与拳脚功夫有相当自信。

张雯雯见钟意爸妈和钟意本人都坚持要送她回宿舍，没有再推辞。

"爸、妈，你们先睡吧，我送雯雯就回来。"钟意对他们说，"不用等我。"

"嗯，你去吧。路上注意安全。"尽管对于他们的儿子，他们很有信心，但依然得多加叮咛。儿行千里母担忧——那是一定的，儿不在身边母担忧，这是真理，父母对儿女的牵挂是终生的，无所不在。

"伯父、伯母，谢谢你们。"张雯雯与钟意爸妈道别。

"不用客气，有空常来家坐坐。"钟意妈妈快人快语。

"我会的，进去吧，你们留步。"张雯雯的礼貌与文明体现在生活中的每一个方面。

钟意招手叫了一部出租车。出租车快速开过来，在他们身边"嘎"的一声停下。

钟意为张雯雯打开车门，然后将手放在车顶上方，怕她碰到头部，请她上车。张雯雯为他的心细而欣慰。接着，钟意从车的另一边上车，让雯雯不受干扰。

两人坐在后排。

"去哪里？"司机问道。

"电信公司。"钟意回答道。

司机点点头，把计费器往下一按，用力一脚踩油门，汽车唰的走上了正道。

出租车很快就到了电信公司宿舍，钟意要下车送张雯雯上楼。张雯雯说："不用了，你直接打这个车回去吧。我自己上去就行。"

钟意正要向师傅说这个事，看能否多等他一会儿，他要把雯雯送上楼去。司机挺人性化，还没有等钟意开头，他就对钟意说："你送她上楼吧，我在这儿等你。"看来，人性是相通的。师傅大概30多岁年纪，应该是有老婆有孩子的男人，所以对于男人怜惜女人有很深的体会。

"谢谢你！"钟意很客气地对师傅说道，"我一会儿就下来。"

"没有关系的。"师傅这时幽默起来，"只要你不让我等整个晚上就行。"

钟意脸红了点，"哪里哪里，不会的，就一会儿。"

"开玩笑的，你放心吧，我会等着你，再说呢，你还差我来时车费呢。"师傅亦庄亦谐，倒是充满情趣，让学中文的钟意有些喜欢。

楼道里比较安静，钟意拉着张雯雯的手往上面走。这晚雯雯见过爸爸妈妈后，他和她的恋爱关系完全可以公开了。因此，没有必要刻意回避谁。

到雯雯宿舍门口时，听见屋里传来两个女孩的谈笑声，似乎兴致很高，两人的声音比正开着的电视声音还大，这么晚了，她们也没有休息，精神好着呢，没有结婚的女孩，通常都是夜猫子。

雯雯停住脚步，对钟意说："你回去吧，到门口了，我自己进去。"她也担心室友们夏天在屋里会穿得太少，钟意进去不是太方便。

张雯雯的身子往钟意身上靠，钟意伸出双臂把她搂在怀里，而后轻拍着她的背部，低下头吻她的脖颈。

雯雯在他怀里幸福得眩晕。

"你回去吧，路上小心点。"雯雯抬起头低声说道。雯雯转身往宿舍走去。快到门口里，她回过头来，用双手摇着向钟意示意拜拜。

钟意也用手轻摇示意再见。待雯雯进去了宿舍，他加快了步伐，很快就到了楼下，司机自然还在等着。

第十章　做大做强电信业

上一次，马为民董事长和钟意聊天，谈到东阳省电信在全国处于比较落后的位次，基础设施差、技术落后，目前纯粹属于跟在别人后面走的地步。如何做才能摆脱这一局面，那次聊天董事长没有来得及说透，因为当时有客人来，聊天被打断。

这天，马为民再把钟意叫到办公室，待钟意进来，他开门见山地说："你还记得上次我和你聊天的内容吗？"

"记得，我一直想问您呢，感觉您那次没有说完。"钟意虔诚地说道，"很想再次听您的教导，可您一直没有时间。"

"是呀，的确忙，我们东阳省电信这么大的摊子，基础不是太好，弄起来千头万绪。"

"董事长您辛苦了！"钟意用渴盼指点的眼神看着马为民。

为这眼神，马为民觉得无论什么时候和钟意聊天都是值得的。他认为钟意就是这样的人，不论说话的人怎么说，说的水平怎么样，钟意有办法把对话交流变成一件有意义的事情。可以类比于奶牛吃草产奶的过程。钟意能够超能力消化、自我吸收利用。

"钟意，你认为知与行哪个更重要？"

"当然是行。"钟意毫不犹豫地回答道。

"为什么？"

"我是这样想的，不知道对与不对。"

"每个人的看法不一样，做事做人都不一样，但你说的是对的。有的人，可能说什么思想无所谓对与错。我不这样认为，主动的积极的思想有利于我们的行动，有利于国家的发展。"马为民显然是在平时就有思考的。

"确实是这样，好的思想就是生产力。"钟意颇为赞成。

"对了，钟意，你刚才说行比知重要，你的理由是什么？"马为民继续问道，他喜欢和钟意聊天。

"我是这样认为的，行是知的源泉，又是知的应用，行在先，就会有知，同时有知与行的结合。"钟意不再谦虚，很逻辑性地阐述了他的理由。

"说得太好了。"马为民赞道，并进入主题，"所以，我上次和你说的，我们东阳省电信基础差、底子薄，这是我们对于现状的知，但我们不能仅仅停留在知。我们最重要的是行动。"

钟意点头，非常赞成董事长的意见。

马为民抬起右手，指点江山状，激情满怀地说道："我们看到了不足，那就是加快步伐，力争在较短的时间将东阳省的电信事业做强做大，进入全国一流。"

"好，董事长，我跟着您好好干！"

"你当然要跟着我干。为了做好这件事情，我准备成立一个核心团队，而你就是我选入核心团队的第一名成员。"

"谢谢董事长信任，我一定把每件事情做好。"

"对，做好每一件事情，而且要创新性地干出一些事情来。创新是引领行业的保证。"马为民接着道，"汪雨清就是有创新思维的人，他做资料管理员，在这个岗位上，非常有创新意识，胜过我接触过的很多同类人员。他也是我选进核心团队的成员。"

汪雨清也入选核心团队，这确实出乎钟意的预料，眼睛、眉毛的跳动暴露了他的真实想法。他没有怎么看到汪雨清的创新思维？难道这是自己和董事长之间存在差距的原因吗？

"还真没有想到。"钟意不想掩饰内心所想。

"看出来了，你担心的是什么？"

"董事长，汪雨清这人的性格不是太合群，与他人相处有些格格不入，是不是请您再考虑一下？"钟意对马为民说道。尽管从个人利益角度而言，汪雨清对钟意可谓忠心耿耿，竭尽全力，当时他在医院与钟意一起照顾生重病的雯雯就是明证，单位里几乎人人皆知。

马为民董事长也有所闻，见钟意这样说，颇感意外。他不解地问道："怎么？把你的人选上，你不希望吗？"

"不是这个意思。"钟意尽可能准确表达自己的建议，"主要是看他或许不如你想的那样具有足够的创新思维。另外就是……怕他的不合群影响其他人员的合作。"

马为民解释道："像我们这种省厅局级别的单位，有资金，有技术，影响力大，在全省的经济发展与形象建设中都具有重要意义。做这样单位的一把手，风光无限，也责任重大，同时不可回避的是竞争激烈。因此，我们必须要牢牢地建立我们的领导团队，团队要有凝聚力，要有实力。而他的主动工作能力，正是我们团队需要的。"

"嗯，汪雨清的资料与情报收集能力的确相当强。"对于汪雨清的工作能力，钟意是认同的。

"你看得很准。"马为民语重心长地说，"他的能力与性格你都分析得很对。钟意，我和你爸是同学，你是北大的高才生，我是看好你的，我也希望若干年后，你能够担当起领导一个厅局级单位的重任。"

钟意谦虚道："马董事长，我可没有这样的野心。"

他这真是谦虚，有一句名言就是"不要当元帅的士兵不是好士兵"，像钟意如此聪明、能干、实力的年轻人，没有梦想、没有远大抱负是不可能的，只是目前他韬光养晦，不过于锋芒毕露。

"你小子确实很不一般。"马为民以赞许的口吻说，"真的，现在对你不是特别了解的人看你，你就是一个在现岗位容易满足的年轻人，和不少年轻人一样，有一个好单位就感觉足够。不过，这只是你给他们的表象，这点我喜欢，在没有成为真正的实力人物时，一定不能表现得比领导还领导，那样的下场肯定不好，枪打出头鸟，早早被打掉，就没有机会成为真正的雄鹰。钟意，你是终究要成大业的人，作为你爸的同学与朋友，作为我个人对你的欣赏，我会尽我的能力，让你的事业之路走得更顺畅。"

钟意有些不好意思地笑了笑，应该说，马为民没有说错，他阅人的经历让他看得很准，直透钟意的内心世界。没错，钟意是有进取心的年轻人。北大四年的教育，人文环境的熏陶，培养了他强烈的为民所想、为国分忧的思想。一个人活在世上，大不过百年，在有限的生命中，要做的事情很多，但是能够做成并且给后人留下痕迹的并不多。因此，成为某个项目的管理人，或者说一个部门单位的负责人，是最好的途径，它可以放大个人的能力、智慧与情感。

选入核心团队的还有一位副董事长和另外三名技术骨干。在选副董事长做核心人选的时候，马为民董事长是有所考虑的，为了各方力量的平衡，他选择的是一位年龄已经 50 岁的龚永生副董事长，因为哥哥龚永阳的原因，龚永生副董事长常常找马为民帮忙一些事情，更会与钟意交流看法，彼此是相容的。

龚永生副董事长主管通信技术，技术一流，但是他的行政管理能力一般。马为民将龚永生副董事长拉进核心团队，主要的是利用他的技术，以便很好地开展工作；另一个想法就是，以龚副董事长 50 岁的年龄，他没有向上爬的机会了，这就使他不会在往上爬这件事情上争权夺利、钩心斗角，如此一番的话，当在将来安排钟意成为电信公司决策人时，钟意会少许多障碍。

做任何事情，没有经费是行不通的，同时有了经费还必须有管理的人，马为民将财务处长陆文娟拉进核心团队。

财务处长陆文娟是一个 40 多岁的女人，与马为民年纪不相上下。她和马为民的合作很多，经常一起出差，两人相处愉快，她对马董事长有想法，想着接近他，不过，马董事长对于陆文娟倒没有特别的想法。陆文娟不放弃，常在出差时变着法子照顾马董事长。

钟意发现，公关宣传人员没有一个被选入核心团队。对此，他颇有不解，于是对马为民提出疑问："马董事长，现在宣传与广告很重要，核心团队里是不是应该有一个公关广告部的人呢？"

"你的说法没有错，但是我们现在找的是核心团队成员，就是在我们的目标实现过程中，能起到关键性核心作用的人员，而不是面面俱到。像公关广告，如果我们核心人员有了思想与灵魂，把创意告诉他们，执行起来就不会太难。直说吧，公关广告人员不可或缺，但是核心人员充分发挥作用不是一朝一夕的事情，需要长期的努力。"

"明白了，董事长。"

马为民做大做强东阳省电信业的想法付诸实践，核心团队组成了，它的成员由马董事长亲自出马，是龚永生任副董事长，陆文娟任财务处长、钟意任董事长助理、汪雨清任信息员，另外加三名技术骨干，共八名成员。

马为民主持召开核心团队第一次会议，八名成员全部按时到会，会议就在马董事长的大办公室召开。

"同志们，记得以前有过一句话叫'楼上楼下，电灯电话'，那是用来表达对未来美好生活的憧憬，应该说，现在我们看见了实现这一目标的曙光，电灯进入千家万户已经毫无问题，而电话呢，它的方便快捷，已为我们所有人认识。今天成立核心团队，就是为了更快地有计划有组织地在东阳省大范围地实现'楼上楼下，电灯电话'"。

成员们听得有兴趣，财务处长陆文娟带头鼓掌，钟意紧随其后。

马为民董事长微笑着继续往下说："我们在座的八个人，当然包括我，近几年内最重要的任务就是，在东阳省建立好最先进的功能最强大高效的现代通信网，让电话普及率、接通率在全国居领先地位。为什么要这样做呢？大家知道，我们省是改革开放的前沿阵地，改革进一步深化靠的是什么，就是能源、交通、通信、电力、银行、保险、医疗卫生等服务行业的完善与细化。在通信这一块，电信在整个经济生活，在改革开放的深化中，有着举足轻重的作用。"

在座的在马董事长的激昂声音中心潮澎湃，能够赶上这么有意义的事情，而且进入核心团队，是莫大的荣幸。

"今天我们这是一个小型动员会，我希望你们各位会后多方收集资料，重点是采用哪种通信线路，电话自动交换机怎么改造，是继续在纵横制交换上搞技术改新，还是完全引进程控交换中枢，如果用新的，品牌、规模怎么定，还有营运之后的维护与管理，都需要我们大家出谋划策。当然啰，项目建设需要大量的资金，我们在资金的应用方面也要开拓思维，争取少花钱多办事。大家看看，有什么意见吗？"马董事长问道。

这是马为民董事长想出来的大蓝图，大家一时半会儿没有理出个头绪，自然不会有太多的想法，于是大家纷纷摇头，表示没有意见，其实是不懂。即便才干卓越如钟意这样的人，也没有发表自己的看法。

马为民董事长恰到好处地结束会议："那我看就这样吧，以后不管什么时候，有想法有看法有意见，我们个别谈，开会讨论都可以。大家可以直接找我谈，也可以与钟意讨论。"这是马董事长对钟意的授权，似乎表明他有意要让钟意学习参与管理工作。

其他几人有些意外但仿佛又能理解地看着钟意，钟意友好地向他们点头示意。钟意感觉到自豪，也觉得肩上担子不轻。

事实上，核心团队的建立，正式拉开了东阳省电信建设腾飞的大幕。马为民董事长全面负责整体工作；钟意虽然级别不高，却是整个项目的实际负责人，只在必要时向董事长汇报，并请示董事长；龚永生副董事长全面管理技术，三个技术员归他调配；陆文娟主管财务；汪雨清主管情报信息。

兵马未动，粮草先行，这是指军队，在作战的时候，一定先要做好后勤工作，军事专家说过，好的后勤是战争胜利的一半。对于东阳省电信公司的全面推进工作来说，万事开头难，首难就是经费从何而来，好在这一块由马为民和陆文娟负责，相对更有办法些。

陆文娟从财务的角度向马为民汇报，汇报的时候，马为民把钟意叫到办公室，一起听汇报，也说是要一起想办法，解决经费问题。陆文娟报告说，任何单位，财务的良性运转主要做好两个方面的工作，第一是开源，即要设法增加来源，这一点，对于东阳省电信公司来说，省、市方面的资金都有一些，但是相对定量，也相对有限；第二是节流，即节省开支，大家少花钱、多办事。

听到这里，马为民有些不客气地点评说："你这个没有创新，老调重谈。"

陆文娟颇有些委屈感："我先是说通常的情况，我还没有说完呢。"好像眼泪要掉下来了。

看到她这副模样，娇弱不堪，马为民有些于心不忍，连忙说："你接着说，等你说完。"

钟意侧过身子看了陆处长一眼，以示安慰。

陆文娟接着说道："我刚才讲的是一个基本的原则，依我看，在现代经济高速发展的年代，节流这一块其实比较难，没有强大的经济润滑作用，很多事情很难推进，因此，我的建议，对于我们公司的支出可以适当放宽些。"

"这个提法比较有意思。"马为民插话表扬道，显然是为了弥补他前面对陆文娟的打击。

陆文娟闻言微微一笑，继续说道："放宽不等于放纵，一定的规章制度必须有，经费使用和报销流程要合理、规范，既避免浪费又起到积极的作用。这个以后可以请相关各部门领导讨论，制定好有可操作性的制度。"

钟意在他的本子上记录着，不时地点头，给陆处长以鼓励。

在两个男士的正面激励下，陆文娟渐入佳境，继续优雅地说明她的想法。

"总的说来，节流是理性的节流，不是抠门儿，是资金应用的制度化、统筹化。对于我们公司，从长远发展角度看，重要的是开源。开源在现阶段，应该说比较好办。为什么怎样说？因为在市场经济起步不久、高速运行阶段，各类法规、规章制度有滞后的现象，也就是说，很多时候，可以先行先试，后面证明是对的，也有些后面是不能做的，是不对的。但走在前面，就有改的机会，更有拔得头筹的抢占先机。"

"你今天是大爆发呀。很有内容，非常棒！"马为民继续表扬。

钟意附和道："是呀，很受益。"

"我们现在强势推进的以电话为主的电信扩增业务，可以很好地做开源工作。我们有这么一种传统或者说习惯，买涨不涨跌，有扎堆购买，喜欢凑热闹，充分利用这一点，在现在电话还算是稀少物，多多少少是一种身份象征的情况下，加大宣传力度，让装了电话的用户引以为豪，而实际应用之后，电话的联系方便快捷，又会吸引一批人，滚雪球一般越滚越大。在这样一个过程中，参考其他地市，都有收电话初装费的。我们改革，不仅收，而且逐渐增多，弄成热闹且紧缺的样子，但我们的多收不是真正的多收，我们要取之于民、用之于民，多设些奖励，多送礼品。通过花样繁多的形式，起到广泛宣传，同步开源的作用。"

"高，这个实在是高呀！"马为民竟鼓起掌来。

钟意跟着一起鼓掌。

马为民对于陆文娟的表现感到由衷的高兴，作为东阳省电信公司的领路人，他有强烈的责任感和使命意识，在其位、谋其政，必须彻底改变东阳省电信落后的面貌。

电信，顾名思义，是通过电流电波来传递信息。电的特点就是快，转瞬即至。中国古典神话中的千里眼、顺风耳，不管多远，它随时可以得到外面的消息——那是远古时候人们对于未来的想象，个别时候，甚至被认为是妖术。

随着时代的进步，千里眼、顺风耳走进了人们的现实生活，远在外地，给亲人们报平安，联络感情，真的就如在眼前。再把记忆放远一点，一部革命电影《永不消逝的电波》真实地再现了电信、电波对于国家安全，对于战争胜负有无比的重要性。里面的电子通信是利用无线电波传递信息。电信在日常生活中的发展，经历了缓慢的过程，此前需要层层转接的手摇电话，打一个长途需要在邮电局等2小时，效率低，严重制约了它的发展。

东阳省的电话通信建设固然有其薄弱的地方，电信基础较差，从马为民董事长到普通员工，都有着清醒的认识。要做大做强，要做成全国一流，钱从哪里来？怎么样突破瓶颈？前些日子，财务处陆文娟处长提出了很不错的创新思路，同样"开源节流"四个字，以新的内容来推行，那就完全不一样了。

收费装机，在这个时候推行完全行得通，改革开放近20年，先行富裕起来的群体不小，这些人都是收费装机的目标用户。工作在有关部门的筹划下，正逐步展开。

要做强做大东阳电信，首先得更新设备，一流的设备，才能做出一流的电信应用网络。对于设备和电话技术，龚永生副董事长是专家，而核心团队中的三个技术员同样是骨干人才。按照龚副董事长的构想，要应用最先进的程控电话交换机，而且最好是日本进口的产品。

公司内部有不同的声音，有人说不能这样花费，太贵了不值得，有人说这样是崇洋媚外，大量使用国家外汇，是不爱国的表现。即便在龚副董事长的技术团队内部，也有两个技术员认为用国产的比较好，理由是维护方便，有问题可随时请教，就是去一趟上海也比日本容易。

马为民让钟意召集相关人员开会，他要当面听听大家的意见。

钟意安排了时间，通知龚副董事长、三个技术员，以及另一个持不同意见的刘副董事长，还有汪雨清——这是马为民董事长指名要他参加的，说是从信息层面给出参考意见。

为了让大家能够切实提出科学有价值的建议，钟意报请马董事长同意，将会议定在通知之后的一周，磨刀不误砍柴工，这是钟意一贯的观点，质量优先的情况下谈速度。

一周后，关于电话交换机的会议如期举行，参加会议的有马为民董事长、龚副董事长、刘副董事长、钟意、汪雨清以及核心团队的三位技术员。会议由钟意主持。

首先由龚副董事长将东阳省电信电话交换机应用及准备更新情况进行说明。

龚副董事长清了清嗓子说道："我们东阳省电信目前正应用的是纵横制电话交换机。这种电话交换机由纵横接线器等组成接续网路，用电磁元件组成控制设备，是一种自动电话交换机。在电信领域，这是一种很成熟的电话交换机技术。在东阳省有接近20年的应用，实践表明，纵横制电话交换机应用过程中通话质量相对稳定，多年下来，得到用户的好评。"对于前期纵横制电话交换机在东阳省应用的现状的优点，进行了客观公正的评价。

与会代表很认真地听着龚副董事长的阐述，马为民点点头，他对这些非常清楚。

龚副董事长接着说："时代进入20世纪90年代中期，科技不断进步前行。纵横制电话交换机的缺点也逐渐显现出来，主要有两点：一是它的体积庞大，占地多；二是容量扩增受限，应该说，这两点是它难以克服的缺点。说难以克服，是因为新技术下的交换机在这两方面优势明显。"

他的话说到这里，刘副董事长和持反对意见的两位技术员身子前倾，想更好地听清龚副董事长的表述，毕竟，如果能够的话，做出正确的选择比单纯反对更适合他们的身份，适合的前提即是结论正确。

"下面我说一下准备引进的程控电话交换机，它的全称是存储程序控制电话交换机，工作原理是利用计算机预先编制的程序来实现控制接续的自动电话交换。程控电话交换机由硬件和软件组成：硬件包括话路部分、控制部分和输入输出部分。软件包括程序部分和数据部分。大约10年前，程控数字电话交换机在世界各地得到较多的应用。"

"综合上面的关于两种交换机的技术比较与现实应用，我认为应该全部更换使用程控电话交换机。这是我的建议。谢谢！"龚副董事长结束了他的发言。

马为民看了看龚副董事长、刘副董事长以及钟意，对大家说："看看，多提提建议，想到什么就说什么，我们主要是要讨论一下，找到最合适的方案。"

刘副董事长首先发言："刚才听了龚副董事长的介绍，了解了更多的信息。想问一下，对于选择不同的产品，我们需要考虑价格吗？"

马为民董事长直接回答："需要考虑，当然要考虑价格，如果两个东西，性能一样或者说相当，那还是选物美价廉的。假设两个东西，质量明显有优劣，这个时候更多考虑质量问题，就是说综合考虑，质量优先。"

既然马为民已经做出详细的回答，钟意的想法差不多，就没有就这个问题发言，继续在认真地记笔记。

有几秒钟的沉默，有马董事长在场，三个技术员略显拘谨，虽然通常意义上来说，搞技术的一般是不太在意官场规则的，或许马董事长的气场在那明摆着，仍让他们三人在想着是否要当着这么多人的面把观点说出来讨论。

"同志们抓紧时间说说，多议议，多民主，最后集中了才会有好的方案。"钟意鼓励着三位技术员。

一个年纪稍长的技术员说："我说几句。我们做技术员的，常常会面对设备坏了、需要维修的事情。我们看到，以前要是哪一个设备坏了，是国产的话，很容易找到配件，和厂家联系起来比较方便，有时候要是去厂家一趟或是请他们来，都会方便很多。要是进口的，会慢很多。请领导考虑一下。"

显然，这个问题客观存在，在场的众人都在思考着，看得出聚精会神。

钟意有话说，他把笔夹进他的笔记本里，朗声说道："刚才提到的这个问题很好，确实，再好的设备也会有维修和保养的需要。因此，从这个角度出发，完全必要。从国际国内形势看，生产、市场的全球化是一个大的趋势，地球成为了一个世界化的工厂，每个工厂有分工的不同，产品质量有优劣不同。在东阳省电信要实现大跨越的阶段，质量的保证非常重要。如果没有质量，产品容易坏，再就是两地距离不远，也会严重影响到应用。这是第一层意思。第二，我想，我们东阳省电信要从更长远的观点看问题，我们的工程技术人员要多走出去，多学习新技术，多和先进的国际公司打交道。我们可以派出人员到引进产品的公司进修，学习他们的技术和管理，为我们所用。"

马为民喝了一大口铁观音茶，大幅度地点头，钟意这小子，人才，有高度有远见！

刘副董事长专注地听着，对钟意的这番话深为认可。

龚副董事长有些不可置信地看着钟意，身边竟有这么优秀的年轻人。

三个技术员用羡慕的表情看着钟意，也传递出一种渴望，那就是如钟意所说，出国去学习新的东西和技术。

这个时候，在座的已经不用提什么崇洋媚外，浪费国家外汇，爱不爱国的问题了。答案已经显而易见。

马为民做指示性发言："今天这个会开得非常好，大家畅所欲言，我也听到了我想听的很有价值的内容，以后的会就这样开，会要开得有内容、有价值，并且真正解决问题。我一直在电信行业这块摸爬滚打，对交换机技术也比较熟悉。程控数字交换是当今先进的技术，如果与数字传输相结合，有望构成综合业务数字网，那样的话，除了有电话交换的功能，还可以实现包括传真、数据、图像通信等的交换，这会大大地增加业务范围，提升业务效率。程控数字交换机的优点是处理速度快、体积小、容量大，灵活性强，服务功能多，便于改变交换机功能，便于建设智能网，向用户提供更多、更方便的电话服务。所以，程控交换机当之无愧地成为当代电话交换的主要制式。刚才，龚副董事长前面说了，我们公司全部更换使用程控电话交换机，引进最先进的日本公司产品，我个人完全同意。大家看有不同意见吗？"

"没有了。"

"没有了。"

……

在座的纷纷表态，这是发自内心的赞同，为了一个共同的目标，做大做强东阳电信！

"好，大家全部同意！钟意，你负责打一个公司引进日本程控交换机的正式报告，把引进的事由写清楚，相关情况说透彻，就是要让不是这个专业的人看得懂。当然，里面肯定要有专业问题的涉及，这方面你不懂的多向龚副董事长请教。"

"不用，不用，钟意写的报告挺好，完全可以胜任。"龚永生是谦虚的好榜样。

"老龚，你不要客气，多多支持年轻人！"马为民笑道，也把即将结束的会议气氛变轻松点，"你们三个年轻人也一样，多多向龚副董事长学习。"

"董事长说得好，现在学习是最有意义的了，终身学习，永远学习。"刘副董事长今天心情很好，他感觉这一次大家说话，互相都能听明白，达到了充分交流的目的，这样的会议的确如马董事长所说，开得很好。

之后，钟意用了两天时间来写"关于引进日本程控电话交换机的请示报告"。之所以用了两天，因为要写得有质量，另外，钟意不是学这个专业的，他是文科生，与电信的理科内容有些距离，得多查资料，多看书。

好在，他进公司以来，在马为民的带领下，在他自己坚持不懈地看书学习过程中，掌握了不少的电信知识，写起这类报告来，起码能够很快进入角色。

除了把讨论会的内容全部写进去，钟意还特意去请教了龚永生副董事长，还去问了当天参加会议的三位技术员几个问题，得到了圆满的答案。因此，钟意的请示报告中加上了这样一些内容：程控电话交换机和现在应用的纵横式电话交换机的比较优势还可以加上以下几点：1.提高电话使用率，每一个办公位都可以配置一个分机号码，电话可以直接到人。2.结合计算机话务语音，具有直拨分机号码功能，节省时间，显著提高办公效率。3.可以设置分机权限，控制不必要的电话费用支出。4.部分机型可以在个人计算机端对程控电话交换机进行实时控制，话单实时查询，适合应用于招待所、酒店等。5.自动使用经济路由，拨打国内、国际IP长途电话时自动使用经济IP电话。6.经理秘书功能，轻松过滤掉骚扰电话。

报告递上去后，经过东阳省电信公司常委会成员逐个审阅，然后上办公会，会议一致通过，发文到全公司，正式启动电话交换机的更新换代工作。

在经费、设备问题相继解决启动的前提下，扩大电信公司的影响力，成为钟意贯彻马董事长指示的新步骤，他积极给马为民提出关于加大宣传，整体宣传长期占领媒介的强势方案。

钟意对马董事长说，东阳电信公司要加强与百姓的联系，让百姓时刻感受到电信公司的存在，感觉到就在他们的身旁，让广大民众接受这样一个观点，那就是，现代通信将使他们的生活步入新的台阶，他们的生活、工作、事业发展都会因为现代通信的强势介入而改变、而提高。

钟意对马为民董事长提出，尽管古话说"酒香不怕巷子深"，但是从改革开放十多年的经验来看，思想或者说观念看法对人的行为构成最大的影响，简单地说，泱泱大国十多亿人，前后的发展却大不相同，而发展的方式与运转的模式也大不相同，这足以证明观念决定行为，当两者相一致的时候，会让人有幸福感，而发展的步伐也会很大。

"你的意思是，我们必须加大广告投放，是吗？"马为民董事长对钟意说道。尽管钟意没有直接提到广告的事情，但是马董事长从他的话里面明白了其中的内涵。

"对，马董事长，广告是改变观念非常关键的部分。改变观念有很多的办法，包括报纸、电台、电视的宣传，广告的潜移默化、人群之间的口口相传等。"钟意说起想法来，也有些滔滔不绝，不过，他很快意识到，不能太自以为是了，得以马董事长为中心，虽然他想马董事长不会和他计较。

"好，我接受你的建议，先在省电台投放广告。你负责组织公关部设计、制作广告，并与省电台联系播出。"马董事长雷厉风行，非常果敢，他觉得广告重要，于是立即将任务下达给钟意。

"没问题，马董事长，我保证很好地完成任务。"钟意当仁不让，颇显青年才俊本色。

钟意接受马董事长的广告任务，雷厉风行，想着在第一时间完成。他独立思考了一整天后，在第二天上班时来到公关广告部。钟意打算首先把整体计划和设想与公关广告部主任--起沟通一下。

公关广告部主任关月，男性，时年 30 岁，正是年富力强的时候，这个年纪当上省局级单位的处级干部，足可用年轻有为来形容，很遗憾的是，马为民董事长这次启动做大做强东阳省电信业的宏伟目标行动中，没有将关月主任列入核心团队。

关月主任得知了这次行动，也知道了核心团队的事情，他对马董事长的决定在心里表示了理解。可谓识时务者为俊杰吧，领导的话不听也得听，明白这一点也是理解。与领导唱对台戏，不配合领导，纵有才能也枉然。反之，听从领导的，这次没有很好的机会，下次说不定机会就来了。

"钟助理，你来了。"关月见到钟意时，从办公桌前起身，非常热情地打招呼。

"你好，关主任，有点事情要与你商量。"钟意也同样礼貌热情。

"嗨，你吩咐就行，我遵照执行。"关月爽朗地说道，"你是来自最高层的声音。"他指的是钟意代表着马为民董事长，在公司，已经没有人不知道钟意与马董事长的亲密关系了。作为一个秘书，可以说，钟意是省电信公司成立以来最有权力的秘书，或许这与钟意挂了一个董事长助理的头衔有关。

"哪里，哪里，我们赫赫有名的关少帅，是我公司的精英将才哪。"钟意夸起人来，随口拈来，恰到好处。

关月主任对这话很受用，脸上的笑容更加灿烂："不敢当，不敢当。你快请坐，请坐。"

他把钟意让坐在进门左侧的沙发上，然后给钟意倒了一杯茶。

"请用茶。新品铁观音。"关月把一杯冒着热气的茶端放在钟意面前的茶几上，新品铁观音果然不错，屋内弥漫着好闻的茶香。

"谢谢，你这茶真是香得好，闻着就神清气爽。"钟意赞道，发自肺腑之言，这是对铁观音茶叶的认同，不纯粹是友情赞扬。

关月更高兴了，虽然钟意是赞茶，但这茶是关主任的爱好，是他看好的东西，能够得到钟意的赞美，自然表明英雄所见略同，能不高兴吗。

"钟助理，这回的大行动，看来起点很高呀。"关月试探着问道，显然他关心着马董事长这次的做大做强东阳省电信业的行动。

"嗯，的确是这样，马董事长一向就是这样，高目标，高起点，严要求，有远见。他希望借助这次行动，我们省能够巩固强化在全国省市中的优势地位，争取做到一流，能够领各省市风气之先。"钟意深刻领会了马为民董事长的意见，也同样意气风发地对关月做着详细的解读。

"是呀，是呀。"关月听钟意这样说，心中的遗憾更大，简短的回答捎带着淡淡的失意。

钟意觉察到了，他收住了进一步的慷慨激昂，换用商量的口吻道："关主任，我今天是来请你指导和帮忙的。"

"有事你尽管说，我关某人定会尽力而为。"关月年轻而成熟，他得体地回答道。虽然他现在的职位比钟意高，但钟意挟董事长之威，并且或许在不远的将来，钟意完全有可能成为他的上级。

钟意想了想，对关月主任说道："我们东阳省的电信业在全国已经有了一定的影响力，但是按照马董事长的意思，显然还不够，所以，他决意要在短时间内来一个大发展。"

"挺好的，这是一个好主意。"关月点点头。

钟意接着说道："作为公关广告部，尤其是你，作为主任，在如何推广宣传方面，你有着丰富的经验，我现在来，就是向你取经的，当然还要得到你更具体的指导。"

"你说得没错，宣传很重要。"关月说起自己的本职工作，兴致很高，"我看广告应该充分考虑普通百姓最需要的是什么，依现在的情况来看，最有希望安装使用的电话是哪些人群呢？第一部分是家里有人在国外的侨属，这部分人群在东阳省为数不少；第二部分嘛，就是有孩子在外工作和学习的家庭；第三部分就是虽然没有前面的情况，但是家庭经济状况良好，能够享受目前还是奢侈的消费品；第四部分就是最多数的普通群体，这部分人数量多，但是暂时不是主流消费，他们在前面三批人完成电话安装使用后，才会被逐步带动。当这部分人开始使用家庭电话时，全省的电信推广就完成了。"

"你总结得很全面，很有实用性。"钟意感叹道，"你让我看到了什么叫专业水平。看来做什么事情都有专业与非专业的区别呀。"

"喝茶，喝茶。"关月给钟意续杯，并很有兴致地说道，"这是我们应该做的。我看，广告的关键词就是'缩短距离、加深了解、浓缩感情'，可以设置一些短情景广播剧在电台播出，电视短片呢就在电视中播出。"

"说到点子上了。不过，马董事长说先做广播广告，你看好不好？关主任。"

"嗯。"关月应道。

钟意接着道："关主任，你先给弄一个电台播出用的广告，到时我们一起给马董事长看是否可行，再决定下一步方案。"

"好，没有问题。"关月领受任务，"你看需要我们多长时间完成？"

"三天吧。"钟意回答道。

"哦，时间比较紧。"关月答道，他自然没有忘记他的手下张雯雯，凭他的敏感与观察，他早已经清楚张雯雯与钟意应该是在谈着恋爱的，"钟助理，你给的时间这么短，可就别怪我到时给张雯雯下达任务太多呀。"

"嗨，她是你手下的员工，归你管的，一切看工作需要。"钟意大方地说道。随即他喝了一口铁观音，"这茶真是名不虚传。谢谢你！今天我们就谈到这里，告辞了。"

钟意站起身子。关月也起身，走向他的书柜，弯腰拉开书柜下面的柜门，拿出一个包装精美的盒子。

关月把盒子交给钟意，"这盒茶叶你拿过去，好好品品。和刚才喝的茶是同一批的。"

钟意没有立即接过茶叶："关主任，这不太好吧，我都没有孝敬领导您，如果还吃你的好茶，正好像吃了还兜着走，不好意思。"

"都什么话呢？钟助理，我这还有几盒，棋逢对手，将遇良才，好茶也要有知音，您慢慢品，希望能够和你成为茶友，你喝茶不多，但是你有很好的潜质。"

"你这样不吝啬地鼓励我，看来我一定得努力喝茶，把茶喝好，不负您的殷切期望。"钟意说着接过了关月送他的茶叶。

"这就对了。"关月见钟意收了他的茶叶，乐陶陶地，"你有事你去忙吧，广告设计的事我会和部里的人尽快完成。"

关月带领着张雯雯等两名下属，策划钟意交给他的广告设计。张雯雯得知是钟意下达的任务，特别激动，那滋味就仿佛是与钟意在一起。当然，与关主任，还有另一名女同事在一起，再热烈的感情都得在心里先放着。

三天后，在钟意的办公室，关月主任把他和张雯雯等花了心血的广告策划文案交给钟意。

钟意就用那天关月送给他的铁观音招待着客人，他自己在详细阅读着关月送来的文稿。

文稿是关月用材料纸写的，总共十多张，算来差不多 6000 字左右。关月的字非常漂亮，刚劲有力，潇洒飘逸，文笔优美，不错，关月真是一个才子哟，钟意在心里称赞道。

钟意认真地阅读着，越看越满意。

"很好，这相当不错。"钟意赞不绝口，"我向马董事长汇报一下，听听他的意见，有结果的话，我立即告诉你。"

"好，那我回办公室，等你消息再说。"

"嗯，你回去吧，马董事长今天开会去了，我看他下午会回来吗。"

马为民董事长去参加省归侨人员新村建设协调会，原本计划要一整天的，但是一个上午就全部搞定了。马董事长向省负责这个工作的领导表态，"保证在新村建设好后，在华侨入住前将线网布局进入华侨新村，让侨胞、侨属们在住进新村后就能用上电话。"

"能立下军令状吗？"省主管领导笑着问道。

"当然，如果没有实现目标，我将辞去董事长一职。"马为民自信满满地回答道。

"那也不能太委屈您了。"省主管领导很惜才地说道，"你这样的人才，我们舍不得让你轻易下台，放心好了，我也相信您领导的电信公司会完成目前的任务。"

"好的，多谢领导对我们工作的大力支持。"

钟意下午就把关月弄出来的广告宣传方案给马为民董事长，请他做最后定夺。

马为民董事长摊开材料，认真地阅读起来。他不时点点头，露出笑容，看来他是比较满意的。

"关月这人，能写会说，真是个才子。尽管他不是我们的核心团队成员，但我们可以给他广告宣传方面更多的任务。"

"嗯,他的速度也很快。"钟意也帮说关月说话,"他在广告宣传方面是专家。"

"确实，我看他写的，的确很有创意，条理清晰，操作起来不会太难。"马为民董事长看完了文稿，"我看就按这个办，你既然也看了，没有意见，我同意按方案中的去办，经费叫财务处长陆文娟单列支出就是。"

"那就这样定了吗？马董事长。"钟意落实性地敲定。

"没错，尽快办吧。"

钟意出了马董事长的办公室，来到公关广告部，他没有去找他的女朋友张雯雯。工作期间，钟意通常认真，极少用公家的时间谈情说爱，这也是他一直对自己的要求。

他来公关广告部自然就是和关月主任谈电信拓展电台广告的事情。

"怎么样，马董事长通过了吗？"看见钟意来了，关月焦急地问道。自己设计的方案，那就好比是自己的孩子，当然希望这孩子能够得到考官的满意与好评。

钟意感同身受，与关月分享喜悦，他愉快地对他说："通过了，马董事长没有提修改意见。他说就按方案中的去办。"

"真的？！"关月主任喜出望外，"那太好了。"

"辛苦你了。"钟意安排道,"既然方案已经定了,我们就尽快落实。这样吧,我看明天咱们去省人民广播电台一趟,把事情给敲定。"

"好的,挺好。"关月激动地答应,"争取让广告早些发挥效益。"

张雯雯这时恰好过来,有事请示关月主任,看见了钟意。或许是有第三人在场吧,她的脸霎时有些红了。

关月主任注意到了张雯雯这细小的变化,打趣道:"怎么,见着钟助理了还不好意思?"

"哪有呀?"张雯雯回道,声音很小很温柔,脸更红,自己感觉脸颊发烫。真是怪事,见着钟意,为何会有这么奇怪的现象。

"雯雯,我们正在讨论方案呢,关主任说,你在这个方案中出了大力气。"钟意对张雯雯说道。

他的话好像镇静剂,立即让雯雯表情恢复正常,说话自然起来:"领导布置的工作,我们当然认真完成。"这"领导"二字不知是指钟意还是指关月,反正怎么理解都可以,作为她的直接上司关月听了高兴,钟意听这话更觉字字声声情意绵绵。

"雯雯真会说话。"关月主任赞道,"你和我们钟助理真是般配之极,天作之合。"这话说起来像文艺青年的风格,倒也符合事实。

"不好意思,关主任,我看雯雯有事要请示您,我这边就结束了。明天上午我们一起去省电台吧。"钟意做最后的决断。

关月看了看张雯雯,心想干脆叫他们一对恋人去得了,于是说道:"钟意,我看,要不干脆叫张雯雯陪你去。"

"可不是只陪着去,还得和省电台商量具体的步骤、流程等。您可不能临阵脱逃。"钟意笑说道。

"临阵脱逃我可不敢,成人之美我是愿意的。"关月有心做好事,微笑着说道,"你和张雯雯一起去,公私兼顾,不是两全其美吗?"

"关主任,你这样说,我可更不敢叫雯雯去了,那是以权谋私。"钟意没打算让张雯雯去,他觉得这种事情以他和关月出面更理想一些,毕竟从经验方面来说关月主任要胜雯雯不少。另外,从工作角度而言,恋人一起出马终究不是太符合职场原则,牵涉各方利益,有些时候说不清楚、道不明白。

"两回事的，张雯雯参与了整个方案的设计与讨论，完全能够负责答辩。"关月还再坚持，但底气明显不足，他有些被钟意说服，也明白钟意心中已有决定。

　　张雯雯从钟意与关月主任的对话中明白了是怎么一回事情，也从钟意的眼神看出了他的想法，明白他是事业、感情并重的男人，不会让男女私情影响工作。

　　"关主任，你不去那怎么行呀？我可不去凑这个热闹。您是咱们的头儿，还是头儿出马好。"张雯雯强烈支持钟意的看法。

　　钟意看了一眼说话的张雯雯，很欣赏的目光，捎带着柔情与爱意。

第十一章　再相遇心动女孩

东阳省人民广播电台广告部主任办公室，门虚掩着，不用开空调，因为秋高气爽、温度宜人。很快要过国庆节，将迎来一个假日，该去哪里旅游一番就好，广告部主任苏玉春想道，得好好陪陪丈夫，结婚多年，她一直不敢要小孩子，再不陪陪丈夫，婚姻会充满危机。

苏主任坐在办公桌前，看着桌上的台历，双眼透着温柔的光芒。她是能干的女人，一个月前由广告部副主任升任主任，得知消息时，长舒了一口气，打败两个强有力的竞争对手，光荣登上主任一职，着实不容易。一个弱女子，要取得和男人一样的成就，不知要多付出多少心血与汗水，甚至是青春和身体。不过，这都是值得的，男人因为主导社会而成为社会的主流，女人也要为争取地位而不懈地努力。

苏玉春已经30岁，而立之年，当上正处级的省电台广告部主任，可喜可贺。她意识到这是一个充满竞争的岗位，如果没有足够的广告，没有相应的广告收入，不用领导提醒，她自己都会引咎辞职。她是好强的女人，她不想让自己成为别人的闲话主角。

她外表斯文，戴着一副无边眼镜，双眉淡淡地画了下，鼻子小巧，皮肤白皙，甚至能清楚地看到她鼻尖上微微的绒毛，在日光与灯光的照射下，发出点点的亮光。

这是一个外表柔弱，但是不服输、坚强的女人。她想在主任的位置上做出一番出色的成就。或许今天的这个业务是良好的开端。

苏玉春从想丈夫的女人中回到工作上来，她得抓住机会，与省电信公司公关广告部的关月主任好好谈谈，留住这个未来的大客户。苏玉春对于未来的中国发展有很好的认识，她相信，中国经济在将来会高速发展，那么作为通信业重要组成部分的电信行业，将有一个井喷期，而让公众认识与了解、接受现代电信，广播电台可能会有重要的应用空间。这些年来，随着电视的广泛普及，几乎到了全国的每一个家庭。电视广告强烈冲击着电台广告。苏玉春等广播电台的从业者们看到一线希望的是，电话越来越多地进入家庭，而电话进入家庭后，广播与听众的联系变得即时与密切，电台行业度过了寒冬，颇有起死回生的感觉。另外，一个新生事物从萌芽、壮大到稳步发展后，有一个相对停滞的时期，电视业好像就处于这样的状态，那么，这一时期是电台行业再创辉煌的最好时机。

她上班后不久接到省电信公司关月主任的电话。关月主任在电话里告诉她，省电信公司将做大业务推广，需要做广告，考虑在省广播电台投放。苏玉春在电话里表示了相当的欢迎与热情。

苏玉春与关月应该算是老朋友，两人都属于行业精英，不过，关月是男人，所以，他在30岁的时候毫无悬念地做上了省电信公司公关广告部的主任职位，他比苏玉春大几岁，也就是说，他的处级位置来得比苏玉春早几年。省电信公司公关广告部与省广播电台广告部的业务方向不同，一个是对外宣传做广告，另一个是做广告赚收益，所以，他们更多的是合作而不是竞争，两人在以前就有过合作，也在一些行业会议中见过面，一来二往，两人都有好感，成为了通常意义的朋友，不过，他们没有私下里约会过，准确说来，只是工作上的朋友关系。

苏玉春听见敲门声，她想应该是关月主任到了。办公室的门是虚掩的，平常有人敲门时，她会用百灵鸟般的声音说道"请进来"，因为她清楚，绝大部分没有预约找上门来的，要么是有求于她，要么是普通的访问，她加了个"请"字，已经足够文明礼貌。

这次，她没有如平常办理，而是立即起身，急走几步，到门口去迎接客人的到来。

苏玉春拉开门，门外果然是关月主任，她露出真心的笑容。

"里面请！"苏玉春伸出右手邀请道。

关月主任带着钟意气宇轩昂地走进办公室。

"好久不见，依然是那么美丽呀！"关月一见面就赞美起苏玉春，永远正确的方式，任何女人，都不会拒绝男人略显夸张的夸奖。

"你也一样，风度翩翩。"苏玉春是职场高手，回复的话恰如其分，温心暖人。

关月的身旁有钟意在，他自然不能与苏玉春热乎而冷落了年轻人——这个未来的董事长人选。

他对苏玉春说道："这是钟意，董事长助理，北大高才生。"

"果然不同凡夫俗子，我就说呢，刚一进门我觉得很不一般。"苏玉春刚才开门的时候，看见钟意感觉这是一个高手，这会儿听关月介绍，更是钦佩不已。

"钟助理，幸会，幸会，请多关照！"

钟意初见苏玉春，见她的言行、穿着打扮，也很欣赏，忙道："苏主任，请多指教，我是新人。"

"客气了，指教谈不上，你们关主任比我强多了，有他和你在一起，我说指教是班门弄斧。"苏玉春笑道，"关主任，钟助理，你们两位坐。"

苏玉春把关月和钟意让到了她办公室宽大舒适的沙发上。

她忙着给两位倒茶。

"不用忙，不渴。"关月客气道，其实坐了车、走了路，再不渴，喝点水、品点茶总是惬意的。

"哪能这样呢？来的都是客，客人来了水总得喝一杯，我下次去你那儿，我可得喝水。"苏玉春对关月说道。

"没问题，我记住了。"

钟意看苏玉春走路的姿势很耐看，让他想起一个成语，叫作"弱柳扶风"，真是，谁想出这么个好词来形容苏玉春，最贴切不过，身材婀娜，韵味十足。

"钟助理，你说是这样吗？"苏玉春显然是场面中人，注意照顾到在场的每一个人。

"没错，没错，喝水有益健康，我在报上看到的。"他支持着苏玉春的观点。

"你看，苏主任，您魅力无穷，我们钟助理刚刚见您，就为您说话。"关主任与苏玉春、钟意开着玩笑。

"人家哪像你呀，油腔滑调，钟助理可是说实话。多喝水，有益健康，可以更多地保留皮肤的弹性。这个你不懂呀，要多学习。"苏玉春的确有着特别的好口才。

钟意对苏玉春的好感再增一层，这么能干的女人当主任应该是任人唯贤，看来她会把他们电信公司的事情办好。想到这里，钟意对苏玉春不露痕迹地笑了笑。关月没有感觉到，而苏玉春收到了钟意的微笑波，心里甜滋滋的。

她把泡好的茶端在关月与钟意的面前，柔柔地说道："关主任，钟助理，请用茶。"

"好茶。"关月端起杯子，还只是闻了一下，就赞道，"是新出的龙井吧。"

钟意看了一眼关月，心想您这品茶的水平也太高了点，什么茶在你面前都原形毕露。

关月感受到钟意的惊奇，享受着一种小小的成就感。要知道，钟意有贵人相，他的赞美靠谱，值得引以为傲。

苏玉春此前就知道关月喜好喝茶，并且是上档次的，但依然露出欣赏之意，一个人无论做什么，能够达到常人所不能企及的境界，需要一番功夫，也要时间。一句话，熟能生巧。

"关主任，茶好喝你就多喝几杯。"苏玉春此时已经坐回到办公桌前，隔了一段距离，她的话好像更加温柔。

"好呀，只要您欢迎，我们常来喝。"关月凭着和苏玉春的老关系，说话是到了随意的地步。

"这容易呀，以后你和钟助理方便了，请随时过来，我都恭候在此。"苏玉春每回都不忘记带上钟意，不知她是预感钟意未来的辉煌，还是当前觉得钟意的可爱，反正是她在一回回地拉近与钟意的距离。

"那好，就这样定。"关月道，"哪天想喝茶，我们就会过来。"既然苏玉春这么在意钟意，那关月当然也一样，更何况钟意或许不用多久，就会成为他的直接上司，倘若能有预见性地成为未来上司的朋友，那是绝对的有远见卓识。

"谢谢苏主任。"钟意简单地说道，但语气极为诚恳。他得体的职场表现，让苏玉春更加喜欢。一个年轻人，该往前冲的时候要毫不犹豫，该内敛的时候要保持节制，加上最重要的真诚与热情，自然能够得到对方的喜欢。对于钟意这样的才子，也相当不容易。才子通常都有自以为是的毛病，要适应职场得不断修炼。钟意在不长的时间越过这个时期，或者说无师自通。

"关主任，这次辛苦你们亲自跑一趟。"苏玉春道，"这么大的业务能够给我们，我非常高兴。谢谢你们。"

　　"哈，你们庙大，我们是强强联合嘛。"关月很自豪地说道，"省里面的广播电台你们是老大，而我们是独一无二，自然要找强势媒介。"

　　"说得好。这几年我们电台的节目种类、播出时间逐年上升，可以说吧，已经完全止住了下跌的趋势，叫作进入上升趋势。"苏玉春对于广播电台有着相当的自信，"大浪淘沙，市场有需要的事物不会轻易地倒下去，总会有强者生存下来。"

　　钟意点头，他这时想起了在火车上认识的刘芸，以她那么美丽、有才华的女孩进入电台，应该就是一个标志，如果是没有前途的电台，刘芸断不会从北京广播学院毕业后，不去湖南长沙选择别的岗位什么的，而千里迢迢来到东阳省龙华市，进入东阳省广播电台工作。

　　"我也觉得是这样，广播电台经受住了电视媒介的强烈冲击，恢复了元气，进入了新的发展时期。"钟意表明了他的想法。

　　这让苏玉春特别开心，脸上绽放出迷人的笑容。

　　关月主任正式进入实质性话题："苏主任，我们的广告要尽可能放在听众最多的节目播出。"

　　这个提法太简单，等于没有说。苏玉春想，老关是想探探我的看法，故意藏而不露，但她并不说破，建议道："我看这事的关键在于，如何打动对于电话使用有决定权的人。假设放在少儿节目，效果不会太理想。"

　　关月听了很高兴，苏玉春主任真是有才干的女子，并且认真地替他们做了考虑。他点头道："是呀，如果不弄清楚收听节目的对象，广告的作用会打折扣。"

　　"钟助理，你认为哪些节目的听众在决定安装与使用电话这件事情上会有决定权？"苏玉春将问题抛给钟意，她想试试这位年轻人内涵如何。

　　钟意看见了苏玉春期待的目光，他觉得不能放弃这样的机会，以实力赢得苏主任的尊重与喜爱。

　　"我认为只有两类节目的听众是比较合适的对象，第一类是新闻节目，这类节目的听众通常是男人，是家中当家做主的人；但是，这不可能是全部，少部分的男人不听新闻，再有一少部分的家庭是女人当家做主，而女人喜欢的节目最多的是歌曲类节目。因此，我想，我们的广告最适宜在这两档节目播出，既不到处撒网又有针对性。"钟意滔滔不绝地说出他的见解。

这番话不长，却让苏玉春很意外，她没有想到，一个对于广告业算是外行的年轻人，能够说出这样有内容、定位准确的话来。

关月听完钟意的话更生敬意，难怪马为民董事长这么喜爱钟意，原来他真不是浪得虚名，不是拿着北大的牌子，靠着他爸爸朋友的关系在电信公司混饭吃。

"嗯，那就按照钟助理说的，把你们的广告安排在这两类节目中播出。"苏玉春建议道。

"我看这样挺好。"关月表示赞同。

钟意高兴，他的意见能够得到两位广告界精英的一致认可。

他站起身，走到苏玉春的办公桌前，把前面弄好的广告方案从包里拿出，交给苏玉春。

"请苏主任看一下我们的方案。这方案是我们关主任亲自弄的。"钟意不忘说关月的好话。

苏玉春接过方案，很郑重地看了几分钟。钟意和关月在静静地等待着。

过了一会儿，苏玉春说："你们的方案很详细、细致，我看可以直接用。尤其是你们提出的广告核心'缩短距离、加深了解、浓缩感情'，高度概括提炼了电话进入家庭的实质所在。你们放心吧，我会向有关部门汇报，并且组织人员录制广告，广告录好后，我再请你们详细地听一下，再具体安排播放。"

钟意与关月点头。

"苏主任，你看大概需要多长时间？"钟意彻底贯彻马为民董事长的意见，希望越快越好。

"我看半个月左右吧。时间宽裕，我们可以尽量把广告做得好些。"苏玉春是强调高效率的人，但她在谈判中要给自己留下足够的余地。

钟意本想说能否快点，但他还没有来得及说话，关月便说道："钟助理，我看这样可以。苏主任办事，可以让我们客户满意。"

既然关主任这样说，钟意也不便再说太多，就回答道："行，我们就拜托苏主任。"

"没有问题，钟助理，你相信我们好了。"苏玉春道，"我们很想和你们长期合作，一定会做好这件事。"

钟意对关月说："关主任，那我们先回去了。"

关月点头。

苏玉春当然听见了他们的话，客气地挽留道："多坐一会儿呀，龙井再喝喝。"

"谢谢！改天有机会再来。"关月也不打算多待，毕竟正事已经办完，回公司还有其他事情。

钟意与关月站起身来，"苏主任，我们走了。"

苏玉春站起，离开办公桌，"你们有事，那就以后再聊。我送你们。"

在门口，钟意再次想起刘芸，想去看看她。那次从北京乘火车回龙华市，与刘芸恰好在一个卧铺包厢。一年时间过去，两人没有见过面。不知道她怎么样了？他对苏玉春道："对了，苏玉任，麻烦您，刘芸在哪个部门？"

"刘芸？"苏玉春稍稍迟疑了一下，很快清楚地回答道："你说那个北广的女孩呀，她在新闻部。"

关月从他们两人的对话中，感觉钟意有什么喜欢的女孩在这边，打趣道："钟助理，你有张雯雯了。"

钟意怕越描越黑，不做过多解释，模糊地表示道："嗨，一个朋友的朋友，只见过一面。"

"很漂亮的一个女孩。"苏玉春感慨道，"年轻就是资本呀。"语气里，似乎年轻几岁，她的美貌与刘芸不相上下。

钟意在脑海里将苏玉春年轻化后与刘芸比较，心里笑了，苏玉春主任足够自信，但从一个年轻男孩的角度看，苏玉春距离刘芸还是有些距离。钟意欣赏苏玉春的自信，更想见见刘芸。

苏玉春送过了几十米之后，钟意和关月说苏主任请留步。她也就不再远送，笑着说："钟助理，刘芸是个非常不错的女孩。"笑里意味深长。

"再见，苏主任。"钟意友好地与苏玉春告别，这次是第一次见面，他对苏主任感觉良好。

"再见，钟助理。"苏玉春也依依不舍地，她对钟意印象极佳。

"苏主任，我们走了。"关月也没有落下礼节。

"好的，广告制作好后我就打电话给你。"

走出去一段距离，钟意的步伐慢了下来，他打算去看望刘芸，心想得和关主任说说，让他一个人先回去，一时没有想到合适的话语。

关月从钟意与苏玉春的谈话以及他的表情，已经猜出了大半，作为一个明白人，他对于钟意的想法焉能不知。

"钟意，你放心去看刘芸，我不会和张雯雯说。"关月很男人地说道，"有一个事很有意思，男人的朋友会替男人的感情保密，而女人的朋友则常常守不住秘密。"

"有这样的说法吗？"钟意笑道，"莫非关主任有过经验？"

"我是想有，但从来没有过。"

"你和苏主任就挺不错的吗。"钟意开玩笑道，但他毕竟年轻，点到为止，没有接着往下说。

"哈，我也是有贼心没贼胆，偶尔做梦时想过，但不敢付诸行动。不像你，年轻哪，年轻就是机会，你单身，可以多些选择的余地。"关月说道，似乎不是一个好上司，不应该让他的下属张雯雯承担可能的感情伤害呀。或许这是男人的缺点。

钟意看了一眼关月，然后笑了，伸出手与他握着，朗声说道："行呀，关主任，你的建议很有创意，我去看看朋友。"

"该去看看，我先走。张雯雯问起，我就说你还有别的事情给耽误了。"关月一边说一边走，脑袋轻轻地摇了摇，大概内心有些龌龊地想着钟意风花雪月的故事。

钟意很快找到了新闻部办公区，与广告部不在同一幢楼。保洁员阿姨正在走廊拖地板，抬头看了钟意一眼。办公区里各个房间挂着标志牌，"记者部""群工部""制作室""播音部"，他不知道刘芸在哪个具体部门，决定向保洁员阿姨请求帮助。

"大姐。"钟意称呼姐而不用姨，显然是经过了思考的。

保洁员阿姨停止拖地，直起身子，抬起头，很认真地看着钟意，等待着他的问题。这年轻人的声音很好听，人长得挺帅，还很讲礼貌，好样的。

"麻烦问一下，刘芸在哪个地方？"钟意长话短说，开门见山地问道。他想见到刘芸的渴望突然强烈起来。

保洁员微笑，想起郎才女貌这几个字，她用手指了指十米远处的房间，细致地说道："刘记者在那边的主持部。"她没有直接说刘芸的名字，出于对刘芸的敬重，用了记者来称呼。

钟意随着她所指引的方向，看见了挂在门上的"主持部"，心跳得更快。

"谢谢你。"钟意礼貌地道谢完毕，朝"主持部"走去。

钟意按了门铃。门铃响过两声之后，传来如百灵鸟般的声音，"门没有关，请进！"

虽然一年多没有见面，没有听见这声音，骤然之间依然那么熟悉与亲切。

钟意推门而入，进入宽大的办公室，里面整洁有序，办公桌前赫然坐着的正是刘芸。

刘芸穿着蓝色的职业套装，头发剪得比较短，是齐耳的运动发，干练精致，正在桌上写着什么。

刘芸抬头，见到来人，惊讶一声："是你?！钟意！"

她本能地迅速放下了笔，站起身来迎接来客。

刘芸和钟意都有拥抱的意思，不过，两人最终还是换了姿势，改为热烈地握手。

"刘芸，又见面了！"钟意激动地说道，一年前的刘芸清纯美丽，一年后的刘芸，清纯依旧，还多了些内涵之美。

"是呀，我们在同一个城市，挺简单的一件事，我们却花了一年多时间才完成。很高兴你来看我。"刘芸兴奋起来。

钟意感叹道："就是，时间过得太快。"

"你坐，坐下来说话。"刘芸说道，"让你站了这么久，不好意思。"

"和你一起站着，也是幸福呀。"这话说得有些暧昧，钟意换个口气说，"你这条件挺不错。"

钟意刚坐下，门铃又响起来。

"请进。"刘芸说道。

一个十七八岁的小女孩进来，对刘芸说："刘老师，我们的节目还有 10 分钟就要直播，机房叫我们早点进去准备。"

刘芸差点忘记这事，当然只是在钟意进来之后，她忘记了这事，在钟意来之前，刘芸还清楚地记得这事。

　　"好的，我知道了，你先去，我就过来。"钟意对小女孩说道。

　　钟意想，这应该是广播学校的实习生。

　　女孩走了，把门顺带关上，她走的时候有些不好意思，似乎为无意打断了刘老师和一个大帅哥的见面而愧疚。

　　"钟意，真是太不凑巧，我就要上节目，没有办法陪你。你留个电话，我到时和你联系。"刘芸抱歉地说道。

　　两人交换了电话号码，匆匆忙忙地告别。

第十二章　矛盾纠结的情感

之后就是国庆节假期，对于电台来说，假期更是忙碌的日子。功夫不负有心人，国庆节上班后的第二天上午，刘芸找到一个空档，终于可以去看看钟意。

钟意对于突然出现在办公室的刘芸充满惊喜。

"今天怎么来了？"钟意喜不自禁道。

刘芸故意说道："难道今天不能来？"

钟意看刘芸一脸严肃，笑道："是不能来。你应该打个电话，说你想召见我，我会立即跑到省电台去。"

"我想活动下筋骨，到外面透透气，今天上午没有节目，也不用采访。"刘芸说道，"来看你就是享受生活。"

"谢谢。我们好好聊聊。"

"钟意，我们到外面找个地方行吗？办公室人来人往不方便。"刘芸希望有一个幽静的环境聊天。

钟意深思了2分钟，想着不能忘记什么重要的事情，末了他说："我和董事长说一下，到外面喝咖啡去。"

刘芸喜悦地点头，"我在这里，还是下去等你？"

"就在这里吧，你稍坐一会儿，我去下董事长办公室。"

马为民董事长见钟意进来，放下手头的工作，问他的爱将道："有事情和我说是吗？"他清楚钟意没有事情不会到办公室找他。

"一点私事。"钟意说道，心里有些不好意思，琢磨着如何开口。

"私事也是事情，你放心说。"马为民把钟意当亲侄儿般。

钟意鼓起勇气说："一个朋友来了，我想带她到外面去坐坐。"

"一定是女孩子。"马董事长笑道，"年轻人嘛，有朋友来当然要好好招待，你去吧，现在没有什么事要办。"

"对，女孩，董事长你一猜就对。她是省广播电台的。"

"挺好，我们不是要在电台做广告嘛，加强联系好。"

"董事长明示，我遵照执行。"钟意露出开心与感激的笑容，"谢谢您！"

马为民心情舒畅地应道："嘿，钟意你小子，你爸真是把你培养出来了，你比你爸强多了——长江后浪推前浪，青出于蓝而胜于蓝。"

"我爸呀，他在我小时候确实花了不少时间管我。我爸常说起您，要我向您学习。"钟意在心里很感念父亲的教导与悉心培养。

马为民更高兴了，开怀笑道："看来你现在要调整目标，以我为标尺低了点。不多说了，你快去吧，不要让女孩等太久。你要记住，女孩是用来呵护的，男人需要多接触女人，那样才会真正明白感情。但是，你要牢记，不能委屈张雯雯，你和她是两情相悦、互为恋人，我是看见了的。"

"谢谢董事长提醒，我记住了。"

钟意领着刘芸往外面走，两人并肩走着，有说有笑。他带着刘芸进入距离电信公司 200 米远的一家咖啡馆。

这家咖啡馆面积不算太大，内部装修考究，座位布局非常合理，能够让顾客充分享受到宁静与浪漫典雅，又丝毫不影响服务的便利与快捷。

"钟先生，你好。"服务小姐认识常客钟意，主动热情地上前招呼他与刘芸，"两位是吗？"

"没错，就两位。"钟意回答道。

服务小姐看了刘芸一眼，有些羡慕或者说嫉妒刘芸的美丽——同时她也在想，这女孩和钟先生常一起来的那个女孩漂亮得有些像，但肯定不是同一个人。会不会有故事呢，服务小姐可能情感剧看得比较多，看了钟意与刘芸第一眼，就给他们两人来了一个复杂的剧情——多角恋呗。

"两位这边请。"服务小姐把他们领到一个靠窗的卡座。

"需要点什么？"待钟意与刘芸坐定后，服务小姐柔声问道，声音亲切，显然经过训练，要不然对于普通的熟人不可能有如此亲切的声音。

钟意问刘芸："你要喝点什么？"

刘芸回答道："既然是咖啡厅，就喝咖啡吧，给我来一杯白咖啡。"

服务小姐在单上记下白咖啡一杯。

"你呢？钟先生。"服务员小姐对于有些熟识的钟意特别问道。

"我也一样。"

服务员小姐记下了，再问道："点心、小吃、零食要来一点吗？"

刘芸想了想说道："开心果来一包，再来一罐薯片。"她转而对钟意说，"不好意思，我特别喜欢这两样东西。"

"喜欢就说出来，好呀。"

"钟先生，你要来点零食吗？"服务员小姐挺在乎钟意，她明白是钟意做东。

"不用，有这些就可以。"钟意不太喜欢吃零食，所以没有再点。

"好的，你们稍等，一会儿就送来。"

这家咖啡厅的效率确实很高，几分钟后，钟意与刘芸要的咖啡和零食就都送来了。

两杯白咖啡散发出浓郁的烤香，那颜色挺好，黑中有白，白中有黑，黑白交融。喝咖啡要的就是这种境界，这种纯香。

"喜欢咖啡吗？"钟意问道，因为他看刘芸用小匙的动作很优雅，但显然不熟练，以刘芸的素养与职业，她若喜欢，应该会经常接触这些东西。

"一般吧，我对咖啡本身不是太喜欢，但是觉得咖啡厅的环境与氛围特别，适合聊天，或者听听音乐。"刘芸解释道，"所以，我对咖啡没什么要求，一杯白咖啡就可以。"

"是吗？各取所需，我挺喜欢咖啡的味道。"钟意似乎在诱导，"喝咖啡的时候，我们可以想象整个制作的过程，你看从咖啡豆到咖啡饮料要经过多少道程序，这里面有许多想象的空间。"

"你比我更像记者，善于发挥与联想。"刘芸感叹道。

"你别忘记了，我是学中文的。"钟意丝毫不谦虚。

刘芸记起来了，"是呀，你现在在电信公司，你不说，我真不会想起你是学中文的，而且是赫赫有名的北大高才生。"

"看来，得多和你接触才行，不然时间一长，你都把我忘记了。"钟意感慨万端。

"可不能这么说，你看我不是专门来看你嘛。"刘芸带点儿撒娇，似乎比一年前多了些成熟少了些单纯。这是自然的规律，离开大学校园进入社会，一天天被社会这所大学校磨砺，不熟也得熟。

钟意认真地对刘芸说："谢谢你。不过，我希望你会慢慢喜欢咖啡。"

"为什么？"刘芸问道。

"如果你不喜欢的话，我请你来，就是让你受罪了，不喜欢的东西却要经常接触，会痛苦。"

"没事，我想也是习惯问题，如果你多请我喝几次，我就会习以为常。"

"好呀，没问题，反正现在知道你的工作部门，找你容易。我如果请你来，你就不要拒绝。"

"我巴不得呢。只要你给我办公室打一个电话，我保证会来。"

钟意这时想起张雯雯和他一样，喜欢喝咖啡，所以他和张雯雯有时会到这家咖啡厅来品尝咖啡。

钟意想了解一下刘芸的情况，于是问道："问你一个个人问题，可以吗？"

"当然可以，问不问是你的自由，如何回答我做主。"

"哇，好厉害的外交辞令。"钟意干脆利落地问道，"有男朋友了吗？"

刘芸见是这样一个问题，不免想起她曾经的恋爱，那个曾经说要爱她一辈子的男友，在和她相爱一年之后，和她的一个学姐好上了，与她分手，两人一起飞往美国。

如今，她从事着省电台的主持与记者工作，要去谈恋爱，好像还真没有心情与时间。此刻，钟意这么问她，她好像心有所动，不会是钟意要向我求爱吧，如果是，我一定答应。

钟意见刘芸没有立即回答，场面沉默着，他不想冷场，自我放弃地说道："如果不好回答，就不说。"

"不，不。你的问题很简单。我可以明确地说，我没有男朋友。"刘芸干脆地说道。

"那，那——"钟意那了半天，没有说出后面的话来，他本想问刘芸为何你那么漂亮会没有男朋友，照理说跟在后面追的男孩子是成堆成串。不过，钟意没有想到最恰当的表达词句。

"你觉得不好理解，是吗？"刘芸道，"你那什么那，我知道你想说什么。我告诉你吧，是有不少人追我，可是我没有遇到让我动心的。"

刘芸说这话时，脸上显出黯淡的神情。钟意一时不知如何安慰她。

她是一个敏感的女孩子，从钟意刚才的言语与神情中，猜测他应该有女朋友，于是试探性地问道："钟意，看样子，你是名花有主？"

"呵呵，我大男人一个，怎么能称得上花？说来是一株大点的小草。"

"男人准确地说是大树，能经风雨，挺立不倒。"

"你对我们男人的评价与期望挺高。"

"没错，但不是所有的男人都这样，也不是所有的女人都能遇到好男人。"

"说得很对，男女都一样，有好有坏，但是对于男女之间来说，没有好坏之分，在一起快乐和互相适应最重要。"

"你有了合适的女孩是吗？"刘芸坚持着想问清楚钟意是否有女朋友，话很委婉，但意思很明了。

钟意没有说话，点头表示默认。

"你运气真好，这么快就搞定了对象。"刘芸心里顿时难受起来。她与钟意有缘相逢，却终究缘分太浅，构成了无法交合的两条平行线。

"以你的条件，你会很快就有的，只要你有这方面的打算，不挑剔别人，你会容易遇到一个好男孩。"

刘芸用小调羹缓缓地在咖啡杯中转动着，白色的咖啡形成一个个小小的漩涡，人生也一样，处处充满了机会，也有很多的变数。那时与钟意相遇在火车的卧铺车箱，一起度过难忘的几十个小时，然而，在龙华市工作之后，她没有去电信公司找钟意，而钟意也是在有了女朋友才来找她。在这一年多的时间里，刘芸好像并不特别需要感情，忙碌的工作似乎成了她的全部，但这一刻，刘芸对自己有了些许的怀疑。

钟意说的没有错，她遇到过优秀的男生，比如广州《华南杂论》的编辑张致远，他就是一个出色的好编辑、好作家，她和他初次见面就有着好感，但是自那儿以后，也没有再相见，不知道他怎么样了。

刘芸停止转动杯中的调羹："你说得很有意义，我想我会留意生活中的好男孩，不错过机会。"

　　"这就对了。"钟意说道，"男人与女人是社会的两极，必须互相帮助与扶持，生活才会更美好。"

　　咖啡厅里播放着童安格演唱的情歌《明天你是否依然爱我》，刘芸大学时最喜欢听这首歌，因为当时她和男朋友一起学唱这首歌，然而，最后男友无情离去，留给她的竟是明天不能爱她。

　　听着这熟悉的旋律，刘芸有些头晕，她担心自己承受不了，但她强忍着。还好，歌曲已经进入尾声，接着的歌曲是老的革命歌曲《打靶归来》，一首欢快的、不太涉及个人情感的歌曲，这曲子抚慰着刘芸此时有些伤痛的心灵。

　　"钟意，很高兴你说给我这些话，你是我的心灵良药。"刘芸看了一下手表，"我下午要上班，我们走吧。"

　　"哦，那我们要点面包、糕点，不能让你饿着去上班。"

　　"好，听你的。"刘芸快乐地答应了。

　　吃过面包、糕点，钟意要送刘芸回单位，刘芸不让，她担心他的女朋友会看见不高兴。当然，她没有明着对钟意说，只是婉拒了他的好意。

　　钟意看着刘芸离去，心想这是一个好女孩，希望她幸福快乐到永远。

第十三章　电信业全国一流

马为民常常想起那次和钟意谈话时说的，在全国电信年会上，他不应该仅仅是代表之一，他必须坐到主席台去。为此，马为民致力于把做大做强东阳省电信业当作自己的头等大事。他常常想，男人要有事业，事业是人生的根本，事业也是男人不枉来世上一遭的见证。

马为民喜欢看孙子兵法，从很小的时候，看连环画就特别爱看《三十六计》，有一计叫作"知己知彼"，在内心里坚信这一点，一直保持着好奇心，爱问爱观察爱探究。有时候，马为民想，生活需要谋略，但时时在谋略中让人疲惫，所以，他把"知己知彼"的谋略或者说是计策改为"见多识广"，似乎这样人一下子轻松许多，这或许就是观念的神奇之处。

在这样一种观念的指引下，马为民展开了他扩张的步伐。首先，他带领钟意去各地实地调研，走遍了北京、上海、广州、深圳等大城市，也详细了解厦门、长沙、乌鲁木齐、合肥、武汉、桂林等城市的电信现状以及他们的发展构想。同行相见，话题很多，大家都愿意互相交流。

具体到东阳省，钟意陪着马为民对全省各地市及县进行了实地现状的调研，为全面推进东阳省电信业的发展准备了翔实而深入全面的数据。钟意在调研过程中，把董事长的会议、宴请、娱乐安排得井井有条，在同行中树立了很高的知名度。

东阳省广播电台广告部主任苏玉春抓紧时间，领导她的团队在 10 天内完成了省电信公司的广告设计。

这天，苏玉春拿着方案录音来到省电信公司，主管处室是电信公司的公关广告部，关月主任负责接待。

关月电话通知钟意，请他到办公室审一下广告样带。

苏玉春对再次见到钟意表示十分高兴，在共同审完广告之后，关月与钟意就一些小问题提出看法，苏玉春主任表示那些问题好解决，一小时就能够搞定。

"这样很好，我们省的电信业在马董事长的指挥下，发展真的很快。"苏玉春赞扬道，"我们也感到特别高兴。"

"就是，电话肯定会走进每家每户。"关月感叹道，"它会有奇妙的作用，帮助人们进入美好生活。"

钟意准备说一下看法，却见苏玉春似乎等不及了，问他道："你上次说的那个女孩，怎么样了？"

"哪个女孩？"钟意一下子没有明白是怎么回事。

苏玉春爽朗地笑了，说道："就是你说的叫刘芸的朋友，那个漂亮的女孩。"

钟意明白过来，大声道："苏主任，原来你说的是刘芸呀，我想起来了，上回去你那时，我向你打听过她。"

"正是，我想你不会忘记她。"苏玉春很高兴，大姐姐般地说道，"她没有男朋友，你要抓紧哟。"

关月似乎急了，忙对苏玉春说："苏主任，上回我就提醒钟意不能犯错误。他有女朋友了。"

"现在呀，结了婚离婚的都不少，钟意没有结婚，可以多几个选项，现在都这样，哪会犯什么错误呀。"苏玉春笑着接着说，"没有想到，我们的关主任比我传统得多。"

关月回敬道："我比你大了好几岁，或许这就是叫作代沟的东西，5 岁之差就可以称作不同的代。"

"说实话，我一点都不觉得你比我大呢，你看起来特别年轻。"苏玉春说道。

关月特别高兴。不论男人还是女人，上了 30 岁之后，都喜欢人家说自己年轻，关月也不例外。

"谢谢。谢谢你给我表扬与鼓励。"关月说道。

"关主任，钟助理，我回电台去了，我把刚才发现的问题回去修改后，明天就正式开始播放你们的广告。你们看怎么样？"苏玉春征求他们两人的意见。

钟意自然同意，但他没有立即回答，把机会先给关月主任。

"我看这样可以。"关月稍后回答道，随即他问钟意道，"你认为呢？"

钟意这下当仁不让地说道："我完全同意你的意见。"

苏玉春回到省电台后，组织人员对电信公司的广告进行修改。当然，要改的地方很少，一个多小时就全部完成。苏玉春和广告部的人一起听修改完了的广告，完善后的产品非常不错，"行了，就这样吧，你们联系新闻频道与娱乐频道进行广播插播，每半小时一次，每次 30 秒。"

"是的，主任，我们就去办。"苏主任手下的广告员很快答应道。

"行，你们去吧，尽量把事情落实清楚。"

刘芸在新闻频道听到了电信公司的广告，她主持的节目新闻评论在每半小时播放 30 秒的电信广告。初看到这份广告的时候，刘芸倍感亲切，这是钟意单位的事儿，以后，每当响起电信公司广告的音乐，听那广告里"缩短距离、加深了解、浓缩感情"——这样动情的广告词时，刘芸更想起钟意，只可惜，钟意有了女朋友。

"缩短距离、加深了解、浓缩感情——我们需要一部通达全球的电话！让亲人离我们更近些！"省电信公司的广告响彻着山野大地，飞进每一个听众的耳鼓膜。

东阳省的电信业在如此动人心弦的广告推进下，翻开了崭新的一页。国内规模最大的第一套程控电话交换系统在东阳省电信公司管辖的龙华市电信公司落户，对全国电信业的蓬勃发展，都有着极为重要的意义。

东阳省的资金与人才在全国并不是第一流的，全国同行业震惊，大家注意到了马为民领导下的电信公司的勇气与胆识。

"钟意，觉得如何？"马为民董事长在办公室与钟意说话。

"自我感觉特别好，我去营业大厅看了，业务量猛增，甚至超过了我们的预期。你的思路太好了。"钟意详细说道。

"我们成为了全国第一，不过，争取第一容易，要保持第一，就需要超凡的思维，你要好好干，争取更上一层楼。"马董事长既高兴又有些犹豫地感叹道。

钟意在成绩面前很谦虚，尤其是面对马为民董事长，他真诚地说道："多亏有董事长领导，我们的电信业蒸蒸日上，业务量大增。董事长真是领导有方。"

马为民董事长对于这次电信业务的大扩张所取得的成就无比欣慰，在董事长任上，能够做出在全国有影响力的事情，可以毫不夸张地说，这是一个成功的领导者、当家人。他保持着清醒的头脑。

马为民对钟意说道："这回的胜出，很大程度上是我们得益于数字程控电话交换机技术迅猛发展。而我们当时，果断地全部换用新的程控交换机。"

钟意很为自己当时的发言感动，因为他果断地支持了马董事长，也让当时在场的几个人从内心真正地赞同，并有之后的积极行动。

"是呀，马董事长，当时你让我多看书、多长进，我是真去做了。我看到，一个程控电话交换机与同等容量的纵横制交换机相比较，由于以集成电路取代电子管等新技术，体积只有纵横制的十分之一，这是超级大的进步呀。对于电信服务主要基础都在市中心来说，这就争取了宝贵的土地资源。同时，因为土建工程小，建设工期大大缩短，而且因为采用数字程控新技术，功能多、通话质量好。这些功能，让我清晰地看到了它的好，也就能全力推进。"

"你做得非常好，用你人文方面的长处，结合了现代科技的客观事实，达到了想要的结果。"马为民董事长更具体地表扬钟意，并愉快地回忆道，"当时呀，我们的机房'机满为患'，选新机房既缺乏房地产来源，资金来源也不宽裕，更重要的是没有足够的时间。程控设备的体积只有原来的十分之一，从占地、管理的角度看，引进程控设备太合算了。很关键的是，利用这样一个时机，我们先购进高大上的设备，弯道超车。现在想想，什么叫弯道超车，为什么可以弯道超车，就是速度要刚刚好，虽然有一定危险，但是在看清前方没有来车，而和我们同向的车正走在稍外围的时候，我们加快些速度，就可以安全地超车，然后就领先我们外侧的车了。"

"董事长你说得太好了，你这么一说，我真正理解了弯道超车，那就是要一要有准备，二要提升速度，三要把握好正确的方向。在你的领导下，我们全部做到了，那时我们决定全部拆除旧设备，是弯道超车的具体实现，一是给了我们足够的空间，可以在原有的地盘实现电话容量翻几番，这是保证了前方没有来车；二是改变多种制式的交接转换，使全网更新畅通，这提升了我们的速度；三是我们为将来实施的电话升位创造先决条件，这会使东阳电信更可靠地走在圈子的核心，进一步守住我们超车后的领先优势。"

马为民与钟意，成为最具合力的前辈与晚辈管理组合。

都说创业维艰守业更难，马为民深知这一点，正因为这样，他不敢懈怠。为了保持在全国的领先地位，他决定要与电信业非常发达的香港同行建立密切联系。那样的话，可以借助香港方面的信息与技术，做些更具开创性的项目。

马为民董事长计划带领部分核心成员前往香港考察，以便与香港同行建立合作关系。他在脑子里想好了同行的几个人，钟意是一定要带去的，这个他已经打算的接班人；第二个就是财务处长陆文娟，有她在一起，用钱之类的方便，还有就是财务方面需要专业人员，陆文娟的专业技能是没有说的，是一流的，还有呢，不管怎么说，陆文娟一直对马为民有那么一点意思，如果马董事长决心要与她有更亲密接触的话，那是随时都可以的事情，但他没有，正因为没有，他带着陆文娟一起去，有她对他的关心与照顾，也会感觉轻松、随意与快乐；第三个要带的人是副董事长，主管技术的龚永生，龚副董事长尽管年纪比较大，已经 50 多岁，都快退休了，但他酷爱学习，常看书报与专业书刊，所以，他的知识与时代保持着同步的更新，这样一个有经验有知识的专业技术人才，带在身边那是一宝；还有一个人，马为民董事长也决定带着一起去，这人是汪雨清，他的特长是资料收集与整理，就是通常说的情报工作，情报工作相当重要，如果不能做到知已知彼，就是打无准备之仗，对于指挥作战的将军而言，这是冒险，也是注定会失败的，所以，马为民董事长把汪雨清也一起考虑进了他的考察队伍，尽管从某一方面讲，马为民对于汪雨清的印象并不是特别地好，不像前几位，那可说是毫不犹豫选定前往香港考察的同行对象。

马为民董事长决定了人选之后，打电话给钟意，叫他到他办公室去，钟意自然第一时间赶到。

"坐下说，我和你谈点事情。"马董事长见钟意来了后，指着桌前的沙发说道。

钟意坐下了，活泼地对董事长说："马董事长，看来你有新设想了。"

"没错，你是能够猜测我的内心的。"马董事长笑道。

"英雄所见略同。"钟意接着说道，有些大言不惭。

马为民董事长对这话甚至赞同，他欣赏钟意，也正是因为这样的原因，在大是大非，在做一些重要决定的时候，他和钟意总是有着非常接近的想法，而最后得出来的结论总是惊人的相似。

"我打算安排几个人去香港考察，与他们建立常态的合作关系，那样的话，我们省的电信就能在香港的水平上保持前进的步伐。"马为民在钟意面前，感觉自己的朝气蓬勃，他觉得是钟意带给了他工作与生活的活力，所以上了年纪的人要多和年轻人接触，那样才能够时时保持着进取心与思维的活力。

钟意特别欣赏马董事长这一点，那就是不断地学习，敢于面对自己与别人的差距，想尽办法缩短差距，能够在这样的领导下面做事情，的确是大快人心。

"马董事长，我举双手赞同。"钟意积极响应。

"我知道你不会反对。"马董事长笑道，"当然，你不反对我，并不因为我是你的上级。"

"马董事长，你说得真对，虽然我哪怕反对你也不会直截了当，但是这件事确实对于我们而言很有必要。"

"对，所以说，你是站在长远的发展战略的高度支持我。"马董事长高瞻远瞩地说道。

"马董事长，你打算带哪些人一起去呢？"钟意问道，这明摆着他清楚他是考察团的一员，如果不是，马董事长不可能和他这样说话，这点敏感是最基本的。

马为民本就是与钟意谈这个事情的，于是说道："我想了一下，我们五个人去比较好，人太少了视角不够，人太多了，恐怕也会人浮于事。"

钟意频频点头，在等着马董事长下面的话。

"我和你两个，另外龚永生副董事长我看他很懂业务与技术，加上我们前面的扩张电信业务很多技术工作都是他负责的。还有，我看汪雨清在信息整理、资料收集方面很有独到之处，他也一起去。"

马为民说到这里停顿了一下，钟意似乎觉得这第五个人应该会是公关部的才比较好，因为他们有与人打交道的丰富经验。

"还有一个，我看陆文娟一起去，她的脑子里有一个成本核算的电子版，与人打交道很灵活。"马为民董事长说道。

这出乎钟意的预料，但短暂的心里异议后，他也同意董事长的意见，是呀，无论从哪方面来说，陆文娟都是合格的考察团成员，她对马董事长的照顾细致周到，会让钟意少操很多心思。

"马董事长，各方面的人都有了，很全面。"钟意完全地投了赞成票。

"那行，你安排一下，我们一周内动身前往香港。"马为民最后拍板道。

钟意在一周时间里为电信公司赴港考察做了大量的准备工作，包括预订机票、联系香港方面的酒店，以及与香港同行建立事先联系，等等，再就是准备一些路上的必需品，作为董事长助理与秘书，他有时也叫其他人帮忙做些工作。他的女朋友张雯雯帮着做了不少事情。

眼看着钟意他们就要离开龙华去香港考察，张雯雯在与钟意吃饭的时候，有些不舍地对他说："你们去香港要多久呀？"

"现在还不知道，我想不会太久。"钟意答道。

"那三五天够了吗？"张雯雯觉得五天应该是她能忍受的极限。

"说不清楚，这个具体要等到了那边才知道，还有就是要看马董事长的想法。"钟意实话实说。

"你不知道我会有多想你，我现在想起你不在龙华市这么多天，很长时间看不到你，心里憋得慌。"张雯雯情不自禁。

"乖，你自己好好照顾自己，晚上可以看看电视，电视不好看的话，就早些睡觉，养足精神，迎接我回来。"

"好吧，那我只有这样，你要多想我啊。"

"嗯，我会的，我保证天天想、夜夜想。"钟意轻拍张雯雯的小手，"我相信你会感觉到我想你的无线电波。"

第十四章　塘港警察出警了

马为民董事长、钟意、陆文娟、龚永生、汪雨清一行五人踏上了去香港的行程。这天是一个阳光灿烂的日子，五人即将从龙华国际机场乘坐波音 747 飞机直飞香港。

五人分坐并排的两排座位，马为民董事长坐了右侧靠舷窗的位置，他是一把手，真正的当家人，他即便不坐，人家也会最坚定地请他坐。也正因为这样，董事长没有多加推辞，在陆文娟的引领下坐在右侧靠舷窗的位置。

陆文娟挨着马为民坐下，那是中间的那个座位。

第三个位置无论从级别还是年龄，或者是别的方面说，都应该是轮到副董事长龚永生了，这样，他就被安排到了靠着过道的这个位置，右侧挨着陆文娟。

这样的状况是汪雨清乐于看到的，很明显，他会和钟意坐到过道另一边去。

"钟助理，你坐里边吧。"看到这样的结果，汪雨清完全没有了刚才的沉默，很主动热情地对钟意说道。

这边只有两个位置，由于连号的原因，自然没有了靠窗的座位，中间的位置是最好的。

钟意客气道："你先坐吧。"

"不，不，你坐，你先，钟助理。"汪雨清几乎是拽着钟意请他坐了下去。

钟意只好先坐下，汪雨清松了一口气，然后在钟意的身边坐下来。

他们五人安顿好座位后，空姐、空少一起来到机舱，向大家演示如何在紧急状态下用面罩吸氧气以及开启紧急逃生门。

陆文娟在放书报的地方搜索着，她喜欢在飞行过程中看书看报，多数旅客有这么一种爱好。

"董事长，你也来一本杂志吗？"陆文娟拿了一本《地产界》，准备推荐给马为民。

马为民平时也喜欢看书，飞行过程中也一样。

"什么杂志？"

"《地产界》。"

"好的，我看看。"马董事长答应着接过杂志。

龚永生副董事长没怎么和身旁的陆文娟说话，倒是陆文娟偶尔会问一下他需要点什么。

钟意和汪雨清是同龄人，经历过同样的历史时代，目前又在一个单位，自然有话题。钟意喜欢聊些国内国际大事，在这方面，恰好汪雨清也有兴趣。

钟意很喜欢汪雨清对于大局与政策的思考。感觉与汪雨清谈话很有内容。

马为民看书，陆文娟也看书，他俩边看还边讨论，颇有情趣。他们旁边的龚永生副董事长手里也拿了一本书，不过，他的眼睛闭起来，睡着了。

钟意事先工作做得非常到家，他们乘坐的飞机在香港落地后，立即有联系好的酒店服务人员来机场接他们。

到达香港的第一天，没有特别安排任务，马董事长叫大家在房间里好好休息。马董事长一个人住一间，陆文娟是女生，而只有一个女生，也一人住了一间，她的房间挨着马为民董事长。

钟意与龚永生副董事长、汪雨清三人住了一个房间。原本马为民董事长建议每两个人一间房，但是龚永生副董事长反对，他对马董事长忠心耿耿，觉得董事长住宾馆一个人一间，方便与外界联系或者有利于思考问题。

到达香港的第二天，马董事长带领钟意、龚永生、汪雨清、陆文娟前往香港电信电报局考察，此时的香港处于过渡期，再过几年中国将对香港行使全部主权。香港电信电报局的负责人对来自东阳省的同行表示由衷的欢迎。香港方面与马董事长等进行了深入而热烈地交谈，之后带领他们参观电信电报总指挥中心。

一行人感触很深，马董事长认为香港的管理水平一流，充分体现了效率、成本、挖掘潜力等企业核心要素，以及人、财、物的应用发挥。

接下来的四天，马为民董事长带领考察团队对香港的电信业由总局开始，到小镇分所等，先后都去看了一遍，形成了清晰的认识，真正成熟的电信网络要遍及每一个角落，成为民众的最便捷通信。

一天晚上很晚了，陆文娟也没见到三个同事的影子。

陆文娟没有想到，钟意他们是待在香港警局做笔录。

原来，钟意、龚永生、汪雨清三人与马为民、陆文娟一起吃过晚饭，本来大家一起去逛街，马董事长突然觉得有点头晕，说想留下来休息。钟意见状就说，那我们就改天再去逛街。马董事长说不用管他，大家按计划继续逛街去，他一个人待在宾馆就行。

陆文娟坚决要求留下来照顾马董事长。钟意对陆文娟留下来照顾马董事长很放心，自然就没有反对。见他没有反对，龚永生和汪雨清自然赞同，他们觉得马董事长不去，陆文娟留下来，他们三个一起去，倒随意而自由，毕竟董事长就是董事长，有他在，逛起来多少有些受约束。

钟意领着龚永生、汪雨清漫步在香港街头，商店鳞次栉比，霓虹灯不停地闪烁，街道上人流、车流，川流不息，摩肩接踵，果真是繁华的都市。三个人东转转、西逛逛，不知不觉就逛到快半夜 12 点钟了，他们准备去乘坐地铁回住的宾馆。

就在他们往去地铁入口的路上，在一个树荫稍多的地方，路灯显得有些暗，三个高大的男人突然冲上来，一个抱住一人，就抢他们身上的东西。

钟意大惊，怎么会出现这样的事情？虽然电视上常有这些镜头，但好像看报纸上说，香港社会治安相对比较好，这种事情出现概率不高，偏偏就出现了。

钟意反应特别快，他感觉到背后一股风快速地冲过来，身子赶紧下蹲，并往右侧移动，攻击他的歹徒扑了个空，往前倾，钟意一瞬间马步立住，顺势给了那人背部一掌，那人重重地摔在地上，嘴啃水泥地板。钟意将那人的两只胳膊往后拧，那人疼得大叫一声。钟意稍稍放松，那人止住叫声。

50 多岁的龚永生副董事长被另一个歹徒实施了抢劫，倒在地上，很痛苦的样子。那歹徒见龚永生已经失去抵抗力，朝钟意这边走来，打算来救他的同伙。

钟意用力往后拉他身下歹徒被他剪在身后的两只胳膊，那人再次痛得大叫起来。

"大哥，饶命。"钟意身下的歹徒忍不住求饶。

"饶命，可以，你知道该怎么做。"钟意站起身来，那坏人流着眼泪被钟意拖了起来。

另一个坏人还在向钟意逼近，钟意把制服了的坏人继续朝前推，口中说道："叫他不要过来，否则我立即拧断你的胳膊。"说着他用力地往上提。

"不要过来，老二，不要过来！"那人大声地朝他的同伙喊道。

那人呆立在那儿，不敢往前靠近。

龚永生终于从地上爬起来，钟意示意他快跑。龚永生从钟意的眼神中看到了坚毅、智慧、勇猛、友情和血气方刚，他明白钟意首先要他先行离开是非之地，再看有没有机会寻求外界的帮助。

明白了这一点，龚永生不顾身上的伤痛，很快地朝灯光稍亮的地方跑去。

汪雨清遭到突然袭击时，一下子吓坏了，但钟意坚定的声音给了他鼓舞，他勇气大增，灵活地与歹徒对抗。他没有坏人的身高力壮，但是他无所畏惧地与歹徒扭打在一起，歹徒一时也无可奈何。

"叫他住手！"钟意看出来他所制服的这人是为头的，从他对那个准备冲过来帮忙的歹徒说话的口气看出来，这种口气颐指气使即便在他被制服的时候也掩蔽不住。

这人迟疑着没有表示，钟意用力地往上提了一下，那人痛得眼泪再次流下来。

钟意清楚要给他发指令的机会，于是稍稍放松了点："快说！"

"停下，小三，不要动他！"领头的这人朝还在与汪雨清对打的人大声喊道。

那人没有想到他们的老大居然被一个看起来不怎么高大的人给制服。他心里想，眼看着就能够搞定这个到手的人，却必须听老大的话放弃，好可惜。但得罪老大，以后也不会有好果子吃。

汪雨清在心里感动、激动，钟意果然不简单，文武兼备，出手不凡。他庆幸今天在危险的时刻坚持下来，钟意好样的！

那人放开汪雨清，汪雨清也松手。两人都站了起来，衣冠不整。

被称作老二与小三的两个歹徒会拢到一起，他们不再管汪雨清，两人一起向钟意逼近，他们想如何把老大救出来。

然而，钟意看清了他们的企图，根本不给他们机会。"站住！"钟意对他们大声命令道，双手稍稍用劲，配合着老大的叫声，那老二与小三只好停住。

双方形成对峙局面。钟意在思考着对策，如何能够与汪雨清一起安全脱身。

钟意缓缓地往汪雨清这边靠，他希望能带着汪雨清一起跑出这是非之地。可是，在香港，他对这周边环境不熟悉，虽说这是市区，但这个地方树多、人少，光线不是太好。如果他和汪雨清跑的话，可能会走散，那样一来，加上龚永生，他们三人会有三个不同的方向，很容易被各个击破。不好，得另寻其他的机会。

钟意继续慢慢地走着，他在思考着，同时也在争取时间，他直觉龚永生可能带来转机。

隐隐约约地，钟意听见了远处传来的警笛声。但愿不是幻觉，希望是往这个方向来的。钟意在心里祷告，香港巡逻的警察快些来这条街道吧。

警笛声突然快速增强，钟意心里一阵惊喜，果然是往这边来的。歹徒听见了警笛声，老二、小三撒腿就跑，全然顾不上被钟意逮住的老大。

这老大好像对于老二与小三的开溜没有感到意外，他理解他们，危难之中，躲得了一个是一个，至少还把希望留在了外面。

不过，老大不想束手就擒，他对钟意说："大哥，刚才听你们说话，你们是内地来香港旅游的，放了我吧。"

放了你，那可不行，你们这些危害社会的坏人，看刚才把龚永生弄成那样，半天都起不了身，抢劫对人的身体、心灵都有着巨大的危害，绝不可以轻饶你，要让你们这些坏人接受法律的制裁，保护民众生命、财产的安全。

钟意这时想起一本书上说：遇见坏人，不要和歹徒强拼，要钱给钱，然而他的热血往上涌，那时根本没有来得及想这个。

听着警笛声由远及近，钟意牢牢地控制着这个所谓的老大，他的两个手下已经走远。他只有求饶的份儿。

"放了你？"钟意笑道，"这不可能。难道我希望下次到香港来，还遇到你们这帮人吗？如果不是我抓住了你的话，我们的钱财全部被你们弄空，身体也会受伤害，我刚才的那位同伴被你的人伤得可不轻。"

钟意再用力地上拉老大的胳膊，那人"哎哟"的大叫起来。

在他的叫声中，警车停在了他们面前。

四个警察从车两边直冲下来，然后直接到老大身边，把老大给牢牢地擒住，并立即戴上手铐。

老大这下绝望了，他想今天真背，居然栽在这个内地来的小伙子面前。他痛苦地闭上了眼睛。

钟意一下子轻松起来，心里想，塘港警察还真是火眼金睛，能够一眼就认出歹徒，要不还会以为自己是打劫的，把自己给抓起来呢。

警察抓住老大往警车方向走。这是法律的威严。

钟意看着警车与警察，警察随处都在，见了歹徒，还是有机会制服的。

咦，那不是龚永生吗？钟意看见了从警车上下来的一个人，有些吃力地往他这边走。

钟意揉了一下眼睛，再看，果然是龚永生。

钟意明白了，原来是龚永生在警车上给警察指证了坏人，难怪警察能够果断迅速地把坏人给逮住。

"钟意！"龚永生见到钟意，像是重新见到了久别的亲人，动情地喊道。

"龚董事长，你没有事吧？"钟意关心地问道。

"我还行，就是很担心你和汪雨清。"龚永生拍着胸口，"想起来都害怕，没有想到我们第一次来香港，就遇上这种倒霉的事情，幸亏有你在场，才能够化险为夷。"

汪雨清也朝龚永生奔去，三人抱在一起，头靠着头，六只胳膊交叉着，劫后余生，眼中含泪。

警察招呼钟意他们登上警车。

"警察同志，我们不去行不行？"汪雨清问道。

"那不行，你们不做笔录，案子的处理会增加很多困难。我想你肯定和我们一样，但愿社会平安，百姓幸福，你们做了笔录，可以很好地协助我们破获此案。"

"是呀，警察说得对，我们一起去警局。"钟意对龚永生和汪雨清说道。

警车开到警察局后，两个警察把坏人老大关押到一个不太大的房间，然后准备派人来对他进行审问。

接着就有两个态度和蔼的警察，一男一女给他们三人做笔录。整个过程，在他们三人的轮番叙述中，尽可能地还原现实。

前面钟意制服了歹徒，与歹徒周旋时，抢劫了龚永生的歹徒想过来帮助他的老大，被钟意没有丝毫犹豫的眼神给镇住。同时，钟意暗示龚永生立即脱身，寻求机会报案。

龚永生看懂了钟意的表情运作，他不顾被坏人弄成的一身伤痛，赶紧跑到另一条街，也是运气不错，或者是塘港警察、警车很多，龚永生看见了一辆警车从另一个方向开过来，他赶紧冲上前去拦车。警车司机吓了一跳，以为有人想撞车自杀，司机的本能反应发挥作用，他猛踩刹车，汽车稳稳地停住，距离龚永生只有 5 米。好险，警车司机与车里的警察感到庆幸。

龚永生急迫地向下车询问的警察反映紧急情况。警察果断地按照他的指引驰往事发地点。

然后，钟意与汪雨清叙述龚永生离开后他们如何与歹徒周旋，最终等到警车和警察的到来。

"我没有想到钟意这么能干，我佩服得五体投地。"汪雨清说的是实话。

"汪雨清你表现得相当好，在歹徒面前，你的气势压倒了他。"钟意对于汪雨清这天的表现甚为满意，认为他是一个真正的男子汉。

"对了，你们再详细说说跑了的那两个人的相貌，我们绘制图片，加大查找力度。我们会想办法把跑掉的那两个人一并抓起来，不能让一个坏人逃脱法律的制裁。"警察说道。

钟意感慨万千，没有想到，在香港考察几天时间，竟出了这等大事情，待会儿得好好看看龚永生副董事长的伤势，尽管他听见龚董事长对塘港警察说没有事，不用上医院，但他想难免是龚董事长在情急之中，发挥了身体内在的应激力，有些不适没有暴露出来。作为局领导，龚永生完全是凭着技术上去的，他不会投机钻营、溜须拍马，照现在的说法就是情商不高，但是他的出色技术，让他在快要退休的时候坐上副董事长的宝座。龚永生是个好人，一个从骨子里爱护、关心年轻人的好人。他也希望在钟意与汪雨清面前树立起高大正面的形象。

塘港警察果然认真负责，他们这边在录口供，那边在突审老大，但是信息有限，那老大死扛，拒不交代同伙。警察根据钟意他们提供的信息，还有就是把这个老大的照片拿着，通过资料搜索与案发地附近的走访，立即派出得力警察搜寻逃跑的两个抢劫者。

差不多 4 个小时，钟意他们的口供终于全部录完。录完之后，警方请钟意、龚永生、汪雨清一一仔细过目，确定是他们自己的真实意思，然后留下指纹，以作证据。

香港警方请钟意他们三人留下了身份证件的复印文本，并要他们三人告知现住香港的宾馆地址。

"好了，辛苦你们了！"负责录口供的警察对他们说道，"龚先生、钟先生、汪先生，对于你们在香港停留时遭遇不幸事件，我们深感抱歉，我们向你们保证，会尽全力侦破案件。"

"谢谢，你们也辛苦了！"钟意代表三人，很诚恳地向香港警方表示感谢。

"这是我们的职责。"警察回答道，"我们正在搜寻另外两个同伙，希望在你们离开香港前能够侦破这个案子。"塘港警察对于破案似乎充满信心。

"好的，我们大概两天后回东阳省。"龚永生说道。

"对了，如果你们要返回内地的话，走之前请给我们来一个电话，我们好安排与你们今后的联系。"警察说道。

钟意答应道："好的，我们会的。"

警察接着说："龚先生的东西，包括证件之类，可以不急着去补办，凭我们的经验，像这类不带刀具的抢劫案，他们通常不会把到手的东西轻易毁掉，总希望留着会发挥作用。"

"好，我明白。"龚永生答道。

"那就这样吧，你们早些回去休息。"警察很热情地说道，"我派警车送你们回酒店。"

汪雨清看了一眼警察，感觉很亲切，他再看了一眼钟意，朝他眨了一下眼睛，想看到钟意的同感，可惜这回钟意没有感觉到他的目光。

谈话的警察打了一个内部电话，很快从里面出来一个年轻英俊的警察。

"走吧，龚先生、钟先生、汪先生。"年轻警察对钟意他们说道，"我送你们回酒店。"

钟意他们站起来，负责的警察也站直身子。

"大家慢些走。"警察和钟意、龚永生、汪雨清道别。

第十五章　男人的责任担当

年轻警察开着警车，送钟意、龚永生、汪雨清回他们住的酒店。

时间已经是快凌晨 3 点，街道上没有什么行人，也没有多少汽车，大概走了不到 10 分钟，警车就到了他们所住的酒店。钟意他们下车后，与警察挥手告别。警察看他们进了酒店的大门，开车离去。

钟意走在前面，在这三人中间，他似乎是一个领导者，尽管他的职务没有龚永生高，尽管他的资历没有龚永生老，但是钟意先天似乎就有领导的气质。

汪雨清对于钟意的喜欢与敬佩更进一层，在这场意外事件中，钟意的表现在他的脑海里，该用完美来形容，这样的男人是男人中的精品。在陌生的香港街头，正是在钟意的感召下，汪雨清敢于在坏人面前做一回真正的男人。

钟意勇猛善战，无所畏惧，凭他的拳脚、胆气与强健的体魄，把歹徒给打跑了。汪雨清是一个聪明的人，从少年时就体现了出来。在他青少年时期，他聪明好学，深得女孩子的喜欢；不过，他的身体素质不是太好，或许这是一个男人的不足。

汪雨清记得，有一回，他和另一个男生陪着两个女孩一起去郊区踏青游玩，结果不幸遇到三个问题男孩，那三个问题男孩不断地骚扰女孩，但是他们两个男生却无力保护女生，让她们受了委屈。汪雨清为此深感内疚，到后来竟慢慢地害怕与女生接触，渐渐地，他特别喜欢与智勇双全的男生一起。内心里，聪颖的他需要力量的支持，而钟意，是汪雨清所最喜欢的类型，他集力量、智慧、热情于一体，让与他一起的人感受到快乐与轻松。

"钟意，今天幸亏遇到了你，不然就麻烦了。"龚永生说道。

"你也做了贡献，如果你没有叫警察来，我还真不知道后面会怎么样，那些歹徒尽管没有带凶器，但是出起手来没有轻重。"钟意现在想想有些后怕。

汪雨清有同感地说道："塘港警察还是挺有效率的，对人也不错，很客气的。"

因为是凌晨，他们三人尽量降低说话的声音，不过，在特别安静的酒店，近距离的话还是可以感觉到声音的存在，在房间里辗转难眠的陆文娟听到了他们的声音，内容不太真切，只隐约听到什么警察的事。

陆文娟照顾马为民董事长躺下后，无奈听从马为民的建议回自己房间休息。思前想后，难以入睡，她这时听见了外面钟意三人的对话。看来他们三人在外面出了事情，不知道情况严重不严重，得，我再听听，看是什么情况，她在心里说道。

隔壁很快传来开门、关门的声音，接着就什么也听不见。看来，隔音措施相当不错。

陆文娟作为财务处长，觉得该向马董事长汇报一下，她想了想，也顾不得太多，赶紧通过酒店内部电话，向马为民报告她的发现。

她有些急切地在电话里说道："董事长，钟意他们刚回来，要不要去看他们一下？他们有说到警察之类的，这么晚，会不会发生了什么事情呀。"

马为民接到她的内部电话，心里一惊，习惯性地看了一下手表，哟，都凌晨3点多了，这么晚才回来呀，的确有些异样。他在电话里对陆文娟说："嗯，是呀，钟意这孩子一般都不会这么晚回来。他和我一起出差多次，每回都会在晚上12点以前回宾馆。可能真有事情发生。我就去看看他们。"

钟意他们进了房间，他惦记着龚永生的伤情。

"龚董事长，让我帮你看一下，身上有没有什么地方受伤。"钟意说着就要掀他的衣服。

龚永生一阵感动，连忙配合着钟意，一边说道："应该不会有事，我没有什么特别不舒服的感觉。"

钟意把龚永生的腰背部仔细查看了一番，发现他身上有好几处青紫。

"龚董事长，你身上有几处伤。"钟意用手轻轻地碰了一下青紫的地方，龚永生下意识地"哎哟"一声。

"我给你用点药。"钟意说着暂停检查，去他的随身包里找药。

钟意找出了伤湿膏和止痛片，他把膏药给龚永生贴上，然后再指导他服用了一些药丸。

"谢谢你，钟意！"龚永生内心特别温暖，由衷地说道。

"不用的，你没有大伤我们就高兴。"钟意有意说"我们"二字，是把汪雨清放在一起，这样更为融成一体。

"钟意，没有想到你还备有急用药物呢。"汪雨清向钟意投来敬佩的目光。

"对了，汪雨清，你也来一点。"钟意对他说道。

"我没事，刚才你给龚董事长看时，我检查了一下我自己，没有发现伤情。"

"那就好。我们洗漱洗漱，抓紧时间休息。"钟意建议道。

马为民按照刚才和陆文娟的约定，先出了房间，来到钟意他们三人住的房间门口。他贴在门上听了一下屋里的声音，具体说什么听不清楚，但听得出三人的腔调韵味，他按响门铃。

门铃响第二声的时候，钟意连忙往门口走，心想谁这么晚了来串门，应是董事长大人。钟意透过猫眼看了一下，暗黄的过道灯光里，果然是马为民熟悉的身影。他把门打开，恭恭敬敬地请董事长进屋。马为民不失风度地进了门。身后，钟意再把门给关上。

"董事长，把你吵醒了呀。"钟意歉意地对马为民说，"是不是我们刚才回来的时候动静太大？"

马为民摆摆手说道："你们没有吵醒我，我自己醒的，听见你们从外面回来，就过来看看。"

"马董事长。"龚永生副董事长和马为民打招呼。

"董事长，你好！"汪雨清也不失礼貌。

"嗯，你们遇到什么事了吗？"马为民开门见山，时间晚了，他想了解一下，让他们早些休息。

钟意把说明的机会给了龚永生副董事长，他的职务比他高，通常情况下，职务高的享有某些优先权。

龚永生有点不好意思地回答道："马董事长，我们在外面遇上坏人了。"

"人有事吗？"马为民着急地问道。

"没有什么大事，都还好。"龚永生平静地回答。

钟意补充，"董事长，龚副董事长受了伤，我给他用了些药。我和汪雨清都没事。"

龚副董事长与汪雨清都点了点头,认可钟意的话。

"让我看看。"马为民对龚永生说道。

龚永生撩起衣服给马为民董事长查看伤情。

马为民董事长看到了他身上的几块膏药和周边的青紫,关心地问道:"很疼嘛,上医院去看看。"

龚永生充满感激之情,回复道:"谢谢董事长,不用去医院看。钟意给用了药,效果挺好,一点儿不疼。"

马为民看了看钟意,继续表扬道:"好样的!"

汪雨清绘声绘色地向马为民叙说钟意面对歹徒时的智勇双全,在场的几个人头一回见识汪雨清的口才,极富现场表达能力。

马为民董事长在钟意初到电信公司时就听说了他的拳脚功夫了得,而且有胆有识,这回再听汪雨清的叙述,对于钟意的欣赏更进一层。

钟意接着向马董事长汇报了香港警方对于这个案子的侦破情况。他在讲述时,很着重地说了龚永生副董事长见机行事,极大地帮助了香港警方追捕歹徒。

马为民对于事情的整个经过有了全部的了解,对于下属在陌生地方、突发情况的处理表示满意。

"你们休息,早上晚些起来,补足睡眠。"马为民对钟意三人说道。

"好的,谢谢董事长。"

三人睡得很晚才醒来。

在他们酣睡的时候,马为民董事长与陆文娟处长一起去吃早餐,这自然是为了不打扰三人的睡眠。

快到吃中餐的时候,马为民去看他们。三个人的房间门虚掩着,里面传来他们几位的说话声。看来,钟意、龚永生、汪雨清应该是刚刚才真正醒过来。马为民进入三个男人的房间。

"睡够了吗?"马为民看着分别在做头发整理、洗漱等事务的三位同事,关心地问道。

"睡眠已经足够,都12点了。"钟意回答道。

"待会儿我们一起吃中饭去。"马为民说道,"我们这回在香港多转转,不只学习香港的电信发展与管理，关于香港的城市建设与管理，我们也要借鉴。"

"是，董事长，坚决响应您的号召。"

第十六章　创建电信生产线

在香港考察的这些日子，钟意忙乱而充满新奇感，没有太多时间来沉浸相思。远在东阳省龙华市的张雯雯却是十分地想念着他，想念她的恋人。

好在钟意他们就要启程返回龙华市。在马为民的带领下，他们超额完成了考察任务。

在香港遭遇的被抢劫风波顺利地过去，那两个抢劫逃跑的老二和小三，在事发后的次日下午，即被香港警方抓获。为此，警方特地派员来到他们所住的酒店，将消息告知他们，以表达对他们在香港遭遇抢劫的歉意，并对他们当晚的勇气与协助再次表示称赞与感谢。

警方代表交给龚永生董事长一包物品，并请他查看是否齐全，那是他被抢走的东西。龚永生看了物品，一个不少，钱包里的人民币原封不动。看来，老二与小三还没有来得及把抢来的东西去消费，就被警方人赃俱获。

警方到达酒店的时候，马为民董事长也在场，他代表东阳省电信公司对香港警方的工作表示十分感谢。

离开香港前，大家一起再去繁华的购物天堂买些礼品。这一点对于钟意尤为重要。

陆文娟对钟意与张雯雯的恋爱很看好，深深为他们祝福。她特意为钟意做参考，帮他选定送给张雯雯的香水与服饰。钟意深感陆文娟的细腻情感和对人的善良，很高兴地买下她推荐的礼品。

钟意和马为民董事长、龚永生副董事长、陆文娟处长、汪雨清一起从香港乘飞机返回龙华市。

公关广告部主任关月率领三名下属到机场迎接，张雯雯是其中之一，早些见到钟意是她的心愿，也是关月主任对下属的照顾，同时是对钟意这位董事长助理的合理奉承。

钟意随着队伍走出龙华机场，站在出口的张雯雯看见他出来，笑靥如花。待钟意到了身边，张雯雯贴上去，抱住了他。

"我想你，钟意！"她对他轻声说。

"我也是，雯雯。"钟意对张雯雯说，"走，我们回家。"

张雯雯热烈迎接钟意的同时，关月主任和其他两名下属热烈地迎接马为民董事长与其他三位考察组成员，然后，关月把大家带往电信公司的商务车。

香港的考察结束，以马为民为团队核心的电信公司完成了扩张的规划与执行，借助于前期的努力与对将来的未雨绸缪，东阳省电信业迎来了春天与灿烂的辉煌。

钟意在东阳省电信公司的影响力越来越大，这源于他本人的实力与能力，同时也源于董事长马为民对他的信任与器重。

香港考察归来后，马为民将许多重要的工作交给钟意去做，借此给钟意足够多的锻炼与成长机会。马董事长以他的具有开创性的构思与正确的领导，牢牢地奠定了他在东阳省电信业的绝对权威地位。

面对如潮水般涌来的成就和巨大荣誉，钟意从香港回来后，把东阳省电信和香港进行了对比，同时，再结合之前对全国全省电信业的实地考察调研，他敏感地意识到，东阳省电信存在着不足，典型的非均衡发展。非均衡发展在某一个阶段可行，但从长远看潜伏着危险。

钟意在计算机里记下自己的思考：我们的公司成为了全国第一的电信企业，有足够的理由感到光荣与自豪。通过近期的香港考察，再回想此前和董事长一起看过的上海、北京、广州等地的电信行业，我发现，我们目前的成绩利用的是弯道超车，但是当过了这一段时期，不会有弯道超车的机会，那个时候，直线比拼，靠的是车的性能和车手的反应能力。对于企业来说，那就必须两条腿走路，均衡化发展。既要有软件和管理方面的优势，也要有一定的生产力，即做硬件的实力。

设想首先从电信设备制造入手。在我们东阳省电信的带领下，很多兄弟省份将会步入快速的电信发展期，他们的增量将需要大量的电信设备。我们可以早布局，早出产品。

尽早成立大型电信设备制造公司，请示政府给予大力支持，包括人员、资金、技术，等等。另外，可以和东阳省的实力企业进行股份制合作，在起步阶段力争大规模、高起点。

电信设备制造公司应能具有多个产品生产区域、多条生产线，如：能生产用于程控交换机设备的印制板、金属件、注塑件的生产线；整机装配生产线；交换机和电话应用管理软件生产线。至于生产线的设备，可以先行购买和引进，包括程控电镀线、电缆装配机、数控折弯机、胶片制作机、数控冲床、自动喷漆设备、气体焊接机、高低温焊机、测试仪等，在以后生产和研发能力进一步提升后，也可以考虑自我供应。

设备制造公司应有一个较大规模的电缆生产区域。电缆在电信业的规模建设中举足轻重。如同轴电缆输出比以往的架空明线有很大进步，但最多只能容纳几千对／人通话，而光缆传输，用24芯光缆能容纳36万对／人同时通话，这完全不是一个数量层级。

钟意想，等他多思考几天，反复完善这个报告，马为民董事长就会通过，重要的是争取全体公司领导的同意，进而去省、市政府层面争取支持。

但愿能成功，以保持东阳电信业更好的发展。

这天，马为民打内线电话，叫钟意到他的办公室去一下。已经到了下午下班时间，冬天时分，天色暗得早，办公楼里的人员基本走光了，差不多整栋楼里就剩下了他们两人。

钟意推门而进，他进出马为民董事长办公室用不着敲门，如果门虚掩的话，直接进去就是，如果门被锁上了推不开，就按一下门铃。

"钟意，你来了，坐。"马为民见到他，立即对钟意说道。

很显然，马董事长事先停下了手头的工作，坐在办公室专等钟意。见这架势，钟意明白马为民有大事情要交给他办。

"董事长，您好！"虽然钟意与马为民的关系已经特别好，好到像一家人，但是在公司，他特别注意保持严肃的上下级关系。

"要喝点什么吗？"马为民问道。这不是假客气，而是真正的宾至如归。

钟意刚在自己办公室喝了茶过来,的确不用,于是说道:"董事长,不用客气。我刚喝过茶。"

"好。"马为民坐直身子,很郑重地对钟意说,"今天找你来,是想让你帮我办一件事情。"

钟意身子往前,表示在认真倾听,并回答道:"请董事长吩咐。"

马为民饱含信任感地看了钟意一眼,缓缓地说道:"钟意,吴彩霞阿姨想在龙华买套房子,你帮忙办理。"

买一套房子,这可需要一笔不小的钱。"她有这个经济实力吗?"钟意反问道。

"她那天买菜回来,给了我一张云浮园楼盘宣传单,说房子位置好,售价低,有升值潜力,她想买一套,她自己算了下,多年积蓄可以买个百十来平方米的房子。"马为民详细地说明,这话让钟意对自己刚才说的话有些后悔。

"既然这样,可以考虑买一套,挺好的。她喜欢龙华,这个城市的潜力肯定好。"钟意明确表达,同时在斟酌着用词,"再说呢,同在一个城市,你还能够照顾她。"

马为民笑了,一个男人,如果条件允许的话,对于少年相识的远房表妹给予照顾与关心是暖男的表现,也是成功男人所应该做的。

马为民董事长满意地点头:"你能理解我,谢谢!"

"马董事长,你是准备买云浮园的房子吗?"钟意问道,他知道目前这一家楼盘正在销售中,而且位于市中心,生活、交通极为便利,大概1000多元钱一平方米,一套房子大约就是10多万元钱的总价格,这价格对于拿工资的人来说,一下子拿出十几万元,倒是非常大的一笔钱,不是那么容易,得分期付款。既然吴彩霞说用她多年的积蓄可以买个百十来平方米的房子,那就挺好。

马董事长接着说:"对对,正是云浮园楼盘。我看过这个楼盘房地产公司的宣传资料,处处可见夸大之辞。不过呢,权当是喝醉了酒,以醉酒的心态来看广告是恰到好处。"

"好的,董事长,你对房子有什么要求吗?"钟意问道。

马为民摇摇头,补充道:"我没有什么要求,吴彩霞阿姨买房,只要她同意就行,你到时带她一起去楼盘看看,决定一个大致的什么预算,到时和他们谈判就可以。"

"明天我就陪她一起去。"钟意喜欢雷厉风行,厌恶拖泥带水、婆婆妈妈。

"好的,看了房子之后,将情况及时向我汇报。"马为民安排道。

"是,保证完成任务。"在马为民面前,钟意保持着年轻晚辈的调皮与好动。

"就这样。我们下班。"马为民说道。

回到家里,和往常一样,吴彩霞已经做好了可口的饭菜在那里等待着他的归来。而马为民,好像也习惯了吴彩霞的等候。

"回来了!"吴彩霞总是那么兴高采烈,一边问候一边递上了鞋子。

吴彩霞成了他生活中的重要组成部分。她是马为民的远房表妹,少年相识。因为各自的人生道路不同,彼此成为了能够依赖的亲人。吴彩霞喜欢上了龙华这个城市,想在龙华买房,马为民自然支持她,让钟意帮忙办这个事情。马为民想,她是一个好女人,造化弄人,少年时相识,那时的激情与海誓山盟没有能够让他们成为一家人。

那年,在白雪茫茫的农村乡野,少年马为民与吴彩霞相识,天有不测风云,马为民的姨妈——就是因为和妈妈一起去看姨妈,他与吴彩霞相识、相恋——突然生病,不久就去世了。马为民的妈妈独自去奔丧,没有带他去。

当时,马为民很想去,他想去了一定会见到吴彩霞,可是妈妈坚决不要他一起去。吴彩霞见到了马为民的妈妈,她渴望的目光在他妈妈后面搜寻着马为民,在人群中不停地寻找着马为民,然而结果让她大为失望。她悲伤地发现,马为民这回没有随他的妈妈一同前来。

姨妈去世后,姨父很快就娶了别的女人。平时看他与姨妈感情甚笃,但是没有想到的是,在姨妈去世后不到三个月,姨父就有了新欢。马为民在家里听到爸爸妈妈对姨父的批评,说他是没有良心的男人。

这样一来,马为民想去那里,想去再看吴彩霞的梦越来越遥远。对于一个少年来说,几百公里的距离遥不可及。

几年过去,马为民高中毕业,赶上轰轰烈烈的知识青年上山下乡,他在青年的热血沸腾中报名参加,来到东阳省东北部的山区。在接受农村再教育的过程中,他几乎已经淡忘了与吴彩霞那段少年的情意。环境、时代改变人的思维与想法。

吴彩霞初中读了一年就辍学,像他们的父辈一样投入农村的建设之中。她盼望着马为民的出现，可时间长了，由希望到失望，最后绝望，只能像大多数农村女孩一样，早早地就嫁人。

马为民去农村后一年多，上山下乡的知识青年开始托熟人、找关系，大规模地返城拉开序幕。最后，整个点就只剩下马为民与另一个女知青。这个女知青就是冯佳薇，她与马为民同样来自龙华市，活泼开朗，相貌普通，身高约一米六，身材算苗条。

两人本就互有好感，在知青点还有不少人的情况下，他们是朋友，不是恋人。但是，当知青点只剩下他们两个人的时候，他们在人去楼空的屋子里抱着取暖，抱着排除寂寞，这样的环境，注定他们走到了男女交往的最后一步，相互走进对方神秘的领地。他们相爱在特殊情况下，产生特殊的爱情，因为寂寞而爱。

第十七章　记者专访马为民

　　马为民与冯佳薇跨越男女关系防线的最后一道关卡后，两人搬到一起住。

　　回城后，两人在双方父母的同意下，前去街道办事处进行结婚登记，正式成为合法夫妻。再过了一段时间，夫妻俩一同参加全国高考，居然双双考中同一所大学，成为他们所在街道的一件大喜事，他们也因此成为街道名人，接受着许多朋友或不太熟悉的人真诚的祝福。

　　后来，他们大学毕业，工作越来越顺，对白手起家他们的来说，靠的是自我奋斗。很幸运，他们事业有成，家庭美满。马为民成为省级电信公司董事长，享受正厅级待遇。冯佳薇担任龙华市文化部门负责人，分管戏剧推广与传统剧目保留。工作轻松，待遇也不错，就算现在去美国陪女儿读研究生，单位也还开着她的一份工资。

　　马为民与冯佳薇因寂寞而爱，结婚成家后感情稳定，相互关心。他们的女儿马莉晨聪明伶俐，从小就漂亮大方，而今学业有成，复旦大学毕业后赴美深造。

　　钟意年纪轻轻，处理事情显得相当成熟，给彩霞买房子的事交给他办自然好。

　　"董事长，你看房子产权证要怎么写？"钟意征求马董事长的意见。

　　"这个，是吴彩霞买的房子，自然写她的名字，你问问她。"马为民说道。

　　云浮园楼盘售楼处，来看房的不是太多，商品房在多数百姓心里还没有放到第一位，有不少人等待着单位分房，自己买房住的心理习惯还没有形成。

　　"先生，看房请跟我来。"当钟意领着吴彩霞进入售楼处时，售楼小姐迎上来，很明显地把钟意当作有钱人，根本不会想到真正要住的却是钟意身边不起眼的吴彩霞。

钟意示意吴彩霞跟着他与售楼小姐一起走。

"要三室还是两室的？"售楼小姐问道。

"都看看吧。"钟意没有明确表态，他想多看看户型，以便吴彩霞自己选择，毕竟她要长期居住。

"好的，那我们先看三室的。"售楼小姐道。

钟意默许，与吴彩霞走在售楼小姐的后面。

三室的房子结构与马董事长现在住的房子基本一样，从房子的整体布局到朝向都像，这让吴彩霞感到熟悉和亲切。

"这和家里一样的。"吴彩霞这样说道，"挺好。"

钟意明白吴彩霞这话的意思，这个家里指的就是马为民现在的家，因为吴彩霞的家不可能是这个样子，农村的住房与城市的比较有相当的差距。

"是，这房子建得挺好。"钟意对于吴彩霞的表达表示赞成。

售楼小姐挺高兴，本着良好的职业道德，她说道："那我们再去看看两室的吧。"得让客户有全面的了解，让他们自己做出理性准确的判断，而不是稀里糊涂地把房子买下来。

"可以。"钟意表示同意，吴彩霞默许。

三室与两室的差别明摆着，少了一间房不说，内部结构总觉得哪里缺少点什么，感觉很不顺手，吴彩霞心里这样想着，不过她没有很快表示自己的意见，她想听听钟意是怎么说的。

"先生，您感觉如何？"售楼小姐礼貌地问钟意。

"还行，建筑方面没有问题，就是小了点。"钟意说的是心里话，

售楼小姐颇为赞成，"房子吧，如果有条件的话，还是买大一点儿好，这是一个人家庭生活的空间，是私人领地，宽敞点会让心情更舒畅。"售楼小姐挺会享受。

"对，像农村的房子那样，很宽一间，在家里走动挺好。"吴彩霞说道。

售楼小姐不禁抿嘴笑了，心想这话还真是对了，不过，城市的住房与农村的去比，那真是鹤立鸡群。

"那就要大点的吧。"钟意转向吴彩霞说，"你看行吗？"

这倒让售楼小姐有些意外，怎么这位先生还要征求妇女的意见呢。她想不通，

也就不再想，等着吴彩霞的决断，准备进行实质性的合同谈判。

吴彩霞的决定如钟意所设想的一样，他希望她的选择能够一步到位。

"那就要大一点的吧。"吴彩霞回答钟意道，她想反正要了马为民的房子，她是借住他的房子，到时儿子有住处了，或是她自己去了天堂，房子就还给马为民，要大一点反而对马为民好。

"那就这样定吧，我们再看看选什么楼层、哪个朝向的房子就是。"钟意安排道。

"很好，我带你们去看看那些还没有卖出去的房子。"售楼小姐见两人有意向购买，心情更好，情致更高，服务热情更高。

钟意与吴彩霞选择了云浮园东一幢一单元三〇一房间，售楼小姐很高兴，吴彩霞和钟意也达到了预期目的。付完定金，办完手续，钟意把吴彩霞送回马为民的家，然后他回到公司，向马为民汇报事情的进展。

"马董事长，房子选好了，云浮园东一幢一单元三〇一号房，交了定金1万元。"

几天后，钟意领着吴彩霞，带着她的银行卡和身份证，把房款一次性交清。这样的客户，房地产公司当然喜欢，加速了公司现金回笼。收银小姐忍不住认真看了钟意几眼。

房子买下来，钟意请示董事长后，联系室内装修设计公司，确定装修方案。其间，钟意征求过吴彩霞的建议，不过她没有什么特别的个人想法，说依照马董事长家弄就可以。

钟意心想，马董事长家装修是几年前的事情，观念、材料都有不同，完全一样肯定不合适。马为民说基本原则就按吴彩霞的想法做，明显落伍的地方改过来，能将就的就将就。

接受了吴彩霞的全权委托后，钟意抓紧时间办理房子的装修事宜。请设计师设计，联系装修工程队，监督施工，一应事情全由钟意处置。

半年后，云浮园的这套房子装修完毕，经过防水、抗震、防火、防盗等多项正规检测，钟意觉得达到了优秀装修质量。为了慎重起见，也为了表示对马为民的尊重，钟意在最后签字验收的时候，请他一同前往。

马为民看了装修的效果，再仔细看过上述几个方面的检测报告，心里非常满意，对钟意全面解决问题的能力由衷欣赏。

"非常好，可以签字。"马为民道，但很快意识到什么，侧身问吴彩霞，"你对房子装修满意吗？"

"很满意，钟助理辛苦了。"吴彩霞应道。

再过不久，房子的产权证办好，上面清楚地写着房屋产权所有人"吴彩霞"。

这天傍晚，马为民对钟意说："晚上有事吗？一起去喝几杯？"

钟意晚上约了张雯雯看电影，自然是没有空的，于是说道："董事长，不用客气。以后再聚。"

"那也行，你想喝随时都可以。"马为民真想好好感谢他的好下属。

晚上，钟意陪着张雯雯看电影《滚滚红尘》。电影院里人挺多，看来这电影挺受大众欢迎。随着电视的普及与节目制作水平的不断提高，看电影的人越来越少，像这电影基本满座说明观众认可。

张雯雯很喜欢和钟意一起看电影，其实电影里演的什么，大多数时候没有太深的印象，只是想和他在一起，让他握着手，感觉着手心相连，传递着彼此的爱。与钟意恋爱以来，每天上班是快乐的，心爱的人在同一座大楼，就在不远的地方，身处同一片蓝天，呼吸着同样的空气。心里，眼里，皮肤各个细胞，全是爱的分子。

钟意有张雯雯的陪伴，享受着恋爱的美妙滋味。只是偶尔，他会想起曾经的恋爱，他的前女友——高他一届的师姐——她的激情与狂欢。在她面前，钟意像一个爱情的小学生，在师姐的教导下，一步一步成长壮大为爱情的大学生。

钟意与张雯雯天天恩爱地走在电信公司大院里，那份让人羡慕的幸福，自然使他们沉醉其中。

吴彩霞已经住到云浮园的房子里，看着宽敞的房屋，只有她一个人走来走去，难免涌起孤独，内心里常常想念她在深圳打工的儿子。偶尔，她想干脆让儿子到龙华市来，托马为民找份工作，母子俩在一起相互照应。可是，她仔细想过之后，放弃了这个想法。房子虽然是有了，可是儿子在深圳已经习惯了，能够在那打工赚钱养家，并且寻找机会发展，要到这里来，得提早筹划和准备。

马为民的声誉如日中天，同时，因为他有意推出钟意。他和钟意两个人都得到媒体的广泛关注。这天，东阳省龙华市电话号码升 8 位，更好地服务于经济和社会，举行完仪式后，一家电视媒体提出采访马为民和钟意，他们答应了。

记者开篇道：马董事长，非常高兴您能接受我们的公开采访。我们知道，在您的带领下，东阳电信实现了腾飞的梦想，成为了全国一流的企业。我想，您一定有很多的感受。

　　马为民：我也非常高兴能够得到您及同事们的关注。20多年来，我一直工作在邮电行业，电信逐步壮大，从萌芽到长成参天大树——不好意思，不小心有些自夸了，应该说从一棵小树成长为有些枝叶不算太小的树，经历了艰苦的历程和艰辛的探索。

　　记者：的确不容易，我了解到，东阳省电信真正的发展就是这几年，能说说从前大概是什么个状况，或者说东阳电信经过了一些什么样的阶段吗？

　　马为民：东阳电信是与改革开放同步的，准确地说，是与香港密切相关的。起步的时候，机房狭小、电话门数少、工作环境差，群众不满意。那会儿我年轻，我就想着，怎么样能有一个真正实现千里眼、顺风耳的电信公司出现在公众面前。但那时也只是想想，没有把握是否能真正实现梦想。这么说吧，东阳电信经历了认清形势、谋求发展、弯道超车、稳定扩张四个阶段。总体上说，东阳电信要感谢国家的改革开放政策，真的是因改革开放而新生、随改革开放而成长壮大。

　　记者：说得好！我们的改革开放就是要解放生产力，让企业家和企业焕发出活力和勃勃生机。改革开放给了您和企业哪些具体的新生呢？

　　马为民：改革开放初期，我们国家的电信行业，整体是落后的。尽管邮电部按照中央指示要把通信搞上去，也有不少的优先政策，但是整体上，对于东阳省来说，进展有些缓慢。这个时候，是我们发展的第一个阶段。

　　记者：就是您说的"认清形势"吗？

　　马为民：是的，当时在全国来说，东阳电信没有知名度，企业小，技术落后。我们意识到了不足，我们看到我们的形势就是如果不大力前进的话，只能越来越落后，最后被淘汰，影响东阳省经济发展。

　　记者：于是，您带领团队痛定思痛，进入第二个阶段——"谋求发展"吗？

　　马为民：谋求发展是我们的第二个阶段，也是重要的起步阶段。我们主抓的工作就是程控交换技术和设备的引进，这是那个时候我们重中之重的工作内容。为确保技术引进成功，并且超越发展，我们组织的核心团队，由我、董事长助理——就是坐在我身边的钟意助理，还有财务处长、信息员、技术员等八人的核心团队，经过多次认证，我们最终选择与日本电信设备生产企业的合作，引进了当时最先进最可靠的程控电话交换机。改革开放和通信大发展的形势让我们看到不足，让我们知耻而后勇。通过引进设备，我们奠定了通信大发展的基础。东阳电信就有力量摆脱落后局面、实现跨越式发展。这一点，我想符合国家关于引进、消化吸收、创新战略的具体体现，是东阳省电信业发展的大事。

记者：确实，我们感受到了，你们以前也有过宣传，尤其关于程控交换机，我们知道当时是世界最先进水平的。弯道超车这个提法很有意思，具体怎么理解？

马为民：弯道超车，我想开过车的人都知道，弯道通常是不能超车的，出了事故，超车的负全责。所以，弯道超车，一定要注意前方对向没有来车，否则就太危险，再就是要有足够的速度，第三点就是与同向的车要有一定的空间距离。

记者：你的讲述很生动很形象，我的理解是企业要有技术、有资金、有对未来的方向感。都说创业难，守业更难，请问董事长，稳定扩张怎么做到呢？

马为民：稳定扩张的确不容易，市场瞬息万变。说不定，哪天就有新的东西出来，所以我们要时刻保持警醒，没有一劳永逸的事。因此，我们在做到了国家第一的时候，仍然要做市场、做调研，进一步满足市场的需要，也提高老百姓对于电信的便利感。

记者：董事长和团队一起把一家较为弱小的公司建设成了全国一流企业，是我们东阳省的骄傲，对于未来，您一定有高瞻远瞩的规划，您展望的蓝图是怎样的？

马为民：你这个问题问得好。我之所以让钟意助理陪我一起来，就是希望他代表企业的未来。钟助理是一个很有想法、很有行动力的年轻人。这个问题请钟助理回答。

钟意深深地理解董事长的一片爱心，以及对自己寄予的厚望。

他思考了片刻，认真地回答道：要有未来，首先要着眼未来，我是思考过的，初步的打算，要建立集团化的发展模式。很简单的道理，我们个人，要和老虎单打独斗的话，不会是对手，但是当我们人类有着无数的高科技，老虎、狮子都成为需要保护的动物。这其实是团队的差别，老虎有团队，但老虎们的团队小，并且不稳定。我想，集团化的大规模发展，与国家战略同步，就会越走越远。

记者：谢谢钟助理，钟助理这么年轻，就出口成章，而且如此有高度，从战略层面到国家之方向，佩服佩服。

马为民：深化改革，扩大开放。中国市场是全球最大的通信市场，刚才钟助理说的，正是在全球范围内的努力，它将为我们集团企业带来很多商机。我们将继续努力，向世界进军，成为中国面向未来的不断发展的东阳省龙头企业。

记者：非常感谢马董事长和钟意助理！祝你们实现梦想，祝企业腾飞！

第十八章　清除脑中的"地雷"

一段时间来，张雯雯常出现头晕的感觉，休息一下会好转。她没有太放在心上，认为可能是工作较忙、心身投入多所致，也没有和钟意说。她怕钟意担心，记得当初她生病的时候，医生对她说过，她的脑血管可能存在问题，必要时要去医院全面检查一下。上次她得了蛛网膜下腔出血的病，住院治疗，钟意悉心照顾，一晃已经两年多。上帝保佑，不要真让那个医生说中了，如果脑子里面的血管有问题，要把脑子剖开，太恐怖。管它呢，不理这事，头晕就晕一点吧，反正休息一下就没事。

这天，钟意与张雯雯逛街后在外面小店吃饭。两人点过菜，正聊着，张雯雯感到头晕，心想不好，千万不要发作呀。

钟意敏锐地注意到张雯雯的突发情况，看她的脸色有些改变，忙焦急地问道："雯雯，你怎么了？脸色好白呢。"

还好，只是几秒钟的事情，张雯雯的头晕消失了，感觉不再难受，于是她轻松地回答："现在没有了吧，你仔细帮我看看。"

钟意认真看着张雯雯的脸，轻轻握住她的小手，嗨，雯雯的脸色还真恢复了她的本色，白里透红，光泽润滑。于是，他开心地说："好神奇呀，你的脸变化多端，像川剧里的变脸。"

"是吗，那下次我演川剧去，不用化妆，不用道具，方便快捷低成本。"张雯雯特别兴奋，与钟意一起，时刻感受着生活的滋味，体会着男性的关心与爱，感受着男性的力量与刚强。

"我为你祈祷。"钟意说道，脸上带着神秘色彩。

张雯雯不解，好奇地说道："好呀！谢谢你的祈祷。不过呢，我想知道，你到底帮我祈祷什么？我要清楚明白的祈祷。"

钟意抖出谜底："我祈祷呀，早点有星探，尤其是川剧表演方面的星探发现你，那样你就会早日走上明星之路。你这样漂亮的女孩儿演川剧，定会特别特别卖座。"

"那你得当我的经纪人，像你这么能干的男孩儿，定会特别特别地擅长和人谈生意。"张雯雯故意合着钟意说道。

"对了，雯雯，有空我们去医院检查一下。记得那时医生说，彻底检查清楚比较好。"钟意对于医生当时的话印象深刻。作为雯雯的男朋友，他时刻牵挂着雯雯的这个事情。

张雯雯听了很感动，头靠在钟意的肩上，柔柔地说道："不怕，有你在，我感觉很好，反正现在没事就行。真去检查，发现一点儿什么小问题都不舒服，要是有大问题，更心惊肉跳，不合算。"

"雯雯，你真是这样想的？"

"是呀，言为心声，对你吧，我哪会说谎呢。我亲爱的钟意同学。"张雯雯调皮地说道。

"先生、小姐，你们的菜来了！"一个年轻的男服务员——大概十五六岁的小男孩——端着菜到他们桌前，"清香明虾。"他报了菜名，接着说道，"请慢用。"

服务员的话打断了钟意与张雯雯的亲昵，张雯雯的头离开了钟意的肩膀，坐直了身子。

张雯雯的头晕发作频繁起来，但依然可以忍受。不久，就出问题了，那天她和女伴一起逛街，在路上与女伴走着走着，突然人事不省，差点要晕倒。

和张雯雯一起逛街的女伴是她的大学同学于珊。于珊和张雯雯同龄，也就是二十四五岁的光景。她长得一般，很普通，扔大街上没有任何特色，性格开朗，有些假小子的味道。或许是太喜欢自个儿玩的原因，年纪不小，不仅没有结婚，连男朋友都不知在哪个地方。正因为没有爱人没有家，所以她有的是时间用来逛街什么的。于珊和张雯雯常有往来，两人经常相约逛街，因此在同学之情的基础上，更成为一对无话不说的"逛友"。

她俩在一个大商场逛了一个小时，买了不少的东西。从商场里出来的时候，却发现难得一见的秋雨来凑热闹，她们进去的时候是多云间晴。

　　"于珊，你看那男人对她身边的女孩多好。"张雯雯对于珊说道。

　　于珊顺着张雯雯的视线看过去，见一男人与一女人都很年轻，两人共撑一把伞，男人撑着，他把绝大部分给了女人，他的靠外的半边身子完全湿了。

　　"哼，那男人很愚忠，为何不躲雨呢？这样淋湿了弄出病，不就麻烦了吗？还有那女的，只顾自己，人家男的没有遮着雨她一点儿感觉都没有，不是个好女人。"

　　张雯雯听于珊这么说，笑道："你呀，我叫你看他们恩爱，你却把他们两人都给批判了一通。"

　　"是吗？看来我是天生的批评家。"

　　"还真是这样的。"张雯雯看了一眼于珊，"我看呀，你得抓紧找一个男孩子，那样才会更多地感受爱，少些牢骚，少些批判。"

　　于珊故作乐开怀状："好呀，雯雯，我等着你帮我做媒呢，我还真想谈谈恋爱。"

　　"人呢，从亚当夏娃开始，男人和女人就是要配合的，成双成对男人和女人才完整，没有恋爱和结婚的人，都还不完整，或者是等待完整。"

　　"哟，雯雯，你说起来一套套的，挺动人的，挺诗意挺浪漫的。"于珊想起了张雯雯的男朋友钟意，"你和钟意情投意合，好像你们恋爱的时间也不短，应该要结婚了吧。"

　　"结婚倒不一定急，反正我和他都在一个单位，相互看着，还怕飞了不成。"

　　"好，我等着喝你的喜酒。"于珊看着漂亮的女伴说道，"我要看看你们婚后有什么特别的味道吗，不然的话，冒险的事我可不干。"

　　"什么叫作冒险呀，结婚有这么恐怖吗？"

　　"有人说婚姻是爱情的坟墓，那不是冒险是什么？是坟墓，我们还看着坟墓往下跳吗？"于珊对于婚姻不怎么看好。

　　"嗯，到时你给我做伴娘，好不好？"说到结婚，她心里憧憬着美好的未来。

　　"那不怎么好吧？你那么漂亮，我那么平凡，不可，不可。"于珊坚决拒绝，我到时帮你找一个比我漂亮的同学来当你的伴娘。"

两人站在商场门口，边看边聊，等待着秋雨的离去。虽然商场门口不时有的士走过，也尽管张雯雯和于珊都提了不少刚买的东西，但两人似乎没有鸣金收兵之意，还想接着继续逛下去。合口味的女伴一起逛街，对于喜欢逛街的女孩子来说，不失为生活的大乐趣。

还好，秋天的雨不像春天的雨那般缠绵，张雯雯和于珊聊了不过十几分钟，雨停了，空气中弥漫着雨后的清新，还透着点点湿漉漉的气息。

"怎么样？大小姐，咱们走吧。"于珊大大咧咧地说道，她的声音让边上的一个年轻男子忍不住看了她一眼。

于珊回敬他一个白眼，那意思再明显不过，就是说：看看看，有什么好看的。

她这一白眼，令那男子颇有些脸红羞涩，看来是一个不那么凶狠的男人，要不然难免会惹出麻烦。以前她们遇到过类似的事情，不过，每每这个时候，楚楚动人、美丽大方的张雯雯会靠近于珊，甚至挡在她的前面，向人说对不起，百分之百化干戈为玉帛。或许正因为此，于珊和张雯雯在一起时，愈加天不怕地不怕，基本到了随心所欲的地步。这正符合了她极度张扬的个性。

这回，男子选择退缩，大概是信奉好男不和女斗，往另一边去了。

于珊以胜利的喜悦心情对张雯雯道："走，我们还去对面那家百货看看。"这时候，她的言语透着温柔与知性。

"好的，反正也不急着回去。"张雯雯心想既然来了，索性逛个痛快。

张雯雯与于珊手拉手，汇入了街道的人流中。

她们在马路对面的百货商场逛了一个多小时后，又买下诸如内衣袜子之类小物品。其实她们的衣服、鞋帽之类都很多，只是进了商场，不买点东西回去，总觉得事情没有做完，感觉不痛快。

两人终于决定回去，提着大包小包出来，在商场门口打出租车。

正是下午下班的高峰期，出租车的业务很繁忙，又适逢出租车司机们的交班时间，很难要到出租车。一时也没有别的办法，公共汽车车次不多，人却多，提着大包小包挤车，还真不是件容易的事情。

她们站在商场门口的路边。继续等着出租车的到来，同时一边开心地聊天。聊着聊着，于珊突然发现张雯雯的手抚着额头，脸色不好看起来。

"雯雯，雯雯。"于珊着急地喊道。

张雯雯却没有回答她，脸色越发白了起来，她手里的东西"咚"地掉在地上。

不好，雯雯要晕倒了。于珊意识到情况紧急，立即松了她手里的大包小包，赶紧双手扶住张雯雯，幸亏她力气大，性格果断，反应快捷，才让张雯雯没有晕倒在地，而是晕在了她的怀里。

"请让一让，帮忙让一下位置。她病了，我要扶她躺下来。"于珊对身边坐在候车椅上的两个中年女人说道。虽然情况之急，但于珊这回相当礼貌，为了朋友，必须与人为善。

两个中年女人见于珊抱着的女孩脸色苍白，病得不轻的感觉，连忙起身让座。

"谢谢你们！"于珊知书达理地道谢。

两个中年女人对珊笑了笑，说道："不用谢。"同时，她们俩还帮着于珊把张雯雯扶到了候车椅上。

于珊让张雯雯的头枕在她的腿上。她没有惊慌失措，手指搭在雯雯的手臂上，摸她的脉搏。脉搏跳动得还不错，和自己平时情况差不多。还好，有心跳就好办。张雯雯的鼻子里也还有气息冒出。好，心跳、呼吸都有，人还活着，这就先放心点。于珊学过简单的急救术，知道要如何判断一个人有没有心跳和呼吸。没有想到，在这里派上了用场。

"雯雯，雯雯——"于珊贴近张雯雯，稍稍用力大声地喊她。如果不行的话，就得赶快叫120，于珊这样想，密切关注着雯雯的情况。

幸运的是，张雯雯在于珊的呼喊下，居然真的醒了。

张雯雯睁开眼睛，有些茫茫然地看着于珊，然后低声说道："于珊，你叫我做啥？"

于珊这时看张雯雯应该没有大碍，心里好受多了，开玩笑道："我不知道，要问你自己呢。"

"你怎么抱着我呀？"张雯雯的确不清楚状况。

"喜欢你呀。"于珊将她的头抱紧了点，好像抱着一个孩子。

"我不相信。"

"是呀，再喜欢你也不能这样在大街上抱着你。"于珊解释道，"你刚才晕过去了，我恰好扶住你。不然就——"

"不然就怎么了，是不是有生命危险呀？"

"那不会，就怕摔倒。"

"谢谢，我的救命恩人。"张雯雯说道，脸色恢复了正常，她试着离开于珊的搂抱。

于珊伸开了手，把张雯雯扶了起来。

"走吧，我们回去。"张雯雯清晰地回忆起了她和于珊来逛街的事。

她们的身边，堆着她们买的东西，刚才她突然晕过去，东西掉在地上，于珊为了扶她，也在情急之中全部放下了手里的东西。好心人帮她们捡起来，放在她们身边。

看见张雯雯清醒过来，围在她们身边的好心人也长舒了一口气，显示出轻松的表情。

于珊担心地问道："雯雯，你行不行呀？咱们去医院吧。"

"行的，现在不用去医院，回去后再说吧。"张雯雯回答道，她心里想到钟意。他说的是对的，真该去医院好好检查一番，看来脑袋上次出血留下的问题不小。

于珊说"那好吧，咱们走。你先坐着，我去叫车。"

张雯雯听话地坐在候车椅上等着。于珊很快拦到一部出租车。

于珊回到候车椅前，提上她们买的东西，全部抓在左手上，腾出右手搀扶着张雯雯上了车。

于珊陪着张雯雯到了她的宿舍。宿舍里没有人，室友们也出去玩了。

"于珊，你回去吧。"张雯雯看她也累了，对她说道，"我躺会儿。"

"那我去告诉你的钟意？让他来看你，陪你。"

"不用了，没事的，他有空就会到我这里来。你放心好了。"

"那就好，你记住上医院好好看看。"于珊性格粗放，大大咧咧，这回表现得却细腻周到，让张雯雯很感动。

"会的，你回去吧。于珊，今天幸好和你在一起，不然麻烦就大了。"

于珊离开后不久，钟意来到了张雯雯的宿舍。这回，张雯雯不再掩饰自己的健康问题，她原原本本地把这天和于珊逛街时出现的惊险情况告诉了他。

"那我们得去医院系统检查，早诊断清楚，好早做治疗。"钟意听完张雯雯的诉说，毫不迟疑地说道。

"我听你的。"张雯雯温顺地答应道。

"还没有吃晚饭吧？你想吃点什么？我去给你买。"

"不用，钟意，你就陪我说说话就是。我和于珊逛街吃了不少东西。"

"都吃了些什么？能饱肚子吗？"钟意担心张雯雯晚上会饿着。

"冰激凌呀，小笼包子，还有爆米花、可乐。"

钟意听了忍不住笑道："你们还真吃了不少，像馋猫。"

两人就这样随意地聊着，非常开心。个把小时后，张雯雯的室友们回来，钟意和她们打过招呼，与雯雯说再见。

隔日，钟意陪同张雯雯去医院检查。他们选择了龙华市最大的医院——东阳省立医院。这天，经过头部血管磁共振成像等全面检查，张雯雯易头晕的病根找到了，她的脑部血管存在先天性畸形，上次发生脑出血也是因为头部血管有破裂，抢救及时，没有大碍。

专家对钟意和张雯雯详细解释："脑血管畸形可以是先天所致，也可能因为外伤等原因引起，从现在检查的情况看，既往没有头部外伤史，以前又有过脑出血发病史，那么先天性脑血管畸形的诊断可以明确。"

"很严重吗？医生。"张雯雯听医院这么说，想了解一下以后的情况。

"这种病我们一定要认真对待。"专家郑重其事地说道，"因为如果不处理的话，就好像在头部安装了一个炸弹，这炸弹说不定什么时候给引爆了。"

"这么恐怖呀。"张雯雯惊呼道，"太吓人了。"

见张雯雯这样子，钟意赶紧安慰道："不要怕，请专家告诉我们怎么办，我们认真照做就是。"

专家看了看钟意，很欣赏他的说话和行为。

"这位先生说得没错，现在我就和你们说一下该如何处理。"

"谢谢医生。"张雯雯客气道。

"对于脑血管畸形的治疗，最好的办法是手术切除，像张雯雯脑血管的这个样子，如果不处理会常出现头晕、眼花，甚至晕厥。"

钟意和张雯雯点头，他们的眼神热切盼望着医生继续说下去。

医生明白两个年轻人的想法，接着说道："你们回去商量一下，也不要担心和害怕。对于现代外科医学来说，做这样的手术不算太难。"

钟意看着张雯雯，低声询问道："那我们就尽早住院，准备手术。"

"好的，钟意，我全听你的。"张雯雯答应道。

这回是择期手术，不像上次那样突然发生，钟意有比较足够的时间来安排张雯雯的住院与手术。当然，这事也不能拖，尽早做完手术为宜。

钟意花了两天时间安排住院前的事情，他让张雯雯自己打了一个报告，申请住院、经费预支等。钟意自己也向马为民董事长请假，他是直接对董事长负责。

马为民董事长听钟意说完这事，不安地问道："这没有发病，往脑袋里开一刀，不知道究竟好不好。"

钟意几天前问过医学专家，后来他又找大学学医的高中同学详细了解情况，心中有底，回答道："没有问题，挺好的。"

"有绝对把握吗？"马为民想万无一失。

对于这点，钟意也问过同学，同学的回答是医学有不确定性，不能说有绝对把握，这不像修收音机、电视机，可以换个配件什么的，能对顾客说保证百分之百修好，人的系统器官组织千变万化，最关键的是作为一个有机整体，人不可能在遭遇损伤后完全地恢复原来的样子。哪怕是万分之一的意外，都有可能落在哪一个人的身上，所以，只能祈祷上帝开恩，让医疗意外少些再少些。

"没有绝对把握。不过，我觉得一个手术项目如果很不安全的话，医院不会推广。我看了省立医院的介绍，他们一年要做一二百个这样的病人，好像没有出过什么问题。"钟意把掌握的情况全面地告诉董事长。

马为民深思了一下，然后对钟意说："也是，人是最高级的生物，的确很难说。只要你和张雯雯愿意接受手术，那就行。经费问题不用担心，全部由公司解决。另外，你可以叫张雯雯去财务处办理经费预支。那样简单点，反正就不用她拿钱出来，再去报销。"

"以前都是这样吗？"钟意担心董事长为这事破例，影响他的形象。

"有个别是这样的，大多数是用完后去财务科报销。"马为民回忆道。

"那雯雯这样行吗？"钟意有些担忧，"会不会让人说闲话呀。"

马为民很果断地说："放心好了，这点事情，五年前就没有人会说我，到现在，人家更不会说。每个人拿着高于龙华市职工平均工资好几倍的收入，不会存心和我过不去。"他说起话来相当自信。

钟意点头同意，马为民说的是大实话，这么好的单位，这么好的效益，虽说是行业垄断使然，但如果没有马为民的出色管理，每个人也拿不到这么高的收入。

"那这样就好，我等会儿叫雯雯去办预支款项事情。"钟意心里高兴，感谢董事长的关心。

"好的，你工作上的事情不用操心，安心照顾好雯雯。"马为民吩咐道。

"谢谢董事长。"钟意站起身来，"董事长，我先走了。"

"你去吧，有事告诉我就是。"马为民把钟意当亲人，对他及他的亲朋好友都特别关心。

那边，在电信公司公关广告部主任办公室，张雯雯正向关月主任谈请假治病的事儿。

"关主任，您好！"张雯雯在门口非常有礼貌地对关月说道。

关月主任正在写着什么东西，门没有关。张雯雯说完，悄无声息地进来了。

关月放下手中握着的笔，将打开的文件放在恰当的地方，对张雯雯说："你来了，请坐。"

张雯雯谢过后坐下，对关月说："关主任，我想请假一到两周。"

"哦，你是自己有事？还是家里有事？"关月闻言有些吃惊，这太意外了，不知道张雯雯到底有什么事情。

"是我自己的事，我生病了，我和钟意一起去了医院，请专家看过病，做了许多检查，专家说脑血管有些问题，需要手术治疗。"

关月担心起来，张雯雯以前大病过一场，还没有过去很长时间，怎么就出现新问题呢。

"具体情况如何？"关月担心地问道。

"专家说大概两个星期就能够解决问题，而且手术在一般情况下不会对人体构成伤害。请主任放心。"

"好，你不用急着上班，首要任务是做好手术，争取完好无损恢复健康。"

"谢谢主任。"张雯雯站起身来，准备去办理其他的事情。

关月主任起身相送："不用客气，雯雯。"

这次住院，在钟意的悉心帮助下顺利地搞定。手术这天，钟意一直守在手术室外面，当护士告诉他手术圆满成功时，他高兴不已，流下了激动的泪水。

汪雨清得知张雯雯手术的消息，再次到医院帮忙照顾她。

他照顾得很细致，完全把她当作自己的亲妹妹，这时的张雯雯还完全安静地躺在床上，等待着手术后一到两天完全清醒时刻的到来。

"兄弟，不知道该怎么感谢你。"钟意特别开心，汪雨清再次来医院帮忙，并且他不再像以前那样幼稚，体现出成熟男人的品质。

张雯雯清醒过来时看见汪雨清在病床前，颇有些意外。汪雨清解释说钟意太忙，他过来帮个手。张雯雯虽然不喜欢他的一些习惯与言语行为，但伸手不打笑面人，汪雨清对她这么好，第二次来医院照顾她，就算是自己的亲哥哥，大抵也只能做到这样。

张雯雯的病完全好了，按照专家的说法，她脑子里面的"定时炸弹"被排除。钟意与张雯雯心花怒放。

第十九章　与外国公司合作

董事长办公室里，马为民对钟意说道："公司打算进口一套电子管理设备，这套设备是韩国生产的，具有世界一流水准，有了这套设备，电信通话准确率会更加提高，费用还可以降下来，可以显著提升竞争力。"

"这东西相当不错。"钟意听懂了董事长的意思，深感赞同。

"厂家邀请我们去韩国考察，护照手续等都办好了，我计划下个星期动身。"马为民进一步说明。

"这么快就去呀？"钟意这一向忙于雯雯的手术，刚来上班，对于公司近况不是太熟悉。

"也不算快。是你这一向忙于照顾张雯雯，时间感觉和平常有些不一样。"马为民董事长体恤下情，能够从下属的角度考虑问题。

钟意听马董事长说他下个星期就动身，以为就他一个人去，于是问道："董事长，你一个人去吗？"

马董事长一时感到困惑，好像他没有说过这一类问题。顿了一下，他想起自己刚才说是"我计划下周动身"。那意思好像就是一个人出差一样。

"没有的，厂家邀请了两个人，所以我安排陆文娟与我一起去，她会算账。我不会算账，所以还是带上她放心。"

"钟意，我这次出去，时间比较长，所以，你们几个要认真负责。龚永生负责全面工作，毕竟他是副董事长，名正言顺。你好好协助他的工作。"

"是，董事长，我们会认真完成您交给我们的任务。"

马为民董事长放心地接受韩国厂家的邀请，与陆文娟联手做客韩国。这次韩国之行，让谋求更大发展的马为民董事长更有了底气。

到达韩国后不久，厂方安排他们住进当地一家最豪华的宾馆。

这家豪华宾馆不论外观还是内部环境都相当漂亮。他们住在宾馆的顶层，一人一个套间。这可以看出韩国公司对于他们的重视，以及对方公司的经营状况非常好。

马为民与陆文娟圆满地完成赴韩国的考察任务，与韩国厂家的合作达成共识，在厂家代表的送别下，乘飞机回到龙华市。

韩国技术人员把设备安装调试好后，对省电信公司的技术人员进行培训，其中包括马为民董事长、龚永生副董事长，以及钟意董事长助理。参加培训的人都学习得很认真，达到了预期效果。

培训完毕，马为民董事长指示钟意安排一个答谢晚宴。钟意在这方面可说是得心应手，不辱使命，组织了一场高水平的答谢宴会。

宴会开始，马为民董事长致辞。他声情并茂地说道："首先，让我们感谢韩国朋友对于我们电信公司技术方面的大力支持！韩国的这套电子管理设备对于推动公司的管理水平与效率会发挥非常重要的作用。希望韩国朋友以后常来指导。"

韩国厂家技术人员对于以马为民为首的东阳省电信公司表示诚挚的感谢，他们感谢马董事长的高效率与雷厉风行，设备成交安装非常顺利，两家单位合作愉快，希望以后还有合作的机会。

马为民引进的这个设备，再加上随后实施的一系列措施，将东阳省的电信业拉上了新的台阶。马为民领导全公司人员，包括下属的各分公司人员，开动脑筋，做强做大东阳省电信业。东阳省电信公司陆续引进先进的程控交换机，加强网线分布，新开不少新的建设项目。

东阳省的电信业走在全国的前列，作为省会城市，龙华市自然更是在全国遥遥领先。电话开始飞入寻常百姓家。

大家都喜欢吉祥如意，电话号码的数字成为每一个人慎重选择的东西。诸如"4"有点不好的谐音的数字就不受欢迎，而像带"8""6""9"这样的数字就很受欢迎。由于这样的习俗，有些号码就得到追捧，有些号码就没有人想要。后来，电信公司就想了些措施，比如带"4"的号码就便宜一二百元钱。当时装电话是要付装机费的，最高时达到了好几千元。吉祥号码供不应求，于是装电话要好号码也有托关系找熟人的。

钟意是龙华市人，除了读大学几年在北京外，出生在龙华市，幼儿园、小学、中学都是在龙华市完成的，所以七大姑八大姨的就特别多，三亲六戚的都来找他帮忙。

钟意对于来找他帮忙的亲朋好友都给予热情的接待，最力所能及的帮助。话说呢，这事对于钟意而言并不难，以他在电信公司的知名度，以他在电信公司的良好人缘，办这样的一件小事易如反掌。需要说明的是，来找钟意的亲朋好友图一个方便快捷，在钱方面并不刻意求省。正由于这样，钟意可以说是让每一个来找他帮忙的亲朋好友都高兴而来、满意而归。

很多事情是水到渠成，自然而然。以马为民和钟意为带头人的东阳省电信公司成为国内一流知名公司。邀请他们参加会议发表演讲的单位越来越多，在某种程度上，马为民有些飘飘然。

一天，钟意和马为民在北京参加中国通信学会下属二级机构的一个会议。会议间歇，钟意和马为民一起去向中国通信学会理事长打招呼。

理事长对于东阳省电信工作给予高度的赞扬，把钟意和马为民着实地鼓励了一番。末了，理事长对马为民说："马董事长，中国目前电信发展形势喜人，城乡发展融合得很好，我看了一下数据，东阳省无论城市还是乡村，电话拥有率都是中国第一，你们做得相当不错。我们打算成立中国通信学会城乡电信协同发展专业委员会。我想让你来挑这个担子。"

钟意这时候想起了马董事长曾经和他聊天时说过的，要坐主席台的事情。他想这是求之不得的好事情呀。

钟意没有想到，马为民却拒绝了："理事长，谢谢您的信任，我可能干不了。"

这话很让理事长意外，哪有把这事儿往外推的，通常都会对理事长感激不尽。

理事长意外被拒，一时不太好下台，这个时候钟意想，得说点什么，起码他的话得起到缓解理事长和董事长尴尬的作用。

"理事长，马董事长谦虚，我想晚些时候我们再专程来向您请教。"

理事长的表情渐渐自然起来。

马为民见状连忙说："对，钟意说得对。您这会儿忙。我们晚些时间专程来拜访您。"

正是因为钟意的这个恰如其分的良好过渡，马为民开始着手成立中国通信学会城乡电信协同发展专业委员会。

当然，这个时候的所有工作，马为民都全权交给钟意。

钟意首先要找另外五位在业界有影响力的人和他一起担任发起人。因为是中国通信学会的二级专业委员会，程序上相对简单，只要对中国通信学会的理事长和秘书长负责就可以，他们两人会向理事会做汇报，并促成各事项的完成。

接下来，钟意专门忙这个事情，也是时间很紧，因为都要协调。发起人不难找，东阳省电信是行业第一企业，知名度高，召集起来，大家都会响应的，所以当钟意联系北京、上海、湖南、广东、陕西等五省市电信公司董事长做发起人时，五位董事长都很快地做了肯定答复，只是一致地把具体事情交给了秘书和助理，如同钟意一样，学会的筹备其实是六位秘书或者助理在共同办理。

花了一周时间，钟意正式把筹备组成立。反正目前就是全权由秘书和助理代行董事长之责。钟意召集大家第一次来龙华市开筹备会。这种小型会议还是比较简单的，主要因为来人都是年轻人，不太讲究排位子、席卡等。

当天，六人共同确定这个专业委员会的名字是"中国通信学会城乡电信协同发展专业委员会"，办公地点就设在东阳省电信公司办公室。这是全国性的协会，挂靠在东阳省电信公司，因此办公地点设在公司办公室，相对固定下来。

六人根据章程，把会员条件定下来：拥护本会章程；有加入本会意愿；在本会的业务领域内具有一定的影响力；热心从事城乡电信协同发展的相关工作；具有电信业知识或者从业经历。

六人在委员名单的确定上有些不同意见，广东、湖南代表认为，应该按人口多少确定，北京、上海代表认为，应该按照电话多少来定，陕西代表认为作为城乡电信协同发展专业委员会，委员名额应该按地域面积来确定，这样才能最大限度地彰显城乡的结合。

钟意看大家提的似乎都有道理，他作为第一发起人，有一定的决定权，但以他的设想，要尽可能地发挥这个专业委员会的作用，真正推动城乡电信的协同发展。他从多方面考虑了一下，认为人是最重要的因素，最具活力的要素，还是按人口来给名额更合理些。另外，北京、上海两个直辖市的指标参照人口比例多给一份，因为，这两个城市影响力大。六人一议，认为钟意这个建议比较合理，一时也想不出更理想的，就先同意着。然后分下去全国54个名额。

这事决定好，第一次筹备会就结束了，大家各自散去，等委员表格收齐之后再来开第二次会议，以及后续的系列会议。

中国通信学会城乡电信协同发展专业委员会看起来是一个民间团体组织，似乎不是很特别，但其实，能够有资格来发起成立这个组织，尤其是由中国通信学会理事长直接点名让做第一发起人的，都是一流的优秀企业。平时要有特别突出的成绩。

这些年来，马为民和东阳电信公司在深化企业改革，加快通信建设，改善职工生活等方面做出突出贡献，也因此他个人得到了公司的奖励，获得奖金1万元，以及证书等。

同一年，马为民获得全国五一劳动奖章（全国优秀经营管理者），由钟意陪同着去北京参加会议。此前，马为民获评东阳省省级劳动模范。荣誉接踵而至，可以这么说，在一个国家、省市等，事关集体，付出了努力，做出了成绩，总是会被记住、被承认的。踏实做事，莫问东西，终会符合规律"天道酬勤"。

东阳省电信业形势喜人，全省县以上城市实现电话交换程控化后，全省通信供求矛盾基本解决。东阳省电信通信无论在技术装备水平、综合通信能力、企业综合实力都居全国前列，成为中国电信强省。东阳省对传统长途电信通信网络结构实行重大调整：建立以各设区市为中心的本地网，并对所有城乡电话进行升位改号，本地网电话统一实行8位制编号。东阳省电信公司提出：以用户为中心，以满足市场需求为目标，为用户提供全面、优质、高技术、低成本的通信服务，帮助用户发展生产力，提高工作效率和生活质量，为东阳省经济发展和社会进步做出新贡献。

电信业成为东阳省最具影响力的产业，其发展之迅猛，使普通百姓感受到了实惠，省政府乃至中央政府都对马为民的工作给予了充分肯定。在大会小会上，马为民和他所领导的电信公司多次受到表扬，作为他的助手，钟意时有被提及。

东阳省电信公司在全国做了很多开创性的业务：在全国率先开通地市级电话信息服务台——龙华电话信息服务台168；建设全国一流水平的可视会议电话室；省城龙华市是东阳省电信的龙头，电话总容量达到100万门以上。

龙华市政府主持召开"龙华地区创建电话乡（村）工作会议"在龙华市召开，全面部署创建电话乡、电话村工作。

鉴于马为民董事长带领的东阳省电信公司做出了非常突出的成绩，国家邮电部部长带领下属来省电信公司视察，并准备将发展经验进行整理发给全国各部门学习。

1998 年，中国北方的嫩江流域、中国南方的长江流域均遭遇了特大洪水灾害，各地民政部门、电视媒体部门举办了多场捐赠活动。马为民和钟意在多个场合代表东阳省电信公司，共向洪水受灾严重地区捐款 150 万元。

马为民在钟意的全力辅助下，不仅使公司的电信工作数量、质量提高，还举办经常性的思想和文化艺术活动，召开职工艺术节，力争用正确和积极向上的思想武装头脑，把企业文化建设推上一个新的台阶。为了提升电信公司人员的身体素质，培养大家的健康习惯，也为了向奥运冠军致敬，东阳省电信公司向世界奥运冠军娜娜赠送和安装开通公司电话一部。

还要重点一提的是，钟意写的设立电信设备制造集团公司的报告，在他字斟句酌之后，交给马为民审阅，马为民看过后，还重点查找了一些资料，把报告修改了许多，为的是精细化。后来，这份报告经单位领导认真讨论后，递交给东阳省发展与改革委员会，三个月后，报告方案得以批准，由省政府名义正式下文，同意东阳省电信公司领衔成立电信设备制造集团公司，参加单位有政府、国企和民营企业，一个带动电信行业更大发展的集团企业将在不久的将来成立。东阳省电信，延续着辉煌。

中国通信学会城乡电信协同发展专业委员会第一届成立大会在龙华市的东阳会议中心隆重举行。到会代表及各级领导共 100 人。大会举行了委员、常务委员、副主任委员的选举，东阳省电信公司董事长马为民全票当选为主任委员，由马为民提名，钟意当选为秘书长。

第一届委员会第一次会议在选举后正式召开，马为民以当选主任委员的身份坐在主席台正中，发表他的施政演说，慷慨激昂，表示要把中国电信的城乡协同发展做得更好，让城市与农村的发展随着电信的协同而融合起来，让城市更洁净、乡村更便捷。他的演说结束后，掌声雷动。

第二十章　聚餐夜不醉不还

　　钟意的成绩有目共睹，从董事长马为民到普通员工，都对他竖起大拇指，说他好样的，心里敬佩他前途无量。

　　酒能助兴，让人得意忘形，让人暂时忘记痛苦，也会让人失去任何的反抗与清醒的状态。对钟意来说，他很少喝醉，他时刻以强大的意志力保持着不醉。不过，也有例外。

　　这天，腊月二十八的晚上，按照惯例，省电信公司中层以上干部，包括高级技术人员，在定点酒店举行一年一度的春节会餐，参加的人员共有50个人，中层领导与高级技术人员各半的样子。

　　钟意是以中层领导的名义参加这个聚餐的，同时他也是具体的组织与操办者，可以说是聚餐活动的核心人物。龚永生、陆文娟、关月这些高层领导都会参加聚餐，汪雨清作为资料室的负责人，也以中层干部身份参加聚餐，而张雯雯还没有资格出席这场会餐。

　　聚餐是肯定要喝酒的，通常像这种情况，董事长马为民是大家目标一致的敬酒对象。不过，这回，马为民倒是从一开始就拒绝了。

　　会餐开始时，他对各位部属和同事致祝酒词："同志们，朋友们，一年过得真快，好像去年的这个时候就像昨天一样。这种感觉好，说明我们每天都过得很充实，富有意义。从我们一年的工作看，在大家的通力协助与合作下，我们公司的工作跃上了新台阶。公司的电话装机容量、实际使用率，在全国都是数一数二的。今天我们在这里聚餐，我感到特别高兴，我祝福大家新年愉快，身体健康，全家幸福！"

大厅响起热烈的掌声。

掌声停下后，马为民董事长说："历年来呀，我都会和大家喝酒尽兴。可今天我喝不了啦，嗨，前些日子喝醉了，还没有完全恢复过来。所以，你们互相多喝，帮我喝几杯。来，大家举杯，我们干了这杯。"

陆文娟听马为民这样说，心里很高兴，她不担心别的，就害怕马为民喝酒太多损害身体健康。

马为民端起他面前的红葡萄酒，这晚与会的同事们端起一酒杯，会喝酒的人端起的是白酒杯，而女士和一些不喝酒的男士端的就是普通的红葡萄酒。

喝酒一定要有焦点人物，这酒才会喝得尽兴与痛快。现在，马为民董事长前几天喝坏了胃，自然不能担此重任。该找谁好呢？其中几个会喝酒的人琢磨着。

哎，有了，马为民董事长身边的钟意就是最合适的人选。这几年，都看钟意有喝酒，但从来没有见他醉过。看来，不是他有功夫，就是我们的眼力不好，没有看出钟意这个酒坛高手。

敬领导的酒差不多喝了一圈后，好喝酒的人终于一致性地把目标对准了钟意，他这晚醉酒在劫难逃。

很多人都感觉到了，钟意将在不久的将来出任某个市级公司的副董事长，然后目标自然是正职。或者不用多久，就可以看到钟意走上独当一面的关键性领导职务。因此，马董事长以早些日子喝醉为由，在这晚会餐时拒绝再次成为大家敬酒的首要目标，自然让他的得意心腹钟意责无旁贷担此重任。

50个人中有49人都敬了钟意的酒，剩下的一个是他自己，一般情况下，在酒席上不会自己敬自己。马为民董事长和钟意喝的这杯酒严格意义上不是敬，是喜爱，是对于钟意的提携与关照。钟意痛快地喝了这杯酒，并且在龚永生副董事长提议下，说是董事长敬酒必须喝三杯才能表达心意，他一口气喝下了三杯酒。

这样的开端，注定了钟意这晚要成为酒席上的最大英雄，最后他喝醉了，不过，虽败犹荣，他这晚喝酒的纪录在之后的许多年，省电信公司的会餐中无人能破。

钟意在马为民董事长敬酒时喝了三杯，这给同事们留下了很好的第一印象。接着，龚永生给钟意敬酒。钟意喝了一杯后，广告部主任关月带有一点深思熟虑地对其他人说道："我看钟意这回也要喝三杯才对，刚才你和马董事长是喝了三杯的。大家说对不对？"

"对呀，对，应该喝三杯。"同事们一起起哄。

钟意有片刻的犹豫，照理说，一个董事长，一个副董事长，还是得有些差别才是。

"悠着点，喝一杯就行了，龚董事长，好吗？"陆文娟为钟意担心，怕他喝坏了身体，她那晚看马为民醉后那么难受，不想让钟意再受罪，并且那个晚上，钟意尽心尽力地照顾酒醉的马为民——陆文娟的至爱，她有心护着钟意。

龚董事长前面已经让钟意喝了三杯，这回想放过钟意，做个顺水人情，毕竟这三杯酒是关月带头起哄要喝的，那意思是说要和董事长马为民看齐。

马为民看着大家热闹，他这时对钟意的酒量相当看重，认为没事，并没有劝阻，脸上带着微笑。

关月何等聪明之人，他立即说道："陆处长，我们从没有看见钟意喝酒醉过，钟意海量，我们这是想让钟意喝个痛快。强将手下无弱兵，马董事长的助理，喝酒绝对一流。董事长，你批准吧。"

马为民有些飘飘然，竟忘记了他自己喝醉时的窘样和难受，笑着说道："没问题的，我们龚董事长敬酒，钟意可以陪三杯。"

董事长发话，关月甚喜，一杯一杯地给钟意倒上，钟意又是三杯酒下肚。

陆文娟在后面给钟意敬酒，她对钟意说："来，钟意，我们随意就是。"

她说完轻轻地抿了一口，也希望钟意少喝点。钟意没有更多理会陆文娟的关心，豪爽地一口喝光了他杯中的酒。

陆文娟有些无奈地摇了摇头，钟意这回肯定会喝醉，开始的那些敬酒已经使钟意处于兴奋状态。再或许，钟意感觉到成功的喜悦，似乎曙光就在前面，心情特别地好，也就放开了喝吧。人生得意须尽欢，青春一去不复还。

汪雨清看见钟意这样喝酒，心情很矛盾，他喜欢看见钟意的大无畏精神与男子汉气概的充分体现。然而，他清楚钟意这样喝下去，必醉无疑，那样对身体有害，人会特别难受。

在矛盾的心情下，汪雨清也和钟意干了一杯，场面上他不甘人后，希望与大家一道同喜同乐。

这晚的会餐，因为钟意的倾情投入，也是由于钟意的海量，成为了电信公司会餐史上最具冲击力的一次。在钟意的带动下，这晚消费的酒量创出了历史的新高，可谓空前，尽管不能说绝后，后面的事谁能说得清呀。

这晚会餐的 50 人中喝得大醉的有 10 多个人，一般醉的 20 多人，其他的都喝得尽兴而归。马为民董事长笑逐颜开，这晚他想喝多少就喝多少，喝得刚刚好，有点点飘飘然，但走起路来还算踏实。当然，最最高兴和重要的是，钟意受到了各位中层干部的喜爱，在喜爱钟意的同时，都牢记着对于马为民董事长的尊重，同时清楚地知道钟意是马为民董事长培养出来的人。

毫无疑问，钟意是会餐的当红明星，也是醉得程度最深的人。马为民董事长、陆文娟处长、关月主任亲自把钟意送回他的宿舍，与他们一起去送钟意的，还有一个重要人物，那就是汪雨清。汪雨清在整个宴会过程中，一直密切关注着钟意，他的心为钟意而悬着，他担心钟意醉得太深，甚至危及健康与生命。

汪雨清与关月一个站一边，搀扶着钟意回宿舍，马为民董事长、陆文娟处长站在外围帮忙照应着。

钟意含糊地说道："你们放开我，我自己可以走。"

扶着他的汪雨清和关月哪敢松手，只要一松手，钟意就会倒下去。钟意见他们没有听他话放开他，用力地甩着手。然而，酒醉得他力气小了许多，被汪雨清和关月牢牢地抓着。

关月是一定要抓住抓牢钟意的，对于今晚的醉酒，关月难辞其咎，正是他带头把大家敬酒的目标引向钟意，并且在开始互相敬酒的时候就让钟意处于劣势，简直是一口气让钟意喝下了六杯酒，这六杯酒，牢牢地奠定了钟意这晚醉酒的基础。如果有个三长两短，出了大事情，关月他是绝对要负责任的。轻的，广告公关部主任的位子坐不稳；重的，该拿去拘留，这是玩笑话，但不管怎么说，关月还真不能让醉后的钟意出事情。

钟意在电信公司没有专门的宿舍，他的所谓宿舍其实是他的办公室，放了一个简易床铺，能够躺下休息就是。也就是说，这晚钟意要睡在简易床上，最好是能够酒醒，回到他自己家里去睡。但不论如何，必须有一个人在他身边看着，不然，有什么事就危险。

汪雨清迫切地想留下来照顾钟意，他没有积极向董事长提出申请，还是心里有顾忌，担心马董事长他们有什么想法，于是干脆看情况再表态。

　　他见关月低头不作声，知道他出手的时候到了，"马董事长，我留下来照顾钟意，你们先回去。"

　　"嗯，好的，汪雨清。辛苦你了！"马为民伸出手来，以领导习惯性的姿态与汪雨清握手，"钟意就交给你。"

　　汪雨清有些激动，对马为民说："不用这么客气，董事长，这是我应该做的。"的确这样，汪雨清很高兴，他能够与钟意单独待在一起，这是求之不得的事情。照顾好钟意，让他酒后快些恢复，是他非常愿意做的事情。

　　马为民再看钟意，他显得挺安静，呼吸匀称，估计不会有大问题。现在有了汪雨清的表态，也可以放心。

　　"那我们走吧。"马为民对陆文娟和关月两人说道，"这里就由汪雨清负责。"

　　汪雨清把他们三人送出门外，估计他们已经走出了电信公司大门，就关好钟意办公室兼简易宿舍的门。

　　灯光下，钟意睡得安安静静。从没有见过，一个男子会睡得这么有味道，这么好看。

第二十一章　铭记在心的快乐

汪雨清怕光线太强影响钟意休息，于是把大灯关了，拧开桌上一盏台灯，把光线调到弱光。钟意喝了那么多的酒，居然没有发生呕吐，看来他的胃对于酒精有着不一般的代谢能力。这会儿，钟意似乎睡着，脸上有着微微的笑容，完全不像一般人醉酒后的面目狰狞和惨淡。

他的脸呈现着刚毅，棱角分明，鼻梁高挺，五官很耐看，真是一个美男子。橘黄色的灯光下，钟意的皮肤散发出一种诱惑的光泽，一种男性的类磁场满布在房间里。

汪雨清同是男性，但是或许因为那曾经的过去在性别形成阶段的某些错位，抑或说不太清楚的原因，他对异性没有足够的兴趣。自钟意来到电信公司以来，汪雨清欣赏他的才华，他的勇敢、阳光、健康、智慧，潜意识里，他一直对钟意有着特别的好感，像兄弟像朋友。

钟意的睫毛像蝴蝶振翅，连着抖动了几下，嘴里发出声音，非常清楚，听得出"雯雯，雯雯"的呼唤，那是对于一个年轻女孩的梦中渴望。

汪雨清听得真切，那是张雯雯的名字，钟意在梦里呼唤着张雯雯。哎，这个优秀的男人，心里装的是他的女友张雯雯。

正在这时，响起了敲门声。因为晚上也喝了不少酒，汪雨清同样有些犯迷糊，这会儿被敲门声弄醒，他更有些分不清东南西北。敲门声很轻很温柔，应该是女生，那么会是谁呢？答案很快揭晓。

伴随着敲门声，传来一个熟悉的女声："钟意，开门，钟意。"汪雨清听出来，是张雯雯到了。

他赶紧开门。张雯雯闪电般进入房间，手里还提着两大包东西。

她把东西随手放在地上，立即寻找她的钟意。她看到了躺在床上熟睡的钟意。

"钟意！"张雯雯喊道，声音很轻。

"嘘。"汪雨清将食指放在唇边，示意张雯雯不要大声喊他，"睡着了，现在没事。"

张雯雯点点头，更轻地对汪雨清说："谢谢你。"

汪雨清摇摇头又点点头，那意思是说没有关系，不用客气。

"你回宿舍休息吧，这里有我就行。"张雯雯满怀感激地对他说道。

面对张雯雯，汪雨清完全没有了底气，他觉得此时没有留下来的必要，把钟意全部交给张雯雯照顾才对。自己对钟意的照顾尽管细致认真，但是比起作为女孩的张雯雯的细腻，汪雨清是无论如何没法比的。

"好的，这里就全部交给你。"汪雨清决定立即离开。张雯雯与钟意的爱情早已在公司家喻户晓。

张雯雯送汪雨清出了房间门，再次对于汪雨清的照顾表示感谢。

她没有参加这次的会餐，因为资格不够。她去外面商店买东西回来，遇见她的上司关月主任——把钟意带入醉酒"痛苦深渊"状态的罪魁祸首。

"主任，您好！"张雯雯见着主任，连忙打招呼。尽管是晚上，张雯雯依然能够看见关主任喝得通红的脸。

"小张，你好！刚从外面回来？"关月回答，并关切地问道，声音里带着有些喝醉后的含糊与结巴。

"关主任，看你喝得挺带劲的。"张雯雯说道。

他刚想问钟意情况怎么样时，关月很快地说道："我还好，就是你家钟意给喝趴下了。"

"你说什么？"张雯雯不敢相信关月主任的话，她从没有见钟意喝醉过，又怎么会趴下呢，"主任，你说什么呀？"

关月带着醉意，带着丝丝斗酒英雄胜利归来般的眉飞色舞，加大声音说道："小张，我告诉你呀，钟意他喝得特醉，特别醉。"

张雯雯听得真切，心里焦急万分，连忙问道："主任，他人现在在哪儿？"

关月回答道："哦，在他办公室。"

张雯雯闻言立即改变主意，她不回宿舍放东西了，提着她刚买的两包东西就往钟意的办公室跑，她甚至把关月主任的后半句话堵在了他的喉咙里，关月主任本要告诉她"不用太着急，汪雨清在那里照顾着他"。

　　屋里很静，台灯的光黄黄的，传递着温馨。张雯雯在屋里陪伴着钟意。看见他躺在床上，脸色没有平日里那么富有光泽，没有平日里那么生动。我亲爱的钟意，你喝了很多酒，那多伤身体呀。刚刚听关主任说你喝醉了，我不知有多心痛，亲爱的，你醉了，比我自己醉了还难受。

　　冬天的晚上，外面很安静，夏日里聒噪的虫鸣声没有了，只偶尔传来汽车通过的声音，喧嚣的城市迎来静静的夜晚。

　　张雯雯想着和钟意美妙的恋爱时光，真的，在认识钟意之前，生活亦开心，工作也顺利，有幸福的感觉。不过，与认识钟意之后比较，那时的幸福可说是初级阶段，与钟意在一起的幸福与快乐俨然进入高级阶段。通俗点说，一个是幼儿园水平，一个是研究生毕业，由强烈的好奇心到探索深层的奥秘。

　　"雯雯，雯雯——"钟意微张着嘴喊道，声音很小，但是可以清楚地听到，他在深情地叫着自己的名字。就是在如此严重的酒醉状态，他的声音依然亲切、清晰，富有感染力与穿透力。

　　看见钟意在梦里对自己的需要，张雯雯俯下身子，把脸贴在钟意的脸上。她的双手搂住他的脖子。气息相闻，张雯雯一阵眼花目眩。从钟意那边传来的竟是一种特别的香味，她醉倒于其中。莫非这就是爱的诱导剂吗？在这种香味面前，张雯雯无从拒绝爱的召唤。她蹬掉了脚上的鞋子，进入钟意的被窝。两个火热青春的身体躺在了一张床上。

　　张雯雯紧紧地抱住钟意，两人隔着衣服身体紧贴着。钟意再次安静下来，这晚超量的酒让他依然处于深睡中。雯雯没有再去吵醒他，让他多睡一会儿吧，此时此刻，躺在他的身边，温暖彼此的身体，这就是恋爱中的浪漫与关怀体贴。

　　雯雯走进了一个奇妙的洞里，洞特别宽敞，里面还有许多的仙果和天使。天使们热切地欢迎她的到来，然后献给她一杯甘露，一个天使对她说："美丽的姑娘，喝了这杯爱情甘露，然后和你爱的人相亲相拥，你们的爱将地久天长。"

　　有这么好，雯雯毫不迟疑地一饮而尽，与相爱的人地久天长，这真是莫大的幸福，这甘露太值得喝。

"好极了，上帝会赐福给你。你躺下休息，福就会降临。"天使对雯雯说道。

立即，一张舒适漂亮的花床飘过来，落在雯雯的背后，接着这花床就带着雯雯缓缓地躺下。

好舒服的床呀，好柔软的被子，好富裕的空间——雯雯在这床上享受着躺着的舒适与随意。真是美极了。

雯雯这时感觉到全身在慢慢发热，在膨胀，呼吸越来越快。胸部有什么东西压着，这压力恰到好处，一点点压迫，一丝丝触摸，却有触电般的麻酥。

她在半梦半醒间。

"水，水。"雯雯听到了声音，那是钟意的声音，这是与她心灵共鸣的声音。

张雯雯醒了过来，看见张着嘴的钟意。她吻了钟意的面颊，柔声说道："亲爱的，我去拿水来。"

张雯雯拿了水来，把水杯放在床前的椅子上。然后，她低下头，将手伸进钟意的背部。

"钟意，来，我们喝水。"边说边去扶钟意。

钟意听出来是雯雯在叫他，睁开眼，眼里闪着激动的光芒。

"雯雯，你什么时候来的呀？"钟意说道，言语中是惊喜万分。

张雯雯加了把劲，钟意配合着坐了起来。雯雯用她的右侧身子顶着钟意，把水杯递到他的唇边，缓缓地倾斜杯子。钟意吸吮着，杯里的水流进他的口腔。

钟意一下子喝下去一大杯水，晚上喝了那么多的酒，需要足够的水来冲洗胃部和血液里的酒精。

不过，这个时候，钟意的酒已经差不多全醒，或者说，他恢复了思维，只是还保留着酒精的部分作用。

"还要水吗？"张雯雯问道，手里拿着空杯。

钟意摇摇头，激情满满地说："雯雯，我不要水了。我要你陪我。"

雯雯闻言，却也羞涩。她把杯子放在椅子上，抱住钟意道："亲爱的，我会的，刚才我就在陪着你。"

"是呀，雯雯，你什么时候来的？好像不是你送我回来的。"钟意有些疑惑，"你没有参加晚上的宴会呀。"钟意这时对晚上的事部分恢复了记忆，但显然他没有办法回忆起晚上的全部事情。

雯雯贴在他的耳边说，有些嗔怪地："还说呢，钟意，你晚上怎么喝那么多酒呢？我从外面买东西回来，在宿舍下面遇到关主任，他告诉我你喝醉了，我急得不行，赶紧到你这里来。你看，我的东西都在地上呢。"

钟意随着张雯雯的手指方向，在橘黄灯光的笼罩下，那里躺着张雯雯从外面买回来的两大袋东西。

"对不起，真不好意思，让你为我担心了。"钟意解释道，"今晚也是没有办法，大家开心，马董事长他不喝酒，因为前一向刚大醉过一回，所以，他们的目标就指向了我。"

"好了，既然他们都喜欢你，就牺牲这一回。记住哦，下次你也要学着马董事长这一招。"

"会的，你知道我不笨。"

"是，你聪明，聪明得像猴儿一样。"

"咦，我还真是猴呢，我就要像猴一样。"钟意说着，张开双手，像猴爪一般在雯雯的身上游走。

他的手好像带了电，那游动的电流彻底把张雯雯给击中。她感到眼前是五彩缤飞的世界，在这个世界里，有鸟儿在歌唱，有流水在叮咚……有山花烂漫，有知心爱人，她陶醉在其中。

钟意的手停留在雯雯的胸前，那高耸的山峰触动他最猛烈的激情。她把雯雯紧紧搂住，深深地吻她，吻她的眉毛、她的眼睛、她的鼻子、她的可爱的耳垂、她的白皙脖颈……吻她的唇，吻遍她的全身。

橘黄色的台灯为他们披上朦胧的轻纱。张雯雯在晕眩的状态中完全地接纳了钟意，她和他毫无保留地彼此融合。

就在今夜，钟意与张雯雯的恋爱掀开了新的篇章。这夜，将留给他们最美好的记忆，将深深地影响到钟意与雯雯的一生。

与钟意有了第一次亲密接触，张雯雯的观念似乎也改变。她不再坚持认为女孩与男孩的第一次必须等到新婚之夜，她觉得那一夜的彼此融合，将甜蜜更真实地渗透两人恋爱之中。

张雯雯享受着与钟意恋爱的幸福，她希望她的朋友也有幸福相伴。她的闺密于珊还是孤身一人，并且好像一直没有真正谈过恋爱，得把解决这个问题放在重要日程安排上。

是呀，咱得替于珊介绍一个男孩，让他们试着接触谈恋爱，如果成了，就是利国利民的好事，对于珊而言就是绝对的幸福从天而降；就算不成的话，能让于珊积累经验，以利后战，也是挺好的。

张雯雯想到这事，积极地去操作。在和钟意一起时，她对他说："你对我那个同学印象如何？"

她没有说这个同学的名字，以为钟意是她肚里的蛔虫，能够凭空猜测出来，期待着钟意的回答。

钟意一时摸不着头脑，毕竟她和张雯雯的同学接触不多，不知道她指的是哪一个。于是不明就里地回答道："雯雯，我不清楚。"

"你不清楚？什么意思呀？你感觉她怎么样呀？"张雯雯提醒道。

"嗨，我根本不知道你是指哪一位呢。"钟意解释道。

雯雯恍然大悟，"不好意思啊，我忘记告诉你这个同学的名字，就是于珊。"

钟意笑道："你说于珊呀，这我想起来了，好像来找过你一两回。"

"那可不是一两回，她常来找我，只是遇见你的次数不是太多，你忙呀，她也不好意思打扰你。"张雯雯的双手捏着钟意的肩胛骨，"你说说，于珊这人如何？"

"她挺好的，活泼、大方、开朗。"钟意简洁地说道，潜台词是不够漂亮、不够温柔。

雯雯可没有听那么多的潜台词，按照她自己的想法往下说，"对了，钟意，可是她还没有男朋友呢。"

"是吗？她和你一般大吧，怎么还不想着找一个呢？"

"你说人家不想就不想。谈恋爱哪个女孩不想，关键是要有合适的人。"张雯雯撒娇地说道，"像你这样的好男孩呀。"

钟意搂住雯雯，在她的两侧脸颊一边吻了一下，然后是唇上浅浅地吻。

雯雯故意躲闪着，娇羞地说道："不要嘛，人家现在和你在谈于珊的事。"

钟意停止了对雯雯的骚扰，郑重其事地说道："好呀，愿闻其详。你有何打算呢？"

"打算呢，是有的，就是要取得你的全力合作。"

"行呀, 雯雯, 没有问题, 你的事情就是我的事情, 你的朋友就是我的朋友。"

"这话我爱听。说好了啊, 以后你对我的同学、朋友要把他们当作我一样来对待。"

钟意夸张地说道: "不会吧, 都把他们当作你来对待, 那我可是妻妾成群。"

张雯雯打了一下钟意的左手背, 笑骂道: "你美吧, 你。现代社会, 你不怕被送进牢里去呀。"

"我可不怕。"钟意故意说道, "只要由你陪着, 去哪儿我都不怕。"

张雯雯依旧捏着钟意的手掌, "行了, 我明白, 你是什么时候都要拖我下水。上了你的贼船, 我就嫁鸡随鸡, 嫁狗随狗。"

"那我们俩就是鸡鸣狗盗之徒。"

"没有那么低档次。"张雯雯总结道, "不过, 总之我们是物以类聚。钟意, 你帮我想想看, 我们的男同事, 有没有适合于珊的?"

第二十二章　欢欢喜喜做大媒

钟意沉思了一会儿，歪着头看张雯雯，"我想了想，这男同事没有结婚和谈恋爱的，还真是不太多，你看那些新分来的大学生吧，好像绝大部分都带着另一半到这个城市来，个别孤身一人分过来的，前一个月看他孤零零地吃食堂有些可怜，后一个月，差不多都到准岳母家吃饭去了，身边是心仪的女孩，出入成双好生幸福。"

"没错，如今男女感情真要发展起来速度挺快的，比我们快多了。"张雯雯对照自己的情况说道。其实呢，她的男朋友钟意以前同样快速过，在大学里与师姐恋爱一场，只不过后来，师姐和他说拜拜，远赴美国不再联系。

"亲爱的，我们再快点，早点生个宝宝好不好？"钟意顺着往下说。

"好呀，我喜欢宝宝。"雯雯有些害羞地说道。

这时，钟意突然想起一个人，对雯雯说道："不过呢，还是有漏网之鱼，这条鱼儿就在我们公司。"

"谁呢？这人是谁呀？"雯雯一时没想起谁来，心里想既然有一线希望，那咱就得抓住，早日帮于珊解决问题才是正道。

"这个人你认识，而且应该说相当熟悉。"钟意故作神秘，吊雯雯的胃口。

张雯雯急不可耐地催促钟意："你快说，这人是谁，我看他配于珊可不可以。"

"汪雨清。"钟意解开谜底后想看看雯雯茅塞顿开的模样。

"你说的是他。"张雯雯略有所思，"还真的没有看见有女孩子和他一起。"

"以前我对他的情况不是很清楚，但现在他绝对没有女朋友。"钟意肯定地说道。

"他人应该还不错。"张雯雯回想起汪雨清两次在她住院的时候照顾她，最近一次钟意喝醉了酒，在雯雯到达现场之前，也是汪雨清在钟意办公室细心照应着，从这些事情看，自然是一个好人。

"怎么样？你觉得汪雨清配你那于珊同学可以吗？"

"于珊活泼、大方、开朗，汪雨清差不多就是她的反义词性格，不过，正好互补，我看可以试试。"

两人达成一致意见，决定尽快开始行动。确实说干就干，第二天两人就着手安排汪雨清和于珊见面。

张雯雯和于珊说这事，倒顺利得很，多年的同学与朋友，起码两人间信任感爆棚。于珊又是这么热情大方的女孩，见一个男孩子一面不损失什么，有缘呢，做朋友或者恋人；没有缘呢，这第一面也就是最后一面，何况还能和张雯雯一起聚聚，何乐而不为？

"雯雯，看你幸福的模样，想让我跟着你幸福呀，谢谢老同学。"于珊在得知她的想法后很高兴地说道。

"那是我应该的，所谓闺蜜，就是我在快乐中，也希望你是快乐的。"

"我好感动，雯雯，有你这样的姐妹，我人生知足呀。"于珊动情地说，大大咧咧的她眼眶里盈满泪水，几秒钟后滚出几个泪滴。

雯雯递给她纸巾，笑道："看来你想要男朋友了，说起这事都流下了激动的泪水。"

"才不是呢，人家是觉得你对我好。"于珊这话说得宛如大家闺秀，轻言细语。

"我们永远是好闺蜜。那就这样定了，我们开始行动。"

于珊似乎在一瞬间回到了她的自然状态，拍着张雯雯的肩膀，大喊道："行呀，我没有问题的，你安排我和他见面吧。"

汪雨清这边自然由钟意去沟通。沟通是钟意的岗位本行。

钟意去他的办公室找他。汪雨清见钟意来到办公室，特别高兴，连忙让座、端茶。

"今天什么风把你给吹来了？钟助理。"汪雨清开心地说道，"先请喝杯茶。"

汪雨清一直喜欢他、崇拜他，对钟意有特别的好感，差不多成了偶像。

"今天我来呀，是有特殊事情的。"钟意想把氛围搞轻松点，"你猜猜看，会是什么事情呢？"

这话把汪雨清逗笑了，"钟助理，这可不是你的风格。"

"你说得对，这个事情我也没有做过。对你来说，很重要。"

"不会是来宣布说要加工资吧。"汪雨清开始猜。

"当然不是，加工资应该是陆处长和你说。"

"那……官升一级？"

"这就更不是我来，得董事长来。"

"那是派我去哪里疗养一个月？"汪雨清配合着钟意，不停地猜。

难得见他这么配合，钟意自己先笑了，说："我想你是猜不出来的。我宣布答案。"

"好，我洗耳恭听。"

"雯雯要把她的闺蜜同学推销出去，让我和她一起做月下老人，你被绣球砸中了。"

汪雨清闻言有些意外，但对他来说，感觉到了异样。他突然觉得，如果身边有一个相爱的女人，是很不错的。他意识到，和钟意这些年来的相处，他收获了很多，无论是对于工作，还是生活，包括对于异性的喜欢，都重新回到了他的身上。

他以此前没有的神态说道："好呀，谢谢你和雯雯。"

他在心里想，这女孩是张雯雯的同学，如果成了，他和钟意各自的女朋友是同学俩，以后一起相处的日子自然会多。好，这事儿开心。

"好，那你等我们的消息，你们先见上一面。"

汪雨清有些害羞地点头。

周末晚上，钟意和张雯雯在龙华有名的湘菜馆东方红要了一个小包厢，特意为汪雨清和于珊的第一次见面安排饭局。宾客就是他们四个人。

钟意和汪雨清先到达包厢，点菜等待。张雯雯和于珊约好时间在东方红门口见面，然后一起进去。

两个女孩进来的时候，钟意和汪雨清起立迎接。钟意让雯雯坐在他的右侧，汪雨清坐在他的左侧。自然地，于珊坐在汪雨清和张雯雯的中间。这样便于照顾，也有利于交谈。

钟意先为两人介绍认识，先男后女。

"这位是我们单位的汪雨清，负责信息资料工作。"

"这位是雯雯的同学于珊，在铁路分局团委工作。"

两位被安排相亲的男孩女孩对看了一眼，居然都有些怦然心动。显然这男生是做了准备来见面的，头发很整齐、干净，脸部皮肤光滑细腻，得体的西装。不错——于珊对汪雨清给出了好评。

这女生不错，挺好的，看起来大方可爱，有那么一点儿羞涩，脸色红润、明眸皓齿，目光热情而坦诚——要是早些认识多好。

怎么来形容呀，这就是缘，注定相遇相识相知的缘，在钟意和张雯雯的撮合下，汪雨清与于珊彼此看第一眼就有些爱上了，通俗地说，有点一见钟情的味道。以后在一个恰当的机会，聊起这一次相亲，彼此公开了后面的内容。

汪雨清文静、有修养、风度不错，这是于珊对他的评价。如此看来，一个人的优点与缺点都是相对的，关键是要看参照物，喜欢的就是好的。

于珊活泼、大方、开朗，汪雨清对她的评价，也正是钟意与张雯雯私下里对她的评价，客观、恰如其分。

有这么融洽相吸的开场，葡萄美酒自是佳酿，剁椒鱼头自是人间美食。四个人边吃边聊，到最后酒足饭饱，好可惜天下没有不散的宴席。美好的饭局，开心的结局。钟意与张雯雯没有想到会有这么好的结果，感觉到完成了一件大好事，让于珊和汪雨清这对孤男寡女成就了之后可能的姻缘。

人生难测，世事难料，几家欢乐几家愁。钟意和雯雯为汪雨清、于珊完成了情人对对碰的相约，促成大快人心的好事。可是，他的工作事业和生活因为政策的改变面临着风雨考验。

这天上班不久，钟意接到马为民的电话后到董事长办公室。一进门，他感觉到气氛与以往有些不同，马为民面色凝重，直觉有什么大事发生。如往常落座后，马为民语气沉重地说："唉，我们的很多想法还没有实现，可是，却没有机会了。"

钟意很震惊，静静地接着往下听。

"现在全力推进干部年轻化、专业化，省里响应上级号召，出台了具体的执行标准。再过两个月，我将因年龄到期卸任董事长，就要退居二线。"

"怎么会这样？"钟意不解，"你离退休还有好几年呢。"

"这是目前的一项政策，某个时期为了推进某项事情的措施，大方向的要求，所以个人必须听从安排。"马为民虽感无奈和不甘心，但表示理解。

"我们各项业务正在拓展中，势头很好，上面应该看到这些实际情况。"

"在其位，谋其政，上面的领导同样是执行更上一级的决议。作为党员，我服从安排。考虑你可能会因这个事情受影响，替你担心，新来的董事长不知道会有怎样的想法。"

"董事长，在您的领导下干事情，很适应，很舒心，有动力。换一个领导，真不知如何，舍不得您离开。"

"我也是呀，这几年来，我们一起合作得很好，难得有你这样的好助手。"

第二十三章 希望你有大发展

纵有再多的不舍和遗憾，该来的终究来了。用马为民自己的话来说，正是处于盛年之际，按照新标准，却要退居二线，可惜呀可惜。可这是公开而明确的要求，得坚决执行。明天开始，他就要离开董事长岗位。钟意陪着他收拾一些个人物品，两人的情绪有些低落。然而，人生就是这样，意外和明天不知哪个先到。

马为民卸任后，龚永生副董事长暂时代理董事长之职，主持全面工作。以龚永生的年龄，加上他柔弱的性格，以及一直没有在某个岗位独当一面的资历，他是一个过渡性人物。这点，龚永生本人心里清楚，他也没有奢望要坐稳董事长的位置。东阳省电信公司的全体职员对这一点也有着清醒的认识，但大家对于龚永生的为人和技术是认可的，因此，在变革之时，临时稳住阵脚，也是当选之人。

电信公司绝大多数人对马为民提前退居二线这一决定表示惋惜。在他们眼里，马为民是一个有才华、有能力的人，善于创新、敢于求变，也是一个好人，他在公司主持工作多年，解决了诸如交通补贴、看病报销等关系到每一个人的现实问题，让每一个电信人感觉到自豪与骄傲。

钟意面对这一现状，心中无比痛楚，他所敬重的董事长在一夜之间离开公司管理核心圈，没有了为之努力奋斗的平台，而自己也有前途未卜的担忧。

马为民的妻子冯佳薇在美国得知消息，很快买了机票，飞回龙华市。她是多年的管理干部，深爱马为民，与马为民夫妻20多年，非常理解他对于事业的追求，知道他离开领导岗位后会不习惯，会感到无聊、寂寞，她必须回来陪他度过一段难熬的日子。

"为民，你做得很好，很努力，退居二线不是你所期待的，也不是你的本意。你和钟意把东阳省电信做成了全国第一，相当不容易，相当成功，很多人穷其一生，也达不到这个高度，我为你感到骄傲与自豪。"冯佳薇和马为民在一起时，充满柔情地对自己的老公说道。

马为民听老婆这么说，突然间有想哭的感觉，老婆真是理解自己、爱自己、关心自己。得知消息，知道自己会难受、不习惯，第一时间从美国飞回来，而这些话，从老婆的口中说出，暖他的心，感动得想哭。

"谢谢老婆，之后我的空闲时间多了，可以常常陪你。"

"是呀，以前你不是在开会，就是在去开会的路上，以后呀，我们可以全国各地到处悠闲地转转，换一种方式感受世界的美好。"

马为民不断地点头，轻轻地抚摸着老婆的双手。

或许不幸会传染，或许只是巧合，在马为民卸任后不久，财务处长陆文娟出大事了。她在骑车上班途中意外摔倒，没有戴头盔，头碰在路沿上，头流血不止。起初，人是清醒的，她立即给丈夫岳建国打电话，告诉他自己在哪里受伤了，让他赶紧过来。之后，她渐渐地昏迷过去，倒在事发现场。岳建国此时还在家中，离她出事的地方不远，闻讯后立即赶到，恰好120救护车差不多同时到达，他立即随救护车把陆文娟送往医院。医院绿色通道办理住院，检查等，手术及时，总算挽回一命，但脑部受伤，成为一个重病人。

这天，钟意陪同马为民、冯佳薇前往探望，陆文娟头缠纱布，躺在病床上，昏迷不醒。病房里，陆文娟的丈夫岳建国在照顾着她。看着重情重义、能干麻利的陆文娟无声无息地躺在病床上，马为民内心五味杂陈，种种不幸都集中在一块儿了，生活有时会展示它残酷的一面。

对于这诸多变故，钟意是忧虑的。突然重大的人事变动，马为民董事长退居二线，看着身边美丽的女友，钟意百感交集，以后的路不知道走向哪里。

马为民没被安排做具体的工作，以他的经历确实不太好给他什么事情做，上班可来可不来。公司全面工作暂由龚永生负责，钟意的岗位没有改变，但基本没有太多事情。龚永生继续着当副董事长时的作风和工作重点，或许他想的就是做一个平稳的接力者、过渡人，没有给钟意派什么活。钟意希望能继续做点什么，却有些使不上劲的感觉，尽管龚永生很喜欢他、看重他，但是短期内难以达到与马为民合作的默契。钟意想，和龚永生认识多年，平时也常有打交道，配合起来都很难得心应手，那么，真要来一个不那么合拍的董事长，那这助理的工作做起来会相当难。

似乎进入了慢节奏，钟意突然从忙碌中闲下来，没有那么多的电话需要打，没有那么多的会议需要安排，公司的一切看似在有条不紊正常运转中，没有了马为民，甚至没有钟意的积极参与，并不影响什么。当然，钟意清楚，任何的改变都符合量变到质变的规律，时间会给出答案。

钟意从报刊、杂志看了不少的文章，关于干部年轻化、知识化、专业化有不少的论述的探讨，要求的是知人善任，人尽其才，强调的是加大力气发现和使用人才，让年轻人脱颖而出。对于多大年龄要退下来，各省出台了相应的规定，但各有不同。主要是干部管理部门依据职位数，按照一定的比例，做出具体要求的。重要的一点是，如果没有相应的职位腾出来，那落实年轻化就会成为一句空话。马为民的退居二线就成为大势所趋。

龚永生和钟意有一回比较深入地谈到这事。那次是有一个文件需要传达，钟意去拿文件，两人坐下了聊了一阵。

"钟助理，马董事长不在这上班，我还真有些不习惯。"龚永生第一句话就说出对马为民的留恋。

钟意更是感同身受，赞同道："是，确实这样。"但是，面对全面负责的龚永生，他不便感慨太多。

不过，龚永生有自知之明，愧疚地说道："上面让我全面负责，我呢，一是没有这个精力，二是客观上没有这个能力，三个我就是一个看门人，不用多久，上面就会派新的董事长来，我没有足够的提升过程。"

钟意点头表示理解，并补充道："很多事情由不得我们自己。"

"是呀，不论处在什么阶段、什么位置，做好自己的事情，问心无愧就好。"龚永生关切地说道，"你正年轻，以后的机会还多。这次，董事长提前退居二线，不知道之后新来的董事长会有怎样的设想，尤其是对于人事方面，每个人的看法都不一样，你要有一定的准备。如果可以的话，我会向他推荐你，让你继续发挥你的长处。"

"好的，龚董事长。这个变化很突然，对我的确冲击很大，未来还充满变数。我会努力适应这个过程，谢谢你的指导和帮助。"

"你到公司这些年，在马董事长的带领下，做了不少事情，充分展示了你的能力和才华，你的学习力、组织力、感染力、亲和力、创新力都非常不错，希望你能有更大的发展。"

第二十四章　新官上任三把火

九月，国庆前夕，距离马为民退居二线后的四个月，省电信公司进入后马为民时代。

这天，艳阳高照，晴空万里，位于城市中心的省电信公司一如从前，尤其是从外观看，没有什么特别的不同。全体员工被通知到大会议室召开大会。龚永生、钟意、张雯雯、关月、汪雨清自然也在与会者之例。陆文娟没有能够出席这个会议，她还躺在医院里，处于半梦半醒之间，她的丈夫岳建国在一心一意照顾她。马为民自不担任领导职务后，没什么具体工作，也不参加会议。

全体职工都往会议大厅聚拢，这里要召开一个重要的会议。省电信公司新任董事长与全体职员的见面会，也可以说是新董事长的就职大会。

新董事长名叫谢玉石，比马为民年轻好几岁，个头儿比马为民稍高一点。谢玉石早年毕业于中南大学，专业是"现代通信与信息化服务"，参加工作后，积极响应干部知识化、专业化的号召，属于喜欢思考的人，做打算有提前量，也因此在毕业后的职业生涯中，坚持不断地学习，拿到了母校中南大学高精密电子通信硕士及博士学位。

龚永生副董事长主持大会，从这天开始，他完成了代理董事长的使命，重新回到他的副董事长位置。

"同志们，朋友们，今天我们在这里召开全体职工大会。首先，我们热烈欢迎谢玉石董事长。"

谢玉石董事长神态自若，微笑着走上前台。

在座的职员热烈鼓掌，钟意和张雯雯、汪雨清的掌声有些勉强而无力，其实钟意照理说不应该这样，一个有经验的董事长助理、秘书，怎么能够因为马为民的卸任而消极地对待新来的董事长。另外，钟意的董事长助理与秘书并没有宣布免职，理论上他还在任上。张雯雯、汪雨清性情中人，他们的表现应是很自然的本能。

"谢玉石董事长是资深电信人，学士、硕士、博士学位拿的都是电通信专业，是地地道道的电信专家。董事长已经正式上任，今天我们组织开会，请董事长和大家见个面。现在，请董事长为我们做报告，大家欢迎。"龚永生说道。

台下再次响起热烈的掌声。

"同志们，我感谢领导和大家对我的信任，让我来这里担任董事长。此前，我曾经担任过龙华市电信董事长，后来在市政府担任宣传部长三年，现在回到老本行。以前，我常来省电信公司，这里还有一些我的老同事，在座的龚副董事长就是。"谢玉石董事长说道，似乎特别亲切。

谢玉石继续做就职演说报告，在整个会议过程，他没有提到前董事长马为民，也没有批评他，不知道是不方便提还是不想提，或者是想标志他个人时代的开始。他在报告中谈了不少关于电信行业的内容，发展思路很清晰，这其中有很多与马为民和钟意那时制定的方针、策略有不同，显示出他的个人思考与时代发展。

钟意坐在会场，感觉到越来越寒冷，尽管身边有他的女友张雯雯，新来董事长谢玉石的首场报告从文字到表达，客观上都很不错，可以看出这是一个有知识、会思考、有远见的人，然而，报告中所体现的某些观念和理念，与自己的经历和想法是有不小区别的，这自然增加了变数，他预感到一场风暴将会袭来，而他会受到剧烈的冲击，甚至成为风暴的中心。

他这时的判断没有错，而且相当准确。一周后，在中层干部会议上，由龚永生副董事长宣布干部任免决定，他未能幸免。

谢玉石董事长提议不再设立董事长助理一职，而他的秘书另有他人担任。会议的第一项议程就是宣布免去钟意的董事长助理与董事长秘书职务，或许是为了安慰钟意，龚永生解释说是干部编制的调整需要。

在宣布钟意的任免决定前，谢玉石董事长和钟意有过了解和接触，但是两个在周围同事中获得好评、工作成绩突出的优秀人才没有碰撞出激情的合作火花，而是钟意无法继续留任。

马为民离开董事长职位是因为上面政策要求干部年轻化，而钟意的离职是新任董事长谢玉石强调干部的专业化，他坚持说必须用本专业科班出身的人做他的助手。谢玉石表态，他严格执行上面政策，全面梳理他认为不是专业化、年轻化的中层管理人员，以及与岗位不太符合的人。

那次见面，钟意感受特别，难以忘记。那次见面是谢玉石董事长做了情况了解后和钟意的直面交锋。

"钟意，你请坐。"谢玉石对来到他办公室的钟意客气地说道。

"谢谢！"钟意在新董事长办公桌前的沙发上落座。

这间办公室不是前任董事长马为民那间办公室，谢玉石安排后勤部门另外整理了一个房间做他的办公室。

"我们今天好好聊聊。"谢玉石一副可以商量的模样，轻言细语地对钟意说道。

"请董事长指示。"钟意同样是彬彬有礼的回应。

"我刚来省电信公司没有几天，听很多人说过你的能干和聪明。几天前，我和龚永生副董事长就你的事情聊过，他对你非常认可，特别支持你留下来继续原岗位工作，说你完全能胜够胜任。这一点，我谢谢他的推荐。不过，我明确告诉你我的看法，我希望我的助理是理工科专业毕业的，比如中南大学的理工学院的信息、通信等专业。文科与理科生学习的内容不一样，直接导致思维模式和习惯不一样。我希望有一个学理工且懂文秘的助手。哪怕他没有学过一天文秘，也可以去进修，然后承担我这边部分工作。"

谢玉石说已说到这个份上，钟意觉得自己必须说点什么，表明态度与立场。

"我可以说点什么吗？"钟意直接说出他的请示。

"当然可以，我希望各抒己见，把话题聊透彻。"谢玉石很会表达思想和看法，"我看了你以前写得报告，从文秘的角度写得相当不错，你在前任董事长的带领下，做了不少事情，把我们省的电信行业做到了一流。企业的初始阶段，在粗犷发展期，你的思路与改革设想能够行得通。但我从成绩中看到了危机，你既往的报告以及你们的工作实践所体现的主要引进和借力，重点做的是制造业，引进先进技术壮大相关制造业，这个在改革初期，非常有用，能够不断地实现超越，你们也做出了漂亮的成绩，为老百姓造福了。改革进一步深化，需要往深、往细处着力。前期成功的基石是直接的新产品引进，以及借力的制造业，但是真正创新、研发很少。而这些，我想，作为非本专业的人才，你要继续做下去是勉为其难，你以前是写过不少工作请示报告、总结等，大家评价很好，放在那个时候，是对的。比如，关于公司整体工作理念，既往的报告更多是这样一些讨论或者思考，是否重视大客户、集团客户，是否可以适当忽略小客户（散户）；或者是引用这样一些观点，比如二八现象，只要做好20%的人的工作即可；或者是一些不必要讨论的问题，如关于技术改进好，还是侧重点放在广告宣传上。还有，公司是集中于主业及传统项目，还是多业经营，广撒网多布点；还有计划推进的内部分配机制的改革（竞争体系的建立），注重于奖励，注重于惩戒，奖惩结合，民主管理，还是"专制"模式。我之所以提炼你过去报告中的主要观点，核心是希望告诉你，以单纯人力资源管理模式，无法把改革引向真正的深化。现在，全球全民创新，科技研发在深化，电信的发展日新月异，同时必须与其他包括网络等发展同步，专业对口有其客观必然性。你是著名大学的文科高才生，你的文字能力有目共睹，但是，没有电信的专业知识，要建立职业的高楼大厦行不通，这些基础知识你显然无法在短期内补上。话说得比较直，请你包涵，我希望你理解我的意思。"

钟意直觉遇到了对手，来自观念的非此即彼，新董事长的话柔中带刚，其想法不是一朝一夕形成的，显然是难以改变他的决定，他的决定经过了思考。不论结果如何，心里的想法要说出来。

钟意朗声说道："我个人认为大学本科专业学的内容可以当作一种通识教育，或者说基础教育，它能培养人创新求以及不断学习的思维习惯，这一点特别重要重要。我想，任何单位或者集体都是团体或团队作战，孤军奋战在当代社会不会取胜或者说根本行不通。您前面说的我文科专业的情况，如果有什么不足的话，一个优秀团队内部的取长补短就能够实现优化组合，发挥每个人的长处，那就不存在所谓的专业缺陷。"

谢玉石认真地看了钟意一眼，无法否定他是一个优秀人才。说实话，从当时得知马为民任用钟意为董事长助理时，谢玉石就觉得诧异，怎么会用一个中文专业的人做技术行业的助理？及至后来，钟意的口碑非常好，令他意外。但是，一个人的大学理科基础很重要，这个要自学很难，因此，他历来主张专业人做专业事。但是，的确没有必要和钟意去争吵，也有失身份，况且，从内心讲，钟意是一个人才，只是，要放在更恰当的岗位上。

谢玉石虽然有自己的主张，但并不希望利用权力去打击年轻人，年轻人需要的是鼓励，后面的路还长，换一种方法，换一个工作，或许能走出一片新天地。

谢玉石很严肃地说："钟意，你说得有一定道理，具体到你个人的安排上，我希望你服从组织的决定。如果可以的话，其他行政部门我帮你争取一下，但没有领导岗位。我另外有一个建议，你可以选择停薪留职，先去外面看看，顺利的话开创一片新天地，如果有困难，我欢迎你回到公司来。"

谢玉石依然在言语中沉稳冷静，带着温情，也继续着他的坚定与执着。

钟意深深地从谢玉石的眼中看到了他的决定之不可撼动。这一刻，钟意想到，在新董事长的人才思路下，他一个文科生会边缘化，更无法实现理想、发挥才干，先离开公司或许是种选择。

钟意没有参加这次宣布他被免职的中层以上干部会议，自此逐步淡出东阳省电信公司。在这次会议上，陆文娟的财务处长被免掉，理由是她的健康问题，上班途中摔坏脑袋，至今住在医院没有恢复正常。这是符合现状的决定，谢玉石表示，如果陆处长恢复健康，可以胜任工作，公司将会做出及时合理的安排。

新官上任三把火，看来，这就是谢玉石烧的第一把火，熊熊燃烧，红遍整个电信公司。

识时务者为俊杰，钟意每当想起这句话时，就放下了再去找谢玉石或者其他人想办法留下来的打算。私下里，宣布免职后，龚永生和钟意还有聊过天，他透露出谢玉石不喜欢学中文的他，说是玩文字游戏，没有科学技术含量，放在党政机关比较合适，电信公司还是要以技术为重，当然，这些话的意思，谢玉石当面和钟意说过。作为一个大公司的董事长，从他对待钟意这件事情看，还是坦诚和没有私心的。

钟意听了，依然在心里不认可，谢董事长太不看重中文，要知道中文可是几千年的优秀文化传承。学中文的虽不懂电信技术，然而电信公司不只需要自然科学技术，同样需要以文化为基石的人文科学及高效的管理。一个单位，一个机体正常运转，都需要良好的程序梳理和调控。管理本身就是一门科学，它能提高效率，合理利用资源。管理看起来很虚，但是管理水平上去了，就可以把虚的东西化成实在的效率和效益。这几年来，与马为民董事长的合作，成绩显而易见，虽然过去的成绩得到谢玉石的肯定，可是产生这些成绩的基础却被谢玉石规划的未来给抹杀和否定。道不同，不相为谋，离开可能是更好的选择。

想到离开，钟意心里翻江倒海般难受，这重要的原因是雯雯。如果不在电信公司工作，就不能与雯雯常在一起，不能常常看到心爱的恋人。他处于痛苦与矛盾中，挣扎着要不要痛下决心。

张雯雯很为钟意鸣不平，她不明白谢董事长为何要这样对钟意痛下杀手，一下子把钟意打回原形。钟意的能力有目共睹，新董事长上任怎么就不去看一看、问一问，做做民意调查。作为电信公司广告公关部的职员，雯雯还没有足够的分去影响谢玉石的决策。他刚来当董事长，也不清楚雯雯和钟意是恋人关系。

"钟意，这谢董事长独断专行，可恨！"张雯雯为男友抱不平，"像你这样的人才，他居然不放在眼里。"

"人才？他并没有这样看。他认为只有像他那样学这个专业的才是人才。"钟意说出谢玉石的一些想法。

"真是狭隘。都20世纪末了，还用老套的观念来看问题。一个单位，人才要多样化才可以。"张雯雯说道。

"他有自己的想法。他和我聊过，观念不同，也没有办法继续合作。中层会议开过，任免决定宣布，我们改变不了。"

"马董事长真是太可惜了，碰到这样的政策。"张雯雯倍感惋惜。

"他是一个好董事长。可惜，人算不如天算。"

"钟意，我爱你，永远爱你。"张雯雯伏在钟意的肩膀上，表达着忠心，她明白眼下她的男友处于人生的低谷。

"雯雯，我也爱你。我没有想到会是这样子，让你跟着我难受。"钟意哽咽着，反过手来握住张雯雯的手，"雯雯，相信我，人生这场戏，我不会轻言放弃。"

钟意决定辞职，不选择停薪留职。既然是道不同不相为谋的离开，那就干脆彻底些。破釜沉舟，百二秦关终属楚；卧薪尝胆，三千越军可吞吴。

这天，钟意径直来到谢玉石董事长办公室，开始了转换人生舞台的程序。

谢玉石接过钟意递给他的报告，扫了一眼，明白是辞职申请。

"钟意，你真的决定好了吗？"谢玉石问道，"停薪留职和辞职差别很大，后者没有退路。"

他的语调是平静的，并不希望钟意走投无路。

"是的，决定了。"钟意简洁地回答，他想用男人的奋斗来证明自己的价值与观点的正确。男人很多时候进行着无声的战争。这是钟意深思后的决断，没有和雯雯说太多，怕她太过担心和难受。他相信这个时候辞职是最好的决定。

"既然你仔细想过了，我同意。"谢玉石依旧平静地说道。他拿起笔，刷刷地在钟意的辞职报告上写上"同意辞职，请各部门按规定办理相关手续"，再签上他的大名"谢玉石"，写得龙凤凤舞。公正地说，谢玉石的签字相当漂亮，遒劲有力。

谢玉石把报告放在桌上。钟意拿起报告，一言不发地离开董事长办公室。

谢董事长看着钟意黯然离去的背影，若有所思。

钟意前往人事处、财务处、后勤处办理交接手续。各部门看见谢玉石的签名，纷纷给他办理，感觉他成了一个烫手山芋，不想握在手里太久。钟意作为旧臣，是马为民的人，如今是谢玉石的天下，而且他已经被免掉所有职务，大家不知道该和钟意说些什么，绝大多数的人和钟意相对无语，什么也不说，默默地给他办理手续。

在财务处遇见汪雨清，他正在那里办报销手续。得知钟意辞职，汪雨清很诧异。他不相信钟意会因为承受不住被免职的压力而离开电信公司。不是压力，那就是有其他的想法，此处不留爷，自有留爷处。想到这里，汪雨清对于钟意更多了留恋之情。钟意和张雯雯介绍他与于珊——张雯雯的同学——认识，没有想到他们真正有缘，已经成了恋人。汪雨清与于珊正是处于喜欢腻在一起的时候，他正幸福着。饮水不忘挖井人，汪雨清在内心里很感谢钟意与张雯雯。

"钟意。"汪雨清热烈地与他打招呼，"你舍得张雯雯呀？"

说起张雯雯，钟意有一丝无奈，他确实舍不得她，然而，堂堂七尺男儿，如果厚着脸皮留在电信公司，固然生活无忧，如果不思进取的话，过富足的日子不成问题。

钟意笑了笑，没有正面回答，倒提起汪雨清的女朋友于珊："于珊不是和雯雯很要好吗，她可以多陪陪雯雯，你不要小气。"

汪雨清听出钟意的话中话，有些遗憾地说："你真决定离开龙华市？"

钟意点点头。

"你忙吧。"在公众场合，当着这么多其他同事的面，汪雨清不适合问太多，对钟意道："咱们回头见。"

"回见。"钟意感激地答道。

当张雯雯得知钟意辞职的消息时，他已办完所有手续。正是下午下班时间，公司的人都往外面走着。天边彩霞无数，张雯雯心情却沉重，钟意辞职这么大的事却不告诉她，这是为什么呢？他的心里就没有把她当做最亲近的人吗？这么重大的事情，他为何不和她商量，就这么快速地把手续都办好了。

张雯雯是从汪雨清那里得到消息的。自从她把于珊介绍给他后，他们两人谈起了恋爱，汪雨清和张雯雯的关系由阴转阳，成为关系不错的同事。

"你的消息准确吗？"张雯雯有些不敢相信。

"准确，我亲眼看到的。"汪雨清很肯定地说道。

张雯雯去钟意的办公室找他，平常他下班都比较晚。可是，这会儿门是锁着的，透过门缝往里看，人去楼空，办公桌上有些零乱。看来，钟意把一些个人物品收拾走了，这更清楚地表明钟意下定决心离开电信公司。

张雯雯步履艰难地走到电信公司门口，招手拦出租车。一部出租车停下了，司机探出头问道："去哪里？"

张雯雯报了钟意家的地址，司机却说："不顺路。"

她想起此时是司机交接班的时候，通常打不到出租车。真是气人。她连着招手拦车，前后有五部车停下又开走。

以前广告公关部同事一起去外面吃饭的时候，也常遇到这样的事情，不过，那时人多，加上心情好，念叨两句，没有太放在心上。聊天的时候，大家都说真弄不懂这出租行业是怎么一回事，下班的高峰期也是大家要车最多的时候，可偏偏司机们选择这个时间点办理交接班，没有道理，有关部门为何不想些对策呢。用心去想，去调研，解决这样一个问题不会毫无办法。

牢骚归牢骚，张雯雯还得耐心等待有往钟意家方向的出租车。

终于，张雯雯在拦下第八辆出租车时，那个司机问了和他的同人们差不多格式化的问题，感觉遇到了好差事，他用愉快的表情说道："上车吧。"

张雯雯感觉这出租车开得太慢，在车里有些像热锅上的蚂蚁，急得团团转。

也是她自己心情太急，试想，晚上了，钟意多半在家，而且早到一二十分钟，并不能改变什么。以前很多时候，张雯雯都感觉出租车开得特别快，现在感觉这车像一只大蜗牛，缓缓地爬行在城市的大街。

"师傅，能开快点吗？"张雯雯忍不住催促道。

司机侧过身子看了一眼坐在副驾驶位上的张雯雯，心想这女孩人长得温柔漂亮，就是性子太急，不知道交通高峰期在市区堵车是完全正常的事情呀。

他见多不怪地说道："你看看车外吧。"其实并没有直接回答她的问题。

张雯雯有些不解地看了一眼窗外，一辆车接一辆车，整个街道就是车的海洋，车的世界，的确是没有办法快起来。

看见这种状况，张雯雯不再催促，保持着沉默。

大概司机平时喜欢说话，这会好一阵了，见张雯雯不吭声，又没话找话地说："车子这些年增加不少，但是市中心道路还是十几年前的水平，不堵车才怪。中心城区人口多、房子多，要拓宽道路难度很大，不像二环、三环，随时可以来个改造拓宽。"

张雯雯平时是礼貌的人，但今天心情特糟，似乎不知道该怎么说话，没有接茬，眼睛盯着道路前方，在心里拜托上帝开恩。

出租车在走走停停的慢速运行中，终于抵达钟意家所在的小区门口。

张雯雯与钟意恋爱之后，来这里的机会并不太多，通常他们都是选择看电影、逛公园、逛街等享受恋爱的甜蜜时光。

钟意给她开的门，他看见雯雯眼里的伤感与泪水。雯雯看到钟意，眼泪不争气地流下来。

"钟意——"雯雯哭着说，"你不要我了吗？"

"没有，没有，我怎么会不要你呢。"钟意急忙说道。

"可是，你辞职了都不告诉我说一声。"雯雯抽泣道，"你怎么丢下我不管呢？"

"没有和你说，是怕你为我担心，怕你不同意我。我只有破釜沉舟，背水一战。"钟意情真意切，"雯雯，你是我深爱的女友，我不会丢下你不管。我们永远相爱。"

张雯雯听钟意这么说，很感动，止住了抽泣，关心地问道："钟意，在龙华市，要找比电信公司好的单位太难。"

钟意胸有成竹地说道："不怕，现在到处都在搞市场经济，机会比以前多。"

"好像龙华市没有什么单位对外面招呀，一般是学校分配进去。"

钟意笑笑，拉住雯雯的手说道："没关系的，你可以对我放心，我一个男子汉，一定会对付得了这件事情。雯雯，你快进来。"

"你爸妈呢？"雯雯进屋后，没有见到两位长辈，于是问道。

"他们在做饭。"钟意突然想起什么似的，"我去和他们说一声，你来了。"

"我也去。"雯雯很懂礼貌地和钟意一起进了厨房。

"伯父，伯母。"雯雯进到厨房后，恭敬地称呼两位长辈。

"好，好，雯雯好。你们看电视去吧，这里空气不好。"

"爸，妈。"钟意叫道，他是想说多加些菜，雯雯来了，可一想确实没有必要，雯雯吃得少不说，她还特别会体贴人，根本不会就吃饭这事提特别要求，属于很好养的"宠物"。

第二十五章　处境艰难有好友

"钟意，你去陪雯雯看电视。"钟天保对儿子说道。

钟天保和妻子已经知道钟意辞职的事情，他们表示尊重儿子的决定，说有些时候没有办法，只能以退为进。钟天保对于他的老同学马为民退居二线表示非常遗憾，但他认为马为民运气不好，遇到新政策出台，提前离开领导岗位。儿子本来在电信公司有很好的出路，跟着马为民，自然是近水楼台。钟意在省电信公司被新董事长免去所有职务，再在省电信公司待下去，很没有面子。作为男人，钟天保理解儿子。钟意的妈妈自然听儿子和丈夫的，全家达成共识。

张雯雯在钟意家没有感受到他辞职带来的改变，在这样的氛围里，她的心情好起来。

"钟意，我听汪雨清说你辞职了，真为你担心。"张雯雯说道，"我就急着来找你。"

"怎么样？现在你看了我，放心了吧。"钟意递给雯雯一颗糖果，"活人还能被尿憋死不成，新董事长觉得我不合适，建议我停薪留职。我想那没什么意思，我们男人，要敢想敢干敢闯。复习一下李白的诗：仰天大笑出门去，我辈岂是蓬蒿人。"

"可是，你走了，他会不会对我也下手呀？"

"不会的，你无官一身轻，再说呢，他并不是小人。"

"要是他知道我和你的关系，会不会下手呢？"

"现在他肯定不知道，以后，我想他也不会知道。他没有这么多心思来管这些事情。他想管好下面的中层干部，那样就好控制全局。"钟意分析道，"你好好工作就是，电信公司目前是比较好的单位，工资、福利各方面待遇都不错。"

"嗯，那你呢，钟意，你打算去哪里？"张雯雯关心地问道。

钟意摇头，"现在还没有想到，我这几天看看情况再说。"

聊了一会儿，钟意爸妈把饭菜都弄好了。两个年轻人帮着摆碗筷。四人边说边聊，气氛很融洽。

晚饭后，四人一起看了会儿电视，张雯雯说想出去走走。饭后百步走，活到九十九，她比较爱好运动。

"好的，我们走路往电信公司那边，把你送回去。"

张雯雯与钟意爸妈说再见。

"雯雯有空常来。"

钟意与张雯雯手拉着手出门去，走上街道。按季节划分已经是秋天，但在龙华市，晚上给人的感觉还是舒适的，海洋气候温差比较小。

半路上，他们遇到了于珊和汪雨清两人，也是手拉着手在散步。

"哟，还真巧呀。"于珊老远就打招呼，她挣开了汪雨清拉着的手，跑过张雯雯这边来，汪雨清自然跟在后面。

两队人马胜利会师。

"雯雯，刚才我和雨清还说你来着呢。"于珊是藏不住话的。

"说我什么来着？"张雯雯与于珊是特要好的朋友，心想肯定不会是说她坏话了。

"他刚才告诉我，说钟意辞职，他告诉你时，你很不高兴，他说是不是他多嘴了。"于珊说道。

"那你有没有批评他？"

"没有。我说雯雯不会生气，应该是为钟意担心。"

"没错。知我者，于珊也。"

这时，钟意与汪雨清也聊上了。于珊成为汪雨清的女朋友后，好像盘活了固定资产，他们几个人的交往丰富多彩、有声有色。

"钟意，这姓谢的对你太狠点。"汪雨清为他抱不平，"我感觉他在挟私报复。听人说呀，很久以前，他是马董事长的下属，曾经在工作中受到马董事长的批评，所以怀恨在心，真是小心眼儿。"

"各种传闻都可能有，不用特别在意。你和雯雯还在公司工作，要相信他的主流是好的。"钟意客观地说道，没有刻意去抹黑谢玉石。

两个女孩加入两个男孩的聊天，张雯雯对于珊说道："你们单位需要人吗？你看能够帮钟意引荐到你们单位去吗？"

于珊打量着钟意，感觉很满意的样子说道："要是我是单位领导，肯定需要钟意这样的人。"

"不开玩笑，于珊，你帮我们问问。"张雯雯郑重地对于珊说道，这时征求钟意的意见，"你看好不好？"

钟意点头同意，他没有理由拒绝女朋友的好心好意，"好呀，那就看于珊的了。"

于珊在龙华市铁路分局工作，与张雯雯是大学同学，他们大学毕业后，张雯雯进入省电信公司公关广告部，于珊则到了铁路分局团委工作，两人的岗位都非常不错。

"钟意，你想想，希望在铁路哪个部门工作？"于珊问道，看来是打算真当一回事情来做。

"办公室、宣传、票务我想都可以的，当然啰，如果能够有行政职务的就更好。"

"明白了，我一定尽快去办。"于珊快人快语。

于珊在龙华市铁路分局团委，与雯雯一样是办公室普通职员。铁路家大业大，领导对团的工作很重视，他们团委一帮人经常组织青年团员们开展活动，在龙华市具有不小的影响力。有一年他们为希望工程捐款，愣是创造奇迹，扬名全国，被团中央授予全国先进组织。

那天，得知钟意辞去电信公司的工作，他和雯雯说愿意在铁路局找份工作，于珊把这事放在心上。上班后，于珊去各部门了解情况，团委书记说团委暂时不进人，已经满编，再进人就必须有人调出去，看看他们几个好像都愿意扎根在团委，那就没戏。

于珊是大大咧咧的女孩，她走到哪里哪里就热闹起来，为钟意的事情，她跑了办公室、工会、票务组等几大部门，都没有收获，有的说满员，有的说要等明年初看是否需要人，有的说进不进人得领导说了算，他们想进也没有用，都是上面直接安排。也有人悄悄地告诉于珊，这样子问不会有结果，暗示她要把事情搞定得走关系送人情。于珊听人这样说，有些迷惑，不清楚世界怎么变化这么快。怎么会这么难呢？想当年自己进铁路分局团委的时候，好像没这么复杂哟。

可也没有办法，于珊努力无效，只好向张雯雯复命。

她为这事专门去了一趟电信公司。说专门好像有些过了，于珊如今去电信公司，不只是去看雯雯或者是找雯雯有事，她现在去电信公司最大的乐趣因为汪雨清，和情郎在一起才美。都说爱情最美好，真没有说错，开朗大方无所谓如于珊这般的女孩，恋起爱来一样温柔似水，一样牵肠挂肚。

这回，于珊原打算直接去雯雯办公室把主要事情先说清楚，可是进入电信公司大门后，她的双脚身不由己地迈向汪雨清的办公室。

汪雨清见于珊来，喜笑颜开，上来就给她一个热情的拥抱，与恋爱前简直判若两人。爱情的力量真是无穷，彻底滋润了汪雨清的生活与情感，把他从曾经的邪路拉回了正道。

于珊故作扭捏状："不要这样子嘛，你上班呢。上班不能干私活。"

"没关系的，就一小会儿。"汪雨清搂得更紧，给于珊来了一个响亮的吻。

于珊幸福地闭上眼睛，汪雨清抱着的手却松开了，他听见外面的脚步声。

幸亏分开得及时，很快龚永生副董事长就进到汪雨清的办公室。

"龚董事长，您好！"汪雨清热情地与龚永生打招呼。那次马为民带领他们几个在香港考察，一段时间的朝夕相处，关系还是不错。

"嗯。汪雨清，在忙什么呢？"龚永生回应的时候看见了脸色绯红的于珊，眼睛盯着汪雨清。

汪雨清明白龚永生眼神的意思，赶紧介绍道："这是我的女朋友于珊，在铁路局团委工作。"

接着他郑重地把龚永生副董事长向她的女朋友于珊介绍："这位是我们公司龚董事长，主管全面技术工作，高级工程师。"

"董事长好！"于珊被爱情差不多熏陶成了懂礼貌、不冒失的青年女子。

龚董事长显然对于珊的表现很满意，笑着说道："汪雨清你小子真行，女朋友很漂亮嘛。"

青春无丑女，以龚永生50多岁的年纪来看，于珊自然是相当漂亮的。

汪雨清听了特别高兴，连忙说道："谢谢，谢谢董事长。"

于珊暗自高兴，男人说她漂亮的场合特少，能够得到龚永生副董事长的赞美，也可以高兴好几天。

"龚董事长，要找点什么材料吗？"汪雨清问道，很平和，很热情，很客气。

龚永生不住地点头，汪雨清和以前真是判若两人哪，这根本很难找到从前的影子，如果不是特别熟悉的话，换了以往，来这里找材料，汪雨清爱理不理。可是，因为他的资料收集得很齐，归档科学有序，大家要找什么还得忍气吞声。当然，现在变成了可爱的小伙子。

"是，小汪，我想看一看那次我们去香港考察带回来的那些资料。"龚永生说道。

汪雨清对那次的资料印象很深，也是很有收获的一次考察，可惜马为民董事长已退居二线。那次他们一起在香港收集了很多资料。外出考察对于领导者或者技术人员来说都很有意义，受益匪浅。

"好的，我来找。"汪雨清答应龚永生，怕冷落了于珊，忙安排道，"于珊，你稍坐一下，我帮龚董事长找个资料。"

"没事，你忙吧。"于珊通情达理地说道。她心里想告别，不喜欢看着另一个人忙碌，自己却无所事事。

汪雨清没有花多少时间就找到了当年一起去香港考察的全套资料。

"龚董事长，你看，是不是这个？"汪雨清把资料给龚永生。

龚永生随手翻了一下，感觉没有错，准备走人，可不能坏了年轻人的好事，就是人们常说的不能当电灯泡。

"好的，没错，谢谢你。"

"不用客气，龚董事长。"汪雨清送他到门口，于珊也跟着到门口。

龚永生与于珊打招呼："再见。"他喜欢汪雨清这个女朋友，是长辈对晚辈的欣赏与爱护。

"再见，龚董事长。"于珊热情周到、礼貌有加。

龚永生走出门外，留给他们俩背影。看着他花白的头发，汪雨清感觉到人的衰老，距离那次一起去香港考察，才两年多还不到三年的时间，龚永生的头发稀疏许多，腰板也没有当时直，果真是岁月催人老。青春的脚步总是那么快，对龚永生副董事长来说，那中年的步伐也是特别快。

龚永生走后一会儿，汪雨清和于珊可以恩爱了，反正吧，来资料室的人不会太多，再说，他们两个就算是接个吻或者更深入做点别的事情，年轻人光明正大谈恋爱，不偷不抢，也不会被追究得太过分。

于珊告诉汪雨清，她在铁路分局找过相关的人和部门，试着帮钟意联系工作或是探个路，但毫无收获。

"现在怎么这样子呀，好像做什么事情都要靠拉关系才行。"于珊发牢骚。

"中国自古以来就特别重视人际关系，说到底，它也是一种人与人之间的协调。生在中国，就要掌握这些处世之道。"汪雨清在女朋友面前好像能说会道。

"嗯，我是不是很没用呀。"于珊伤感地说道，不像平时大大咧咧的她。

看于珊难受的样子，汪雨清连忙安慰道："也不能这样说，有用没用不是一件事可以体现出来的，再说你已经尽力，雯雯和钟意会明白的。"

"可是钟意他怎么办呀？"于珊满怀忧患意识地说道，"钟意他辞职了，没有工作就是待业青年呀。"

"哈哈。"汪雨清忍不住笑了，有女朋友的爱情滋润，他越来越阳光。

于珊不解，看汪雨清的样子有些奇怪，埋怨地说道："亏你还笑得出来，事情都没成功，你应该和我一样难过才对。"

"那可不行，我可以和你分担痛苦,但不能和你一样难过。"汪雨清止住笑声，心平气和地说道，"珊珊，我当然希望你能帮钟意解决饭碗问题，然而哪里能这么容易，想怎么样就怎么样，愿望与现实不一致的情况多着呢。你不用太担心，以我对钟意的了解，凭他北大高才生的才华与聪明能干，离开了电信局，他会找到有好工作的地方，他在任何单位都会脱颖而出。"

汪雨清的言语中有对钟意无比的欣赏。于珊听进耳朵里去了，觉得他说得不错，心里好受很多。

"那还好点。"于珊说道，"雯雯有福气，找了一个好男孩。"

"你的意思是我不好吗？"汪雨清故意逗于珊。

于珊心情好了，也开玩笑道："好不好你自己清楚呢。"

"也是，半斤八两，青菜配萝卜。"汪雨清心满意足地说道，"反正你喜欢我就行。"

大大咧咧的于珊眼里荡漾着秋波，情意绵绵地说："是，和你在一起，我享受了爱一个人的滋味。"

听着这样的情话，汪雨清感动了，他把于珊拉进怀里，然后双手捧着于珊的脸，低下头，慢慢地靠近于珊。两人甜蜜地吻了起来。

良久，两人终于分开，因缺氧太久，都深深地吸了一口气，而后相视一笑。

"走吧，我们到雯雯那里去。"于珊恢复了她开朗大方活泼的性格基调，拉起汪雨清的手说道。

张雯雯办公室的门敞开着，她正在忙着一个广告策划，拿着笔在纸上勾画着，一幅全神贯注的样子。

于珊把一根手指放在唇边，示意汪雨清不要出声。她蹑手蹑脚地走进办公室，靠近张雯雯时，突然双手一拍，"啪"的一声，把张雯雯吓了一跳。

张雯雯用手拍着胸口，看清了是于珊，笑骂道："你个坏家伙，吓死我了。"

"雯雯！"于珊有些得意，"我是想给你惊喜，是你太认真，根本没有把来客放在眼里。"

张雯雯看见于珊后面的汪雨清，招呼他进来，随后说道："我说于珊，你可是重色轻友呀！以前你到了电信公司，都是找我来着，现在呢，先去见汪雨清，才来我这里报到，你变了你。"

于珊故意接着往下说："那是自然的，谁叫你让我认识了他呢。"

"对，看来这是我的错，我咎由自取。"张雯雯一副认栽的表情，"不过，错了我也高兴，只要你满意就行。"

"这还差不多。"于珊感觉很舒服，与张雯雯一起很舒心，她是女性温柔的代表，于珊正好可以进修学习一番。

"好了，你们坐，我来泡茶。"

"行呀，我们也不客气了。"

"本来就该这样。"张雯雯说道。

于珊和汪雨清在沙发上坐下，张雯雯泡茶，三个人边喝边聊。

"雯雯，我到铁路局去问了，他们都说暂时不需要进人，团委、办公室、工会、票务组等这几大块我都去跑了一趟，他们说得看以后再说，目前没有进人的计划。"

"辛苦你了。"张雯雯对于好友的帮忙很是感谢，尽管没有成效，"谢谢你。钟意说不用太着急，他自己也在想办法。"

汪雨清说道："我想也是这样，钟意聪明，主意多，会有办法的。只是本来前途一片光明，这新来的董事长排斥异己。"

张雯雯听汪雨清说新董事长的坏话，忙看了一下四周，好在并没有发现异常情况，不过她还是提醒道："可不能说这样的话，虽然现在提倡言论自由，但这种没有足够依据的话让它烂在肚子里吧。"

没心没肺的于珊同意好友的看法，对汪雨清说："是呀，雨清，闲谈莫论人非，静坐常思己过。"

"嗯，我虚心接受。"汪雨清说道，"我想钟意不在电信公司，或许也是好事，毕竟他的专业在这里得不到最好的发挥。"

"你不说差点忘记，钟意是北京大学的中文专业高才生，这样的名牌大学毕业生，加上他本就聪明，离开这里，可能更有出路。"张雯雯也赞同，"只是，要花时间去找单位，要时间去熟悉新岗位。"

"和你的男朋友交道不多，但感觉他不是一般的人。"

"难道是超人呀？"张雯雯当然喜欢听人说男友的好话，却故意反说，希望听到更多更实在的漂亮话。

于珊果然满足她的精神需要，不过也确实发自内心："如果有超人，钟意就真是超人；如果没有超人，那就是接近超人，总之他是超一流的。"

张雯雯大笑："汪雨清，你不会吃醋吧？"

"不会，不会。我也是差不多一样的想法。"汪雨清答道。

"你们还真是天生一对。"张雯雯兴奋地说道。

第二十六章　女孩儿关心着他

　　张雯雯说想请于珊和汪雨清吃饭，以表达她的谢意。于珊不同意，说无功不受禄。

　　"于珊，你什么时候变得这么客气了，以前很少见你拒绝。"

　　"不可以变吗？"于珊以之前少有的柔缓说道，"我觉，得向你学习。再说呢，汪雨清说要去外面办点事，我得陪他去。"

　　汪雨清是聪明人，他明白女友在以他做挡箭牌。他也特想和于珊在一起，恋爱到他们这种程度，恰好到了喜欢两人独处的阶段，这个时候，对于朋友会有些疏远，也很正常。

　　"是不是呀，于珊，你以前可都是叫我陪你逛街，陪你做什么的。"张雯雯笑道，"有了汪雨清，不需要我了？"

　　"不需要了。再说呢，你有钟意。"于珊表现得很体贴人，"钟意一下子闲下来，你得多陪陪他。雯雯，你和钟意是天作之合，帅哥美女，我和汪雨清有缘相逢。我们共同珍惜。"

　　"嗯，于珊，你说得好。你去吧。陪汪雨清好好办事。"张雯雯点头道，"汪雨清，于珊就正式全部交给你，她有些粗心，你帮我多留意点。"

　　"会的。张雯雯。"汪雨清人很实在，他尽量不直接说谎，"那我们走了，再见。"

　　张雯雯看着于珊和汪雨清肩并肩亲密地走在一起，感慨良多，爱情是世上最美好的感情，她让不可理喻的汪雨清成为一个知书达理体贴人的好男孩，她让大大咧咧、对爱情不抱幻想的闺密沉醉于男孩女孩爱的纠缠中。

汪雨清与于珊两人在门口打了一辆出租车，来到位于省电台附近的一家咖啡店。这是汪雨清的主意，他喜欢咖啡厅的安静与高雅，在那里慢慢品着咖啡，与心爱的人说着情话，这是享受生活。

　　迎宾小姐把两人往咖啡厅里面带，厅里灯光是淡淡的橘黄，弥漫着丝丝暧昧。两边的卡座差不多满了，上方悬挂着精致的塑料葡萄，颇有点田园风光。

　　咦，前边的那男的很面熟，汪雨清很惊讶，不远处的卡座里坐着的男孩是钟意。难道钟意和这个女孩有约会，有一腿？这个钟意，看张雯雯那么痴情地对他，他怎么能够这样子，两人一起到这里喝咖啡。就在刚才，汪雨清心想，他和于珊在张雯雯的办公室，为了钟意工作的事情，张雯雯满脸柔情，无限投入。人呀，真是知人知面不知心。

　　于珊挽着汪雨清的胳膊，眼睛盯在汪雨清的身上，专心而沉迷。于珊没有注意到钟意的存在。他俩没有说话，在内厅服务小姐的带领下往另一个卡座走去。

　　汪雨清决定不告诉于珊他看见了钟意，还想着是不是换一家咖啡厅，可是他们已经到了卡座的位置，一时没有想到好的理由让于珊换地方。

　　那就只能见机行事，实在不能包庇钟意，也没有办法，谁叫他自己做得这么过分，在和张雯雯热恋的同时，还和这个美女约会。若要人莫知，除非己莫为。汪雨清在心里感叹道。

　　钟意不像汪雨清想得那么坏。和他一起喝咖啡的是刘芸，两人在街上偶遇。刘芸得知钟意工作的变故，说坐一会儿，于是一起到了这家咖啡厅。

　　刚才，汪雨清和于珊进来的时候，钟意正和刘芸说着话，没有看见两人。这会儿，钟意突然听到一个很熟悉的声音。他分辨了一下，嗯，这熟悉的声音正与服务员说着要喝点啥的事情。他们的座位距离汪雨清、于珊的很近，他看见这声音的主人原来是非常熟悉的汪雨清，而和汪雨清一起的女孩正是张雯雯的同学于珊。

　　"你们也来了？"钟意对着汪雨清打招呼，这么常相见的同事，名字都省了。

　　汪雨清见钟意大方地和他打招呼，为刚才的小心谨慎感到好笑，皇上不急太监急，人家钟意啥事都没有，还这么阳光明媚地招呼自己。这样一想，汪雨清没有了包袱，说话自然就放得开。

　　"真巧呀，天涯何处不相逢。"汪雨清还说出句古话来，让钟意大跌眼镜。

同在龙华市，至于这么夸张吗？

"是呀，是呀。"钟意附和着，"没想到，你俩也到这里来了。"

钟意这时对刘芸说："我的同事，介绍你认识一下。"

"好的。"刘芸欣然同意。

他们起身走到汪雨清和于珊的位置。见他们过来，汪雨清和于珊也礼节性地站起来。

钟意先向刘芸介绍汪雨清和于珊。

他指着汪雨清，对刘芸说道："这位是省电信公司的汪雨清。"

接着指向于珊："这是汪雨清的女朋友于珊。"

完了就介绍刘芸，钟意对汪雨清和于珊说："这位是刘芸，东阳人民广播电台主持人、记者，栏目负责人。"

"很高兴认识你们。"刘芸伸出手与两位新朋友握手。

汪雨清与刘芸握手，并说道："我也很高兴认识你。"

于珊握着刘芸的手，说道："你的声音真好听，和你的人一样好。"她觉得刘芸集外貌美和声音美于一体。

"谢谢你。于珊。"刘芸很真诚地说道，作为记者与主持人，记忆力很不错，一下子就记住了对方的名字，尽管钟意只粗略地介绍了一下。

"那我们一起坐下喝咖啡。"钟意提议道，并用眼神请示服务员。

服务员此时还在桌边，刚才正为汪雨清他们服务着，听到了他们四人刚才的介绍，明白是怎么回事。

"行，没有问题。"服务员欣然同意，"你们先坐下，我待会儿把那边的东西搬过来，她指的是钟意与刘芸的用具，服务态度挺不错。

汪雨清认真地看了刘芸几眼，面前的她确实非常漂亮，头发剪成了短短的运动发型，皮肤很白很细腻，身材超级棒，这模样与张雯雯不相上下。钟意这人真有福气，那边女朋友美若天仙，这边还有这么美貌的女孩陪着喝咖啡。真是羡慕死了。然而，看着身边的于珊，她给自己带过来多少欢乐呀。人可不能贪心不足。

钟意、刘芸、汪雨清、于珊四个人一起喝着咖啡聊天。在环境幽雅的咖啡厅里，每人都比平时温柔许多，即便像于珊这样性格开朗说话音量大节奏明快的女孩也成了真正的淑女。

汪雨清和于珊进来的时候，钟意与刘芸也进店不久，并没有聊多少内容。这会儿，钟意是大家都认识的人，再加上他很有领导魅力，自然成为四人中的核心，话题也以他为中心。

"钟意，我们从电信公司过来，刚还和雯雯在一起呢。"于珊对钟意说道。以前，在她还没有和汪雨清谈恋爱的时候，常去找张雯雯，偶尔见到过钟意，也算打过交道，因此直接和钟意说话。

"哦，没有叫她一起来？"钟意故意逗于珊，"以前你不是最喜欢和她在一起吗？"

"她说有事，不和我们一起来。"于珊回答道，声音很小。

"是，是。张雯雯她有事。如果知道你在这儿，叫她一起来就好了。"汪雨清故意这样说道，吓吓钟意。

"就是，那样的话，你们就会感觉到更光明了。"钟意说道，话里有含义的。

汪雨清明白那是电灯泡的意思，就是说张雯雯如果和他们一起，成电灯泡了。

"亮点看得更清楚。"汪雨清笑道。

刘芸这时看他们三个说得热闹，静静地听着，样子很文静，惹人喜爱。汪雨清再次感觉到她的内在美，外在美自不用多说。

刘芸明白张雯雯是钟意的女朋友，听他们聊这话题，心里有些酸味。她和钟意缘于火车上的偶遇，当时双方彼此印象极佳，还留下了单位地址，可是报到在新单位上班后，仅见过几次。这次在街上遇见，巧合的是在这里碰到钟意的同事，不难听出来，钟意与那个叫作雯雯的女孩关系到了相当好的程度。她在心里叹了口气，有些事情也只能随缘。对于钟意，她当然没有追求过，只是偶尔在心里想起过，出现这种结局也在情理之中。对于刘芸本人而来说，她的身边有许多的追求者。同时，还有那远在广州的张致远，虽说就只见过一面，然而，心中总有他的位置。

"钟意，我已经告诉雯雯，我在铁路局试过，没有帮你联系到岗位。"于珊想尽管对雯雯说了，还是当面和钟意说一下比较好，上次说找工作的事情，钟意在一起聊天的，"真的不好意思。"

"没什么，这很正常。如果真有那么容易找到工作，就不说是找工作，直接说换一个地方上班。"钟意说道，很坦然地。

刘芸明白了他们说的事情，刚才钟意告诉她，因为董事长退居二线，他已经辞职。她倍感惊讶，没想到换了一个董事长，对他影响这么大，她在心里想着要帮钟意一把。

"钟意你真是很想得开，换了我会受不了。"汪雨清感叹道，他对于钟意的坦然非常佩服，一个男人能够在大灾大难、重大挫折面前临危不乱，保持清醒与理智，很不简单。

刘芸在心里称是，以记者的见多识广，她的脑子快速旋转着，得想办法帮助钟意，尽管他本人不急，但是作为朋友，如果可以给他帮助，对她而言，是乐此不疲的。

对了，深圳、广州同为开放之地，既然在龙华市出了状况，那么，去那两个地方寻找机会，不是挺好的吗？刘芸心想，如果去广州，可以叫张致远帮忙。在刘芸的心中，虽和张致远见面不多，但感觉常有牵挂。

张致远是一个热心的男孩儿，记者兼作家，更兼在广州一份全国知名的期刊任职，接触面很广泛，朋友想必也多，假设托他替钟意联系广州的岗位，或许希望比较大。刘芸这样想着，也就说了出来。

"钟意，你可以去广州看看，那里不比这边差，改革风同样浓厚，应该有机会。"刘芸很具体地给钟意提建议。

这是好主意！汪雨清、于珊听刘芸这么说，有茅塞顿开的感觉，都说好男儿志在四方，离开龙华市，难说钟意更会找到发展的好平台。

"没错，可以去试试。"汪雨清表示着赞同意见，可是他想起张雯雯，转而提醒道，"可是，你若去了广州，雯雯那边不好办。"

"要不，叫雯雯和你一起去吧。"于珊说话不经大脑，脱口而出。

"这不太好，雯雯工作稳定而轻松，突然到那边去，会不习惯，加上两个人都辞职而去，很可惜。"汪雨清不支持雯雯跟着一起去广州。

刘芸明白这两人在对钟意说着他女朋友的事情，她也发表意见："我看钟意一个人先去比较好，到那边摸摸情况再说，如果确实有适合的岗位，再说其他的吧。"她避免了直接谈论钟意的女朋友，一者她不认识张雯雯，再者从内心深处，她不愿意直接谈及钟意的亲密女友。

钟意对刘芸充满着感激，她不多的话语，无不发自她内心对于自己的关心、体贴与朦胧的爱意。她的建议得到了钟意强烈的共鸣。

他在这一刻下定决心，对面前三个关心他的人说："对，就按你们说的，到广州去看看。"

"不错，树挪死人挪活，祝你好运！"汪雨清端起咖啡当美酒，居然与钟意碰了下杯。

于珊也不甘落后，同样拿咖啡当美酒，对钟意说道："你放心去吧，雯雯我会帮你照顾。希望你开辟一片新天地！"

"你们俩呀，有夫妻相，现在越来越像。"钟意笑道。

刘芸看他们激动完了，也出场说道："钟意，看来我们达成了一致意见。好好计划，早些动身。"美丽的刘芸说起话来，无比动听，如果于珊不在身旁的话，现场的汪雨清也会动心。

四人分别的时候，汪雨清和于珊先要了一辆出租车离去。钟意和刘芸在后面目送他们远去。然后，刘芸没有急着要出租车，她对钟意说了张致远的情况，让钟意到达广州后找张致远帮忙，那样事情会更顺利。钟意牢记在心上，感谢眼前这位美丽女孩的细心与柔情。

第二十七章　来到青春的城市

钟意与刘芸告别，两人都有些依依不舍，轻轻地拉了一下手，还是得说再见，只是此去经年，不知何日会重逢。同在龙华市，算起来见面也没有超过五次，将来，一个龙华，一个广州，要见一面已是相当不容易。

"钟意，你到了广州就去找张致远，他会全力帮助你，这点我绝对相信。我希望你在那边很快适应起来。"刘芸祝福道，"下次再见到你时，但愿你能给我最好的消息。"

钟意被刘芸感染，信心满满地说道："会的，一定会的，凭我钟某人的本事，加上刘大人你的帮衬，想不成功都难呀。"

送君千里，终有一别，在他们送来送去之后，刘芸含着热泪乘车走了，钟意用目光送她。这女孩，对人真好。

张雯雯得知钟意将去广州的事情，心里突然好空，陡然间失落感涌上心头。"钟意，你决定了是吗？"雯雯多么想让他留下来呀，"你不去那边，就在龙华行吗？我真舍不得你走。"

钟意揽过她的腰，亲吻了雯雯的脸，而后说道："雯雯，我也舍不得你。不过，如果不换个地方，在这里总会有阴影，它阻挡着我前进的步伐，就好像总有点儿沙子进到眼里的感觉。"

话说到这里，张雯雯重重地点头，那眼里的泪水滴在钟意的鼻头，凉凉的。

广州白云机场，钟意走下飞机，这是他第一次来到广州，乘坐机场专线班车，钟意看着车两边飞驶过去的景物，那杧果树、荔枝树，那花花草草，全都是亚热带的风光景色，这与龙华市整体看没有太大的区别。这很好，不会存在视觉适应的困难。

广州，我来了，这是我的新天地！广州，给我开始新的生活！

钟意按照刘芸提供的地址前往华南杂论编辑部，去拜访编辑、记者、作家张致远。

华南杂论编辑部在广州市乃至全国知名度很高，钟意在广州街头随意要了一部出租车，只对司机说去华南杂论编辑部，司机一点犹豫或者疑问都没有，加大油门，开着车往前冲去。

不像一般的出租车司机那般健谈，这司机似乎不想说话，或许是心情不佳，或许本就沉默寡言，总之他没有和钟意主动说话。而钟意呢，一般也不太喜欢与陌生人主动搭腔。不过也好，静静地坐着，看看街上的人流、车流，心中对广州充满了期望。

10 多分钟后，司机把车停住，终于开口说话："到了，马路对面就是，我就不绕过去了。"

钟意透过车窗看见了华南杂论杂志社的大楼，真是厉害，一个杂志社有一幢漂亮的大楼，这就是金字招牌。走过去还得绕一大圈。也不知司机有什么原因，如果开到门口多方便。

虽说对司机有些不满意，可钟意还是爽快地给了车费，并不去提醒或者计较，毕竟，已经很接近目的地了。

走了几分钟路，钟意来到华南杂论杂志社大楼。门口的保安示意他出示证件。验明正身后，保安同意他进入大楼，但还得详细登记一下，从哪里来，来做何事，看何人。钟意在保安递过来的登记本上写道：东阳省龙华市，拜会张致远编辑。

保安只是履行职责，加上对钟意第一感觉不错，见他又遵守指令，把该填的项目都填了，很客气地对钟意说："你请进去吧。"言辞极为恳切，一点都不勉强。

钟意在办公室没有看到刘芸所描述的像张致远的人，办公室里倒有不少的空位子，显然不是每个编辑都同步上班，有人值班，有人请假，有人外出，不满座是正常的。

看来得问一下，钟意俯身问一个靠近门口的工作人员。这是一位女士，大概 30 多岁。听见钟意问她，她受惊似的抬头，眼睛很大，带着点点恐惧，显然刚才她在专心工作，没有注意到钟意，这下被钟意的招呼吓了一跳。

"大姐，请问张编辑在吗？"钟意问道。

"张编辑？你是说张致远吗？"看来办公室里姓张的编辑不止一人，所以女同志才会这么说，不过，从她的话中可以听出来，平时来找张致远的人肯定不少，一定比另外的姓张的人要多。

钟意赶紧回答道："嗯，是的，是张致远编辑。"

确定了来客要找的人时，女同志不无遗憾地说："嗨，你来得真是不凑巧，张致远他刚走不久，大概就两个小时吧。这时，可能已经在飞机上。"

怎么这么不凑巧呢？差不多可以叫失之交臂。钟意想，反正什么事情都可能发生。那就看看他什么时候回来好了，如果不行的话，咱再想别的办法。

"那麻烦你问一下，张编辑他去哪里了？可以告诉我吗？"钟意想看能否最终找到张致远。

女士盯着钟意看了几秒钟，许是觉得钟意这人长得帅气，举止文明，对他更客气起来，详细地告诉他关于张致远的事情。

"下面一个县发生一件大事，好像是有人聚众闹事，在派出所静坐示威，据说起因是一对男女恋爱纠纷，由于女的跳河自杀，所以事情就大了。我们领导叫他立即动身去采访，争取出个大专栏。时间短的话，两三天回来，时间长的话，一个星期也有可能。"

钟意点点头，表示感谢。他注意到有几位工作人员朝他们这边看过来，他明白是由于女士说话的声音偏大了点，而恰好说的这事儿又带点机密的味道。

他与女士告别，走出了《华南杂论》杂志社大楼。莫非真是好事多磨？千里迢迢过来，要找的人却临时有事情被抽调外地。虽然只有几天时间，可是干坐着等他回来，也绝对是考验耐心的事情。

既然这样，那不妨多到外面走走看看。钟意想起深圳作为全国首个经济特区，距离广州不远，何不去那边看看，改革开放在全国广泛实行以来，内地许多高级人才前往深圳，形成"孔雀东南飞"的壮观景象。正因为这样，当时深圳遍地都是人才，经济呈现跨越式发展的态势。

钟意从报纸上得知了这些情况，那么现在来了广州，何不去深圳一趟。再说呀，以深圳灵活的用工方式，高速发展的经济，或许就在那边求得一个工作也完全可能。

想到就做，钟意直奔广州火车站，买了去深圳的车票，发现还有半个小时，正好肚子有些饿了，就近在车站一家小店吃了一碗面。深圳是中国改革开放的奇迹，由一个小渔村在短短的十余年时间，发展成为中国最具活力的现代国际化大都市，其声名甚至超过老牌名城广州。深圳作为一个年轻的城市，处处闪现着人们青春的身影。

走上深圳街头，钟意感受到扑面而来年轻的气息，放眼望去，高楼大厦，鳞次栉比，绚丽的玻璃幕墙昭示着这座城市的新、奇、特，街道宽阔笔直，车流密集但井然有序。深圳，果然名不虚传，伟人如总设计师，能够把一个小渔村勾勒得如此美

轮美奂，流芳百世。

钟意不是从家乡黄土地走出来的普通打工者，对于工作，他需要的是一个岗位、能够施展才华的平台，而不是饥不择食地随便找一个落脚的地方。他不仅有创造简单物质生活的需要，更有精神层面的追求。另一个现实的条件就是，他不是一无所有的应届毕业生，他的家庭有着过得去的经济基础，而本人在东阳省电信公司待了几年，处于效益好的单位，同时是重要的岗位，经济方面自然打下了一定的基础。

钟意坐上一路公共汽车，没有太明确的目的地，先在车上歇着，一边看路边哪个地段适合住宿，有没有适合的宾馆。

他这是头一回到深圳，事前没有做太多的调查与研究，觉得没这个必要，城市嘛，只要待上几天，坐几回公交车，自然就会有一个大概的了解。

公交车开出半个小时左右，钟意看见正对着街道口有一家酒店，名字叫着"月宫大酒店"，从酒店的气势与装潢来看，正符合他的需要，不是太豪华，属于恰到好处的那种。

正好公共汽车有月宫大酒店这一站，看来酒店老板颇有经营眼光，一般来说，能够把酒店名称挂上公交路牌，对于酒店的知名度提升大有好处，也着实为想食宿的人提供了方便与实惠。公交公司也可以趁此机会收些费用，当然，酒店的名气也要有个大致的响亮，不然，上了公交站牌，谁也不知道是哪个位置，也就谈不上有什么作用。

钟意迈步走向月宫大酒店，自动玻璃门在他面前打开。他昂首挺胸地进入酒店大堂，大堂宽敞明亮，两侧靠墙处放着长沙发，褐色的皮面，显得高贵典雅。

　　服务小姐脸上布满了笑容，柔声细语地对走到服务台的钟意说道："先生，你好！"

　　"你好！"钟意礼节性地回应，而后问道，"有空房吗？"

　　"有的，请问先生要标间，还是豪华间，或者是套房？"小姐不紧不慢地问道，令人好感顿生。

　　"我要个标准间。"钟意答道。

　　"哦，好的。"服务小姐打开房客登记本，看了几秒钟后说道，"对了，还有三间标准间空房，分别在三楼、四楼，你需要哪一楼的？"

　　"我想要安静一点儿的。"

　　"那就四楼好了。"

　　"行，登记吧。"钟意掏出身份证。

　　小姐接过钟意的身份证，看了一下证件然后看了一眼钟意，大概是在做比对。

　　"请问先生大概住多久？"

　　"目前还不清楚，住多久算多久吧。"钟意心想这时间还真定不下来，一是找工作的时间确定不下来，再者也不知道这酒店住着能适应吗，如果不适应，住一天或许就要换地方。

　　"我们酒店的收费有别于其他酒店。"服务小姐介绍道，"像你要的标间，第一天房价是 500 元，第二天是 450 元，然后每天都减去 50 元，第六天 250 元，这时房价是对半开，就会很合算，接着住下去就更是物有所值，到第十天免费赠送一晚。然后，如果还住下去的话，就重新开始新一轮的房费递减。"

　　钟意很认真地听小姐介绍完详细事宜，这是第一次听说有这种收费方法，以前在书上看过国外有酒店开展一些特别的业务，但像今天这种方式还从没有听说过。

　　"行，那我就先打算住十天吧。"钟应想如果到时不住，退费应该是可以的。

　　"好的，请你交 5000 元押金。"服务小姐说。

　　钟意已经在脑子里转了一圈："总共房费还没有这么多呢。"

　　"哦，是这样的，你交了 5000 元押金之后，才能享受我们的打折优惠，这

5000元不会全部花掉，会在以后的日子，根据你的住宿情况，花多少是多少，没用完的全部退还给你。"

钟意明白了是怎么回事，从钱包里抽出50张百元大钞。

服务小姐收了钟意的钱，然后给钟意填客房登记卡。

这是到深圳的第一天，这个城市的一切对于钟意而言，都还是陌生的，就更谈不上了如指掌。

钟意在月宫大酒店餐厅吃过晚饭，看天色尚早，沿着酒店院子散步。月宫大酒店占地面积不小，估计有一万平方米，所以假山、喷泉这类景物全有，更有高大的棕榈树、玉兰花等。玉兰花正开着花，浓郁而清新的香味飘荡在空气中。

当夜幕完全降临后，钟意回到酒店客房。房间挺不错的，500块钱一晚，是普通人半个月到一个月的工资。床上用品齐全，被子、床罩质量都是一流的。房间布置得很漂亮，有落地窗帘，视觉效果很好的彩电，还有强劲的空调。

洗浴间面积不小，估计有十来平方米，放了一个大大的浴缸。先洗个澡吧，然后再舒服地看看电视，给雯雯打个电话。对呀，也得告诉刘芸一下，她把她的朋友介绍给自己，存心要好好帮助他，尽管没有见到张致远，但刘芸这份心思很让钟意感动。

钟意脱光衣服，看着自己健壮匀称和身材，他有些自豪，一份付出一份收获，非常正确，要不是早年坚持体育锻炼，苦练肌肉，自己现在哪能有这么自豪的身体状况呢。

钟意洗完澡，泡了一杯茶放在床头柜上，然后就躺在床上欣赏电视节目。节目频道不是太多，但是可看的内容不少，这主要是他涉猎很广，虽然是文科学生，但是天文、地理、生物、经济钟意都有所涉猎，也就能够看懂、听懂。

这时，电话响了，是谁呢？好像没有告诉别人自己住的酒店呢，给张雯雯、刘芸的电话都还没有打呢。应该是酒店打的吧。

钟意接了电话："你好。"

"你好，我是服务总台的。请问你需要闹钟叫醒服务吗？如果你需要的话，你现在要告诉我们你的房间号码，然后我们会操作演习一遍。"

酒店的服务真周到，不过，钟意不需要他不急着找工作，更没有上班，早一点儿醒来就早吃饭，晚点就不急着吃，反正自己的时间完全归自己支配。吃过早饭，再外出联系工作等事宜。

"谢谢。我暂时不需要。"

"好的，那你忙，如果后面有需要的话，你再打总台的电话就可以。"

钟意挂了电话，看了一会儿电视。想起给爸妈报一声平安，拿起床头柜上的电话，想起是酒店内线电话，打电话给前台，服务小姐告诉钟意只要开通长途电话功能就可以拨打长途。

服务小姐随即给他房间的电话开通了长途呼叫服务功能。钟意给家里打电话，通了。钟意和他们说了在深圳的事情，一家三口聊了一会儿。爸说："钟意，你好好干，保重身体。有事随时给我们打电话。"

第二十八章　分别是为了相聚

　　张雯雯接到钟意的电话很是高兴，分别才10来个小时，却感觉过了好久好久。其实，早上她和钟意在一起，并且她到龙华市国际机场送他登机。时间是一个相对的概念，正可谓春宵一刻值千金，热恋中人恨不得分分秒秒在一起，对于热恋中的女孩子尤其明显，最想做的事情就是和男朋友待儿一块儿。

　　"钟意，我好想你呀。"雯雯接到钟意的电话，立即对着话筒娇柔地说道。

　　"雯雯，好想你在身边。今天早上要是带你一起来就好。你看我现在，我一个人远离故土，一个人在这边好孤单。"钟意情意绵绵。

　　"有句话说分别是为了相聚，我看很有道理，仔细想想好浪漫呢。我的情哥哥，你现在做什么呢？"雯雯关心地问道，"吃晚饭了吗？"

　　"吃过了，我现在躺在宾馆的床上给你打电话。"钟意换了个姿势说道。

　　"那你很会享受，打个电话还要躺下来。"

　　"不是享受，是想你呀，习惯了和你躺着说话。"钟意色色地说道，"雯雯，你猜猜我现在在哪里？"

　　"你不是说你在宾馆吗？那还用回答？"

　　"我是问你我在哪个城市？"

　　"咦，难道你不在广州？"雯雯听出了钟意的话外音，很聪明地问道。

　　"对极了，我不在广州。"

　　"那你是在东莞吗？"雯雯问道，她看过广州地图，知道距离广州最近的珠三角城市是东莞，因而这样回答道。

　　"猜错了，我现在深圳。"钟意不让雯雯再猜下去，一个回合后就直接告诉雯雯，并解释道，"反正深圳距离广州不远，我到这边来看看。"

"嗯，你感觉哪里好就在哪里吧。"雯雯叮嘱道，"你安排好就是，千万保重身体，注意安全。"

"好，我会的。"

"那你早些休息，旅途很累，好好睡觉。"

然后两人在电话里吻了几声，放下电话。

钟意随后给刘芸打电话，和她的交往次数很少，感觉两人像朋友，但又比朋友间更多些关心。刘芸对自己的关心发自内心，无比浓厚。奇怪的是，他和刘芸没有足够的缘分成情侣。

刘芸对张致远外出采访表示非常遗憾与意外，本想给钟意提供一些帮助，却没有想到反倒让钟意白跑了一趟华南杂论杂志社。

"钟意，太对不起了，让你白费时间。"刘芸向钟意道歉。

"嗨，刘芸，我知道你是想帮我。这事哪能怪你。张致远他临时有事，走得匆忙，是我没有这样的好运。我到深圳了。"

"你去深圳了？"刘芸说道，"你干劲挺足的，也不怕累。"

"还好，来广州时坐飞机，再从广州坐火车来深圳，也不用花太多时间。"

"那就好，方便的时候再找他联系。"

与刘芸通过电话后，钟意看了一会儿电视，困意袭来。既然这样，那就睡吧，随手关了电视。

熄了灯，躺在床上，看窗外，城市的光芒透过窗帘射进来，光线充足，充足到看不见窗外星星的眨眼、月亮的守候，尽管这个酒店叫作月宫大酒店。

深圳是一个美丽的城市，白天很漂亮，夜晚灯火辉煌。深圳是一个寻梦的城市，一个新型的城市，一个寄托希望的城市。已成过去，在龙华市的美好记忆；已成过去，在龙华市的无奈日子。深圳，要开创一个新的纪元；深圳，要在这里开始新的征程。钟意躺在床上，父母亲人、雯雯、刘芸，一张张亲人、朋友、知己、恋人的脸靠自己是那么的近。人呀人，不论身在天涯还是海角，亲人朋友随时都相伴在心中。

钟意在美好的想象中迷迷糊糊睡着了。突然屋里的电话响了，他把手伸向床头柜，拿起了听筒。

"先生。"电话里是一个娇滴滴的女声。

钟意被这声音弄清醒了，正准备问是谁时，电话里的女人再次用那娇滴滴的声音说道："先生，您是一个人吗？"显然，她刚才见钟意没有说话，以为他在犹豫。

他知道这是宾馆酒店里常有的电话拉客，他一贯的做法是直接拒绝，挂断电话。

"对不起，你打错了。"钟意说道，然后挂了电话。

一夜无事，钟意一觉睡到大天亮。醒来时，窗外阳光明媚，阳光在窗帘上形成斑驳的花纹，屋里特别亮堂。深圳的第一夜是香香的第一夜。

既然时间晚了，钟意也就不打算吃早餐，待会儿早些去吃午餐，把早餐、午餐一起给解决，高效、节约、环保三合一。

中餐过后，钟意从月宫大酒店站登上公共汽车去市中心，先熟悉深圳的整体情况，然后看看有没有合适的工作。

下午的时间很短，钟意在市政中心转悠了一番后，天就渐渐有些暗了。得，回酒店去，今天再住就是450元一晚，相当于赚了50元。

在公共汽车等待发车的时候，卖报的一个中年男子大声叫嚷着"晚报，晚报，北京市委原书记判刑入狱"。

乘客中不时有人掏钱买下晚报，钟意也随手要了一份，并不是想看什么高官判刑入狱，而是弄一份报纸，用来打发乘车时间，那是最好不过。如果遇上堵车，有份报纸，才会感觉堵车没有那么难熬。

还真是预感很对，在返回月宫大酒店的途中，钟意和全车的人遭遇大堵车。本来，深圳的交通与道路状况在全国大城市来说是相当不错的，堵车发生的概率并不多。这天的堵车缘于两辆小汽车违规抢道，互不相让，出事后双方没有大吵大闹，心平气和地等待保险公司来处理，就是害苦了走在他们后面的汽车上的人们。钟意就是这意外事件的间接受害人，所谓"城门失火，殃及池鱼"就是这个意思，就是最直观的描述。

看报，买了报纸就发挥这么重大的作用，实在是太有远见。或许正是有了这么多份晚报，整个公交车竟然没有人埋怨什么，好像公交车在正常运行。

钟意看报纸的速度平常是挺快的，快就快在平时看报都拣重点的看，走马观花。这回，也是首先浏览一遍，醒目的、重要的内容差不多在半个小时就全部看完。

不过，道路还在堵塞中，保险公司已经来人，责任认定已经做完，正在给受损的汽车拍照，一旦拍照完了也就可以把出事车辆移车，道路恢复畅通。

钟意这时注意到了一则招聘启事，正是那一分钟的时间，给了他到深圳后的工作机会。

在分类广告栏里，钟意看到了一则招聘老师的启事，核心内容是"某中学招聘语文老师一名，要求名牌大学中文系毕业，年龄、性别不限，福利待遇面试时面谈"。

哟，这启事几乎就是为钟意量身定做的，因为年龄、性别不限，他身上怀揣的北京大学中文系汉语言文学专业的毕业证完完全全符合启事上的要求。

行，当老师似乎也是不错的选择嘛，"师者，传道授业解惑也。"几百年前的唐朝文学大师韩愈老先生就对老师的职业做了精辟的论述。古语中尚有"天地君亲师"的排序，这老师可是上了光荣榜的。咱就当老师去。钟意这样想着，把报纸折叠好，明儿个拿着报纸面谈去。

这时，前方的交通事故处理完毕，道路恢复畅通。钟意心情愉快地听着广播里的歌曲，一路顺风回到月宫大酒店。

晚餐，钟意在月宫大酒店自助餐厅解决。钟意对于自助餐比较喜欢，因为可以吃自己喜欢的东西，而且吃多少用拿多少，经济、环保、卫生。

解决了吃饭问题后，钟意像昨天一样，在月宫大酒店的院子里散步，放松自己。想着今天在公共汽车上看的报纸广告，如果真去做一名老师的话，与孩子们打交道，也挺有意思。不过，最好能够教高中以上年级的学生，那样交流会更好些，如果是初中生，尤其是初中低年级的学生，感觉像进了幼儿园，那适应起来会比较困难。对方既然只说是中学，没有明说是高中还是初中，那应该就会既有初中又有高中，再说呢，要是没有高中部的话，就算他们想招人，咱不去总是可以的。反正不是那么急的事情，总得找一个相对称心的工作。

钟意想，在东阳省电信公司工作了四年，做着董事长的秘书，以及董事长助理，多少也算是一个官路中人。但命运坎坷，在官路上没走多远，就被一阵强风给吹下来，还远离家乡来到深圳。人有时候像蒲公英，会随风四处飘散，也但愿像蒲公英，落到哪里能在哪里萌芽再生，不管落在何处，有自己的春天就好。

按照通常的季节划分，此时应是深秋时节，当然在中国南部的深圳，在月宫大酒店的院子里，四处还是叶子繁密，墨绿一片，自是感受不到深秋的气息。绿叶多，氧气自然会多。钟意心想，世上有氧气和二氧化碳这两样东西，昭示着植物与人类互相提供所需，是真正的双赢，所以，人与植物当最能和平共处。想到这里，钟意不自觉地笑了，双赢多好哟，任何时候，任何竞争，如果能够达到双赢，能够让争斗的双方看到双赢的希望，那么双方都将快乐，然而，事实证明太难。东阳省电信公司现任董事长谢玉石上任后对于前任马为民董事长的人马进行清扫，自己的人生之路不幸跌入低谷。

不去想太多，踏实做好身边的每一件事。钟意想，只有真正强大了，才能够用智慧与力量去战胜丑恶，去实现自己的理想与目标。

回到宾馆房间，钟意洗浴完毕，泡了杯茶，边看电视边品尝着。

第二十九章　北京大学的光环

这晚，钟意美美地睡了一觉，白天堵车途中看到的好广告，可能会发挥作用，工作似乎在向他招手。

钟意早上醒来，天刚蒙蒙亮，虽然睡得时间不算很长，但睡眠质量高，就觉得神清气爽。他伸了个懒腰，活动筋骨后，起床穿衣、洗漱。

饭后回到房间，钟意拿出印有招聘广告的报纸，找到那家招聘中学语文老师的学校。广告里学校没有留下名字，只有联系电话。看了一下酒店大堂的钟，才7点半，这个时候，不知人家上班没有。想想好像也没有别的什么事情可做，今天应聘的事优先办理。管它呢，打个电话不浪费多少时间，没有接就算了，有人接就问问如何去和他们接洽。

电话通了，铃响很久没人接电话。看来，真没有上班，等等再打。一刻钟后，钟意再次打通电话，他属于雷厉风行，说干就干的人，不喜欢拖拉。这次，终于有人接电话，电话里传来一个男人的声音，好像还带些喘气，显然是跑过来的。

"您好！"男人非常客气，对于尚未谋面的电话来访者使用尊称。

钟意听出来了对方的客气，受着对方的感染，他同样尊称对方："您好！"有人接电话就好办了，钟意感到高兴，很愉快地说道，"我想了解一下贵校招聘的事情，不知您现在有空吗？"遵照心理学的规律，人在没有见面之前，礼貌文明很重要，但是在开始两句话表明了就行，更重要的是要让对方了解你的目的，才能事半功倍，听一个陌生人唠叨或者说些不着边际的话，听的人没有耐心。钟意清楚地知道这一点。

"您想来应聘吗？"对方问道。

钟意明白接电话的人应该是主管这项工作的人，如果是与自己不相关的事情，通常不会主动揽下来。

"还可以报名吗？"钟意没有直接回答，但这样的意思很明确。

"当然可以。不过，今天是报名的最后一天，也是面试的日子。"

"那就是说如果要来应聘，今天就得到贵校来？"

"说得对，因为报名的人不少，所以校长会组织一个面试小组，进行现场面试。我们只招一个人，你要有思想准备。"

"谢谢。那我如何才能到贵校？"

"您可以打出租车过来，或者是乘坐9路、12路、99路公交车过来。我们学校叫环宇中学，出租车司机都会知道，公交车在这边都设有站点。"

"好的。"

"面试将在10点举行。你现在就过来吧。"

钟意觉得深圳的效率就是高，当天报名截止当天面试。好哩，这样好，繁文缛节那一套拖泥带水，浪费了不少人力物力。像这家学校这样，用公开、透明的制度来完成人力资源的匹配，真正做到高效、高质。

按照对方说的情况看，这老师一职竞争的人还不少，不管怎样，人多还是人少，都得全力以赴。

钟意在房间里稍稍做了些准备工作，主要是心理上的准备。他在想面试时人家会提哪些问题，应该怎么回答。就学校而言，把学生管理好，让学生们考试成绩优异，应该是学校比较关心的。做了几年的行政工作，钟意认为一般的面试肯定没有问题，就专业而言，他没有当过中学老师，经历方面肯定不足，但也不用担心，没吃过猪肉，还没有看过猪跑吗？从小学到中学、大学，也见过无数的老师为自己讲课。北大几年的熏陶，内在知识的积累让钟意相信，去做一个高中语文老师不说绰绰有余吧，起码是刚刚好。对呀，如果不是教高中学生，只是教初中的话，钟意决定放弃。

钟意出了月宫大酒店的大门，直接打出租车过去。本来，他喜欢坐公交车，那样空气好，视野宽，沿途可以观风景。这次选择坐出租车，他想趁着乘车的空档，听一听市井阶层对于环宇中学的评价，出租车司机的话代表着城市平民的广大阶层。

环宇中学接电话的老师说的一点没错，出租车司机听钟意说去环宇中学，立即敏锐地把计费器按下，麻利地掉转车头，往市区北面开去。

　　"先生，从外地来吗？"出租车司机问道。

　　"对，我从东阳省来的。"

　　"我没有去过东阳省，听不出你的口音。你的普通话很标准。"出租车司机说，打量了一下钟意，"你去环宇学校工作是吗？"

　　"没错。你对环宇中学很熟悉吗？"钟意问道。

　　"当然啦。在深圳市，我可以说，几乎没有人不知道环宇中学。"

　　钟意有些吃惊，一个中学居然会成为最知名的学校。

　　"为什么？"

　　"这很简单，因为环宇中学是深圳最好的贵族学校，也是最早的一家贵族学校。"

　　"那学生多吗？"

　　"学生倒不多，收费很高，一般的人哪里能够承受得起，都是些当官的、做生意的、华侨的孩子。学校由几个老板合伙投资，是私立学校。听说去报名的时候就要交学费、建校费等，相当贵，首先一次性要交10万元，然后每年得交2万元左右生活费、书本费、潜力发展费等，整个中学六年下来，说是得花费20多万元。啧啧，这不是咱们百姓家小孩上的学校呢。"

　　钟意听司机这么说，对于这个学校有了初步认识，那就是环宇中学绝对是深圳社会最富裕阶层的学校，是公子哥们的大荟萃，读一个公立大学的花费也比这个少得多。当然，如果能在学校工作，看来环境条件方面会相当不错。普通家庭的孩子都上不起的学校，那就是富人俱乐部，是富小孩的集体，是富爸爸们未来的寄托与希望。

　　社会随着改革开放进入快速发展的阶段，财富俱增，同时贫富悬殊也比较大。钟意想起小时候，大家伙都没有什么额外的收入，一起玩的小伙伴们的家庭条件都差不多，基本上，大家上一个小学、一个中学，除了后面高中时要凭成绩，其他的时候就没有更多选择的余地。

　　路途有些远，出租车走了半个小时，司机对钟意说："再转过一个弯就到了。"

“有二十几公里吧。”钟意估计道。

“二十好几，我这么快的速度都跑了半小时，当然，刚才在市区的时候误了点时间。市区容易塞车，加上有测速仪和探头监控，不能走太快。”

“慢点也好，安全比较重要。”

“好，到了，出租车不能进学校，你在门口下车，走进去就好。”

“没问题。谢谢您。”

出租车司机把车稳稳地停下，看了一下计费器，“给50元吧，回程只有放空了。”

钟意想这司机不贪心，打表40元只要50元，这么偏僻的地方，难有回城的客人，他爽快地掏出50元钱给司机，真诚地说道：“谢谢您指路。”

一下车，钟意看到了门口的欢迎横幅，上书“热烈欢迎各位才俊光临我校”，横幅的下面立着一个指示牌：参加应聘面试前请到人事部报到。

钟意向门前值岗的保安问了更详细的前进路线，因为是新建的学校，规划很好，标志也清楚，很容易就找到了人事部。人事部很安静，咦，不是说很多人来应聘吗？怎么没有什么声音？钟意有些疑惑不解，不会是对方接电话时故意制造紧张情绪吧。

在一个标有人事部的房间前，钟意轻敲房门。

“请进。”里面的男人说道，钟意听出来正是接电话人的声音。这是钟意多年来养成的功力，通常而言，打电话与面对面说话，声音的感觉是不一样的。钟意却能够很容易在两者之间找到联系。

钟意注意到门是虚掩的，推门而入。

“您好！”男人打量钟意一眼，用习惯性的礼貌用语说道，“您是来应聘的吗？”

“是，我之前给您打过电话。”钟意回答道。

钟意说话的声音和回答的内容让对方想起了是怎么一回事。

“您好，您好！”环宇中学的这位人事主管连用了两个尊称词，“我是这里的人事主管。”

“您好！”钟意不敢怠慢，“请问如何称呼你？”

“我姓周，叫我周主管就好。”

"周主管，您好！"钟意说着把包里的资料拿了出来，交给周主管，"这是我的个人情况介绍。请您收下。"

钟意双手递给周主管，周主管也双手接住，两人礼尚往来，充分体现着传统礼仪之邦的风范。

"您请坐！"周主管指着屋里左侧的沙发对钟意说道。

钟意遵照指示坐下。

周主管看着钟意的简历，才看了几行，抬起头细看钟意。

"你从北京大学中文专业毕业，"语气中带着欣赏，"以前在哪儿工作？"周主管问道。在内心里，周主管对于北大肃然起敬。

钟意的简历里写得很清楚，毕业后在东阳省电信公司工作，不知道周主管是官僚还是兴趣所在，他没有往下看，而是直接向钟意发问。

"我毕业后进入东阳省电信公司工作。"钟意眼观六路，耳听八方，自然注意到了周主管的情绪变化，那就是面前的主管对自己相当有意。也就是说，可能看中了钟意，有心把他招至麾下。

"怎么放弃了那边的工作呢？"周主管好像在为钟意惋惜，因为他清楚，电信在中国正是一个蓬勃发展的行业，属于国家级单位，论福利待遇，没有几个单位能出其右。

"说来话长，不过，我挺喜欢学校的，感觉做老师也很有意思。"

"那倒也是，我们学校是深圳第一好的中学，无论是环境还是师资力量都是一流的。很简单，深圳是全国经济的领头羊，是财富的集中地，而我们学校，更是财富的金字塔。越是经济条件好的人，越希望自己的孩子得到最好的教育，能够保持最强大的社会竞争力。"周主管是能说会道之人，侃侃而谈。

钟意这个时候乐意做一个倾听者，他知道，对方在他面前说得越多，表明对方越欣赏他、喜欢他。

"对了，钟意，你在电信公司做什么工作？你的专业是中文对吧？"周主管疑惑地问道，他感觉学中文的在电信公司似乎专业不对口。这差不多是大家的共识，都把大学几年的教育看作专攻，并没有认识到大学更多是教给适应社会变化的弹性思维方式。

"主要做董事长助理和担任秘书工作。"

"那是用你所长。"

"客气了。"

"钟意，你到这里来应聘，我们招的是高中一年级的语文老师，你看会喜欢吗？"周主管在心里已经打算定下钟意，所以这样问道。这天在钟意之前已经到达，前来应聘的有九个人，都在会议室等着校长和部分董事会成员的面试。但是周主管经过一些接触，在内心里有了基调，以他对刚才九位应聘者的接触，无论是学校名气，还是谈吐气质，他们没有一位能够达到钟意的高度。也就是说，只要钟意愿意留下来，以周主管对于校长与董事会成员的了解，再加上主管本人的喜好，钟意竞聘成功就是一定的。

听周主管说是招高中一年级的语文老师，钟意的担心就没有了，他不太想教初中的学生，这或许和他没结婚没有孩子有关，不太喜欢或者是不习惯和年幼的孩子打交道。

"我会喜欢。刚才我坐出租车来，正如你所说的，环宇中学在深圳的知名度如日中天，到这里发展，我想很不错。"

"对，有上升的空间。成绩优秀的老师有职务的晋升，还会分红、入股等，无论是个人发展还是经济效益都有想象的空间。"周主管鼓励道，"钟意，你到二楼会议室去吧，其他应聘的人都在那里等着，10点钟面试会准时开始。"

钟意站了起来，"那我不打扰您了。"

周主管离开了他的座椅，伸出手与钟意握手，一边说道："你不用紧张，就像刚才一样就行，面试很简单的。祝你好运！"

"借您的吉言，我去了，再见！"

"好，你去吧。"

钟意沿着楼梯走到二楼会议室。门没有关，里面坐了九个人，有人在聊着天，但是音量都放得很低，有人在翻看着什么书。在钟意进来的时候，八个人向他点头或用眼光示意，只有一个人可能是看书太投入，根本没有注意到他的加入。他们这下成为了十选一的竞争，这种竞争也是相当惨烈的。

待在会议室等待的九个人并没有意识到，因为钟意的加入，他们其实已经成为了此次竞争中的失败者，钟意的各方面素质很高，同时他的北京大学的金字招牌帮了他的大忙。一个民办中学，在目前的环境，在注重品牌战略的情况下，除非另外的人有独领风骚的绝对优势，否则的话就肯定会败在名校毕业生的面前。

刚才在人事部与钟意交谈的人正是环宇中学人事部主管周连才。周连才时年30岁，八年前自湖北师范大学教育系毕业，在天门县教育局工作五年后，想谋求更大发展，于是辞去教育局的工作，南下深圳求职，进入环宇中学，主管学生管理事务，工作积极踏实，富有创造性，深得校长与校董事会喜爱，在进入环宇中学两年后，获任人事部主管，正可谓年轻有为。

这次的语文老师招聘是由人事部主管周连才全权负责的。招聘启事自然是周连才拟定的，他之所以对于招聘语文老师的性别年龄都不作限制，而只写上"名牌大学中文专业毕业"这个既模糊又具体的条件，这样一来的话，他就完全可以根据应聘者的情况，在有招聘某位应聘者意向的时候，把这个条件具体化细化，为他和学校的选人用人留下很大的自主空间。

照说眼下正是一个学期的中间时段，通常是不招聘老师的。之所以会出现这种学期中招聘老师的情况，是因为高一年段一个语文老师获得赴美签证，要前往美国追随她的男朋友。这位女老师的男朋友在美国做博士后研究工作，从事机械物理的理论研究。虽然在环宇中学有发展的空间，福利待遇很不错，可是在男朋友爱情的召唤下，还有对美国曾经的向往，自然让她急着想早日去那边与心爱的人一起。

虽说合同中规定不能中途离校，或者是要提前两个月和学校说明情况，但是总会有意外的，况且女老师心甘情愿奉送1万元的违约金。倘若再不放她走的话，于情于理都说不过去。

女老师一走，虽说可以叫别的老师代课，但私立学校的突出特点是老师满负荷工作，通常来说一个萝卜一个坑，少一个人工作，教学就难以顺利开展。人事部主管周连才及时向校长与校董事会报告情况，并申请尽快招聘一名语文老师，这份报告立即得到批复。

时间接近10点钟，参加招聘审核会的校长、常务副校长、教务处主任、董事长助理陆续来到周连才主管的办公室。周连才待他们四位到齐后，与他们做了交流，极力向他们推介钟意。

"那依你的意思，我们是不是不用对其他人进行面试了？"教导处主任问道，话里带有一点点发难的味道。

　　周连才没有正面对抗，他先不回答，期待着有人支持他的主张。他想从平时的为人处事来看，校长应该会同意他的看法。不过，校长不宜首先表态，他得看看另外两个人作何想法。

第三十章　谜语之后见高低

　　环宇中学董事长助理不是学教育的，也不给学生上课，他的职责主要是处理一些日常性事务。他来参加面试，也主要是代表资方出席罢了，作个见证。

　　"我看周主管的意见可行，如果这位北京大学的高才生真如周主管说的这么优秀的话，我们就可以定下来，而找合适的理由把其他人打发走就是。"董事长助理说道。

　　常务副校长看了看周围的人，觉得该是他表态的时候，他清了清嗓子，圆滑地说道："周连才专搞人事，看人的能力很高，我想不会看走眼，现在定下来招钟意，也是可行的。但是，作为深圳市知名中学，民办学校，是有身份的单位，还是要把文章做透，不要让前来应聘的人说我们搞内定。也就是说，要让他们相信，我们是在面试考核后择优录取钟意的。"

　　首先发难的教导主任脸色缓和了下来，他感觉到常务副校长有支持他的一面，这就够了，看刚才几位的发言，接收钟意是很正常的事。

　　校长做总结发言，发言前他问周连才："周主管，你有要补充的吗？"

　　周连才摇摇头，还是说道："我的意见就是我开始说的那些，没有什么更多要补充。"

　　校长习惯性地喝了一口水，朗声说道："刚才听了你们大家说的，都是从学校的发展出发，说得很好。我个人认为，从我们的需要角度来说，钟意显然是最合适的，因为一个老师他的影响力不光是考试成绩。周主管办的事情都很漂亮，我支持周主管的意见，基本上我们就是要把钟意招进学校来。至于你们刚才说的，要善待那些落选的应聘者，我认为很有必要，绝对不能让人家说什

222

么走后门、托关系，等等。"

其他四人都点头称是。校长接着说："面试照常进行，我们也认真对待，待会面试结束后，我们五个人再汇拢讨论一下，如果其他人没有绝对优势的话，那就第一个录用钟意。"

10点整，环宇中学校长、常务副校长、人事部主管、教导主任、董事长助理五人来到二楼会议室。他们进到会议室的时候，里面的十名前来应聘的人都站了起来，恭候着他们五位的到来。诚然，不管出生在哪里，来到了人才荟萃的深圳，在好岗位万分难求的情况下，知名学校的教师岗位就比较理想。

周连才招呼着另外四人坐下，校长居中，常务副校长、教导主任分坐在他的左右，而董事长助理和周连才自己就是坐在最靠边的位置，他们两人都很年轻，在尊老爱幼的国度里，这是应该的。另外，周连才作为人事部主任，坐在外围会方便很多。

"好，大家请坐下。我先为你们介绍一下今天参加招聘会的领导。学校很重视人才引进工作，因此，学校领导、董事长助理都来这里一起参加面试大事。希望学校招到最优秀的人才。"周连才首先说道。

前来应聘的十人都很认真地对待面试，对于周连才的介绍用心地做着记忆。不过，一下子要记住这么多名字职务什么的也不太可能，有个大致印象罢了，此刻坐在他们面前的五个人都是至关重要的。

面试完全采取公开进行的模式，每个主考官各出一道题，可以由出题的人点名回答，基本上十个人都回答了五个问题。

常务副校长首先出题。他的题目是直接问询式，"请问你到环宇中学来的目的？"这问题似乎太简单，但他认为反应一个人的思维能力与未来潜力。

"找一个理想的工作环境。"一个人回答。

常务副校长对这个回答很不满意。

"喜欢美丽的校园。"另一个人说道。

这个回答同样让常务副校长失望。

"你说一说，来到环宇中学有什么目的吗？"常务副校长点名钟意。

钟意心想这个问题实在是太简单了，常务副校长之所以这么问，他的意图何在呢？从前面两人的回答看，很现实的、很直接的回答不会是满意的答案。

虽然人要诚恳，但是在某些时候得见机行事。

"学校是教书育人的地方，也是为人师表者实现个人抱负之处，好的老师择良才而教之，我想，环宇中学恰好具备这样的环境。"钟意其实并没有完全正面回答这个问题。

常务副校长很高兴钟意的回答，后面他让其他几位应聘者继续回答这个问题，但是很显然，他以为钟意的答案是最佳。

教导主任、董事长助理也先后向应聘的十人问了些问题，因为大家基本上先入为主，都认为钟意的答案才是一流的，当然他的答案确实优秀得很明显。

接着周连才问道："我现在的问题是，你们最喜欢的伟人或名人是谁？请说出理由。"

周连才要求大家从左到右一个一个接着回答。

左边的第一人回答道："我最喜欢的是成吉思汗，因为他让中国的版图最大。"

第二个人回答："我最喜欢的是里根总统，他让美国强大。"

……

"我最喜欢的是主持人明珠，她让湖南卫视名扬中国。"一个人回答道，这话让在座的不论是应聘者还是主考官都忍不住笑了。这样比较正式的场合推出影视明星，太娱乐化了点吧？

轮到钟意回答，他用不急不慢沉稳的语调回答道："邓小平是我最喜欢的伟人，因为他善于忍耐，目标坚定，为国为民。"

周连才频频点头，这人真的不能小看，不愧是北京大学出来的，有志向，有谋略。

最后是环宇中学校长的主考时间，他给大家每人发了一张小纸条，叫大家做一个题目，这是他刚才听他们的回答时写下的，其实他在每张纸条上写的都是同一个题目，猜谜语：一直两点（打一字）。

很快大家交上来了他们的答卷。

校长不到10秒钟就把答卷看完了，也在心中再一次肯定了钟意的当选。原因何在呢？十张答卷中，猜"真"字的有五个，猜"慎"字的有三人，还有一个猜"÷"，还有一个猜"六"。校长认为猜前面两个字的都算猜对了，但是，应聘者中真正注意到细节的人只有一个，那就是钟意，他写完答卷后见校长没有急着要大家公布答卷，而是叫周连才来收答卷，他立即把名字给写上了，而其他的人却无动于衷，正因为这样，十张答卷中，只有钟意写了名字。而钟意的答卷中，一个漂亮的"慎"字让校长异常高兴。好呀，周连才这小子，看人的眼力真是毒，真没有看错，钟意正是他们需要招收的人。

面试结束了，另外四位主考官退场，由周连才留在后面与各位应聘者做总结。

"朋友们，同志们，今天的面试就到这里。你们都表现不错，我们将进行综合汇总，然后决定面试结果，请大家先各自回去，三天后我们将在学校张榜公布。"

或许大家都感觉良好，总之在周连才的这番话后，十个人都自认为自己是最有希望入选的。人真奇怪，很容易高估自己，其实他们只要想一想，分析一下整个面试过程，就可以知道主考官们给了钟意那么多的肯定，除了钟意外，其他人希望不大，因为只招一人。这也就叫作不到黄河心不死。

钟意自我感觉是不错，但他并没有抱着必胜的想法，他相信天时地利人和，很多时候，个人的愿望不会与现实相一致。

他和其他九人走出会议室，与周连才打着招呼，说再见。他心里想，面试结束了，成败如何，三天后再来看榜，自然就会见分晓。

钟意随后到市区转了转，中午在街上小店随便吃了点东西，下午直接回到月宫大酒店睡觉，高强度的应聘消耗了储存的精力。

三天后，钟意前往环宇中学看榜。进了校门，他就在校务公开栏里看见了大红榜，上面写着：兹聘请北京大学中文系毕业生钟意为我校高一年段语文老师，恭候钟意老师的到来！

哦，这启事写得好夸张，对上榜者那是绝对的温情脉脉，对钟意这位成功者来说，那滋味当然好得很。

不过，在钟意之前，其他九人有的是打电话来询问，得知结果就没有来学校看榜。真正到校看榜的有五个人，这其中包括钟意。另外四人都比钟意早来，他们在这个大幅红榜前收获失意与失败的痛苦。人在世上，失败与挫折难以避免。失败是成功之母，这回败在钟意的手下，那么吸取经验教训，下回在其他场合或许胜出。

钟意尽管经历过风风雨雨，已然能够处变不惊，但是在十选一的竞争中获胜，依然很开心。他清楚环宇中学在深圳中等基础教育的地位，能够在顶尖的学校担任教师，教书育人，培养优秀人才。桃李满天下，也不失为人生幸事。

钟意步履轻松地来到环宇中学人事部。人事部主管周连才见是钟意到来，连忙起身上前，握着钟意的手，"欢迎你的到来！"

"谢谢！"

"很高兴我们能够成为同事。"周连才很喜欢钟意。

"我也是。"钟意表达着喜悦。

"坐下来说吧。"周连才说，"喝点茶，再说说你的工作安排。"

钟意坐下，等待着周连才的指示。

周连才给钟意泡上一杯茶。

"谢谢。"钟意接过茶说道。

"不用这么客气，钟意。"周连才说道，"我们作为民办学校，工作安排由董事会决策，工作效率被提到重要的高度，正因为这样，我们快速地进行招聘。现在，你成为我们的一员，将担任高一年段的语文老师，另外还要兼任高一（三）班的班主任，有困难吗？"

"困难倒没有，就是以前没有做过老师，有欠缺的地方希望您能帮助我。"

"你这是成心折煞我！那天你来应聘，我第一眼就觉得你与众不同，说真的，你的气场特别厉害，你无论做什么事情都会成功。你的悟性、观察力、细心超过普通人。那天面试之后，我和他们几个人交谈过，大家都对你有很深很好的印象，你的回答总能与众不同。"

"周主管，您过奖了！"钟意诚恳地说道，"如果真有这么厉害，我就不会离开东阳电信公司，而到深圳找工作。"

"古话说，天将降大任于斯人，必先劳其筋骨，苦其心志嘛，你差不多就是这种情况。"周主管显然对于钟意已经是喜欢到骨头的地步。

钟意不再谦虚，既然周主管都这样说，过于谦虚就是骄傲。

"我听从你的安排，尽全力带好一个班级，上好高一年段的语文课。"钟意表态。

"很好，这样吧，你明天就来上班。"周主管说道。

"这么快呀。"

"需要往后推一点吗？"周主管宽容地说道，"如果你来不及的话，也可以推迟一两天，我和学校董事会还有校长说一声就可以。"

"不用，我明天来上班。"

"对了，钟意，钟老师，你现在是我们环宇中学的老师。"周主管说，"你的宿舍我今天就安排工人进行整理，估计三五天时间你才能入住。这几天还得麻烦你自己解决住宿问题。"

"没关系，我现在有住的地方。"钟意很欣然地回答道。为什么呢？很容易理解，这回来到深圳，他选择了一个收费特别的酒店，他所住的月宫大酒店收费在一个住宿周期逐日递减，十天住宿到后面接近免费赠送。通常出差的人只住五天，也就差不多不赚不赔，而能够住上十天，就是稳赚了，对于酒店，它的利益所在就是维持人气与良好的口碑效益，这两点对于酒店也是非常重要的。这个时候，钟意正好还有三五天住宿的机会。这真是两全其美。

周连才领着钟意熟悉环宇中学的环境，包括自然环境与人文环境，两者交叉进行。学校此时正在上课，周连才首先把钟意带到他即将任班主任的高一（三）班教室。教室里，50个同学正在上课，上的是语文课，是由高一年段的另一位语文老师在代课。他们走到教室窗外，同学们认真听课，没有谁开小差看他们。嗯，不错，这些富爸爸们的后代并不是纨绔子弟，他们的身上延续着富爸爸们的聪明与闯劲。

"钟意，环宇中学的学习风气特别好，这就是为什么环宇中学能够成为深圳第一流的中学。环宇中学作为一个收费很贵的民办中学，也就是通常所说的贵族学校，能够以学业立足于深圳市高中学校之林，的确让送孩子来学校的家长们感到欣慰与放心。这些孩子的家长都是成功人士，得到他们的认可，不论是经济效益还是社会效益都不言而喻。"

"的确相当不简单，以前我也听说过贵族学校，但是通常而言会认为优雅的举止会更多一些，但学习成绩不怎么样。现在听你说的，环宇中学融合了传统名牌中学与当代贵族学校两者的优势，这与你们的管理分不开呀。"钟意不自觉地拍了周连才的马屁，但这是大实话，一个学校的管理者具有怎样的思想，会决定学校所有老师的行为，从而影响到学生，也就是会形成怎么样的校风。

"你也成为了我们中的一员。"周连才与钟意已经熟悉了，就没有必要再用"您"来称呼，那样反而显得生分。

"也希望我能做点贡献。"钟意说道。

"我们相信你会的，你是我们五个人集体意见通过招聘的。你虽然没有做过老师，没有当过班主任，但我们从你说话、做事中感觉到你有很高的悟性，短时间内就能适应工作。"

"非常感谢你的信任。"

"不用客气。我们继续走走，看看学校，也认识认识学校的职员与老师。不过没有关系，以后有的是时间，过了半月至一月，学校的工作人员你就会全部认识。"

在周连才的陪同下，钟意与环宇中学校长见面。这是第二次见面，第一次就是三天前的招聘会上。

周连才向校长介绍钟意："陈校长，这是我们新进来的老师钟意。"

接着向钟意隆重介绍陈校长："这是我们环宇中学校长陈明颂先生。"

"陈校长，您好！"

"钟老师，您好。我们见过的。"

"是的，面试会上你给我们出了谜语。"钟意自然印象很深。

陈明颂校长也清晰地记得那天的状况，他感慨地对钟意说："你那天的表现太好了。我希望你在我们环宇中学好好干，你会很有前途。"

"谢谢陈校长的鼓励。"

"不用客气，你和周主管到处看看吧，我还有些事情。"校长日理万机，时间宝贵。

"校长您忙，请您以后多多指教。"钟意对于名震深圳的环宇中学的校长当然充满了敬意。

第三十一章　精彩讲座人气旺

钟意应聘成功，一个人登上深圳环宇中学的大红榜，然后和周连才主管在学校转悠，熟悉了解了学校的环境，也认识了一些老师和学校领导，度过了被电信公司免职后最幸福的一天。

回到月宫大酒店，钟意立即给远在龙华市的雯雯打电话，这是最佳分享对象。

"雯雯！"钟意开口叫她。

那边张雯雯几乎同时说道："钟意，我好想你呀。"接到钟意电话的她兴奋不已，通体舒泰。

"有好消息告诉你。"钟意半遮半掩地说道，"想听吗？"典型的明知故问。

张雯雯听说有好消息，一蹦三尺高："哈，什么好消息？快说快说。"

"你猜猜看？"钟意故意卖关子。

"我想应该是捡到一大把钱了吧。"雯雯不上套，也有意开玩笑。

"什么乱七八糟的，你男朋友我还会去捡钱吗？"钟意正色道。

"那可不一定哟，知人知面不知心，谁知道？"

"好了，我告诉你答案，我要当老师了。"钟意说道，然后强调，"我要成为一名光荣的人民教师。"

电话那头的张雯雯有些诧异，钟意怎么会跑去当老师呢，他学的可不是师范专业，以前也没有一点当老师的经验。虽说张雯雯对于钟意的能力与知识、才华佩服有加，可是真要让钟意去当老师，她觉得还是有些疑虑。

"你可不能误人子弟。"张雯雯半开玩笑半当真地说道，"你去什么学校当老师呀？"

"深圳环宇中学。"

"没听说过呢。"雯雯直接对钟意说,因为是恋人关系,这个就没有必要含蓄,知道就知道,不清楚也不要装着知道。一般说来,中学只在本系统内或者本省有一定的知名度,对于另一个省的人来说,自然对于中学的知名度没有了解。

"你没听说过很正常,中学不像大学全国招生,环宇中学的学生全部来源于深圳,在深圳家喻户晓。说家喻户晓也是指有小孩正上中学或是曾经上过中学、准备上中学的人知道。"

"你一下子进这么有名的学校,太好了。是不是有人帮你引荐呀?"女孩的心思很细,她想知道男朋友更多的事情。

"没有,我是看了报纸上的广告,在报名截止最后一天找上门去的。你知道吗,十人人里面只招一个呢。"

"那你相当厉害,十里挑一。"

"就是就是。"钟意这会没有谦虚,还在放大自己的成就感,"深圳环宇中学是一所贵族学校,六年下来差不多要花费 20 万元。"

"这还真不是普通百姓家的小孩能够上得起的学校呢。对了,都是些富家子弟,可能不好管教呢。"

"应该也不会,听学校的人介绍,环宇中学的学生成绩在深圳名列榜首。"

听钟意这样介绍,张雯雯感觉心里踏实多了,看来树挪死人挪活一点儿没错,钟意能够在深圳找到他喜欢的理想单位,一所知名中学任老师,太好了。

她接着问钟意:"你会哪门科目呢?我想应该是语文吧。"

"对极,我是学中文专业的,教语文是专业对口。"钟意补充道,"另外,学校还安排我担任高一(三)班的班主任。"

"那你会很忙,也挺操心的,当班主任什么事都得管,何况你们是全寄宿制的中学。"张雯雯知道贵族学校多数都是寄宿制,那么像环宇中学收费这么高的,自然也会是寄宿制。

"我精力旺,这些事情难不倒我。可惜就是你不在我身边,我浑身的力气用不完。"钟意说这话,有点情侣间的情调。

"美吧,你。"张雯雯哈哈大笑,"那你就多关心关心你的学生呀,不过,对女学生不能过度啊,否则,吃不了让你兜着走。"

两人还东拉西扯了一通，然后依依不舍地挂了电话。

环宇中学不拘一格降人才，钟意能够成为学校的语文老师，并兼任高一（三）班的班主任，的确是环宇中学破格任用，一个没有做过中学老师的人直接担任语文老师，而且做班主任。对于学校的管理者来说，做出这样的安排需要勇气，要有承担失败的勇气。不过，环宇中学做出这样的决定是经过集体讨论的，而这也是环宇中学敢于创新的具体表现。

在环宇中学的住房还没有整理出来前，钟意在下班后都是坐公共汽车回到月宫大酒店住宿，好在这时候他已经进入十天住宿周期的下半部分，已经接近于免费入住。

在月宫大酒店住的第十个晚上，也是钟意将在这里住宿的最后一个晚上。按照酒店的特别收费方式，钟意这一晚是全免费的。其实，他在环宇中学的宿舍已经整理出来，学校为他配备了全套的床上用品与办公用品。这一晚他本是可以住到学校去的。不过呢，由于这一晚是免费，多住一晚也无妨，以表示这里作为深圳良好起点的纪念。

第二天早上起来，钟意与月宫大酒店结算清楚，提着他的行李正式与月宫大酒店说再见。然后，坐公交车来到环宇中学。自此时起，钟意在环宇中学安营扎寨，成为环宇中学重要一员。

钟意在环宇中学的日子过得有条不紊，一个多月过去，他已经完全习惯了做光荣的人民教师。环宇中学全体学生都知道他们有一个毕业于北京大学中文系的老师。

他的出名首先源于讲座。讲座属于课外活动性质，学生自由参加，不做硬性规定。这也是当初钟意向陈明颂校长提出申请开办讲座时做出的保证，即不增加学生的额外负担，不增加学生的课外作业，让学生们按自己的兴趣有选择地参加。

陈明颂校长对于钟意的建议很感兴趣，尤其对钟意在申请书中所提到的"培养学生阅读的兴趣，让学生通过自觉的阅读，大量扩充知识面，从书本上学东西是最便捷的通路，书本是通向社会的一面窗口"。

这样的提议应该得到支持，而且钟意在申请开办讲座时压根就没有提到报酬的事情，也就是说钟意开办讲座是不必付报酬的，是他对于学生的奉献性授课。

钟意来到学校的第三周向陈明颂校长提出开办讲座的申请，陈校长第二天就批准。

他打算的第一次讲座是关于《西游记》的阅读，《西游记》的故事老少皆宜，传播甚广，书中的唐僧、孙悟空、猪八戒、沙和尚，还有白龙马、白骨精、红孩儿等都活灵活现地存在于读者的心目中。

讲这个故事，能够引起大家足够的兴奋点。不过，真正要讲好这个讲座，也不是简单的事情。既然要做这个事情，就一定把事情做好。讲座需要用到大量的资料，好在环宇中学具有非常好的图书馆，馆内藏书在深圳市中学校级图书馆中名列第一。为此，钟意抽时间到学校图书馆查阅资料。图书馆里的书都很新，看的人不是太多。因为环宇中学老师的工作量大，没有太多业余时间可以用来上图书馆。这点其实也为校长陈明颂所忧虑，如果能够多配备20名老师那多好呀。那就有足够的人力物力来开拓创新。

钟意挤出时间上图书馆，好在图书馆从早上8点开到晚上10点，前后有14个小时，这样还是给老师们提供了许多方便。当然，这个建议正是陈明颂校长提出来的。

资料收集好后，钟意把材料进行分类归纳总结，进行生动活泼的二次创作，力争把要讲述的内容弄得大家都能看懂、听懂，且能听出味道来。

星期五，下午第二节课后的班会时间，钟意关于《西游记》阅读的讲座安排在一个大教室进行。为了评价钟意讲座的效果，陈明颂校长委托周连才现场观摩。因为是自由听课形式，讲座开始时，大概只有三分之一的入座率。钟意并不气馁，第一次开设这样的讲座，有这么些学生来参加，已经相当多了。

钟意开篇问道："同学们，我们大家一定看过西游记，那你们说说看，最喜欢的人是哪一个？"

"孙悟空！"

"观音菩萨！"

"唐僧！"

"妖怪！"

大家热烈地参与，说出自己心中最喜欢的西游记人物。

钟意顺着同学们的回答，侃侃而谈："你们的喜欢各有不同呀，所以没有对与错。每一样东西都有它的作用所在，每一个人都有他的可爱之处。我们每一个在座的人对于《西游记》都会有自己的想法。今天的讲座，主要是针对同学们如何去看这部书，需要具备些什么知识，才能真正懂得这是一部集历史、典故、幻想为一体的超大型小说。"

周连才高兴极了！钟意有这么好的思路与口才，讲座引经据典，如行云流水。这是周连才极力在第一关留下来的人才，是自己人，钟意的成功就是自己的成功。

来听讲座的人越来越多，讲到精彩的中段时，教室里挤满了人，座无虚席，还有不少学生站在教室后面听讲。

钟意在台上眉飞色舞，继续着他的传经送宝活动，让学生们掌握阅读的钥匙，相当重要。其实人生就是一个阅读的过程，在现实中阅读进行着的生活，在书本中阅读过去了的浓缩的生活。阅读对于每一个人来说都非常重要。

他的视线在教室里缓缓地移动着，他看到了一张张渴求知识与进步的脸，看到了那一双双眼睛里流露出来真诚，那是对他的认同，对有所收获满足，如同买到好东西心情舒畅的表情。

"可以这么说吧，一本生动好看的书，离不开情感的穿插，《西游记》同样如此。你看，书中有那么多的妖怪喜欢唐僧，甚至连女儿国的女王也喜欢唐僧，猪八戒也有人爱，当然他更爱别人。把这些情节一起来分析，不难看到，这本书里有着各式各样的感情纠葛。情感是人类间美好的交流，它让人与人变得共鸣，从而共同实现某种目标。"

"今天要讲的东西本来还有很多，实在是时间有限，就先到这里。看书可以让生活先体验一次，就是说相当于一次模拟，有了模拟运行之后，可以少走许多弯路。有一句话说得好'书籍让你插上腾飞的想象翅膀'，我衷心地祝愿大家在不断地学习过程中，越飞越高！"

教室里响起雷鸣般的掌声。坐在学生堆中的郑晴也在热烈地鼓掌，太开心了，原来钟意的讲座，真有这么好，让自己体会到同乐的欢喜境界。

第三十二章　名老师的全优课堂

钟意在环宇中学一讲成名，走在学校里，许多学生认识他，不少学生见到他会停下来，恭恭敬敬地喊道："钟老师好！"

这个时候的感觉特别好，钟意很享受师道尊严的味道，他也会郑重地停下来，很认真地点头，很阳光地笑一笑，在遇到比较熟悉知道名字的学生，他会回喊学生的名字。

钟意带了两个班的语文课，他把教学辅导材料都认真地看了一遍。另外根据课程的需要，到图书馆看了不少相关的资料，提取精华，放到课堂上去，效果极佳。同学们都非常喜欢听他的课，他的课堂成为没有讲小话、打瞌睡、开小差的全优课堂。

作为高一（三）班的班主任，他熟悉了班上 50 个同学的姓名、爱好等，力争做到因材施教。钟意以己之心度人之心，善于从别人的角度考虑问题，班上同学都愿意把事情给他说。环宇中学给班主任老师安排了独立的办公室，便于处理一些不宜公开的事情。钟意发现一些学生有思想或者情绪问题时，会让学生到办公室来，他会花上一刻钟左右的时间，了解学生出现状况的原因，安抚学生，解决学生内心深层次的矛盾或者困惑，做到从根本上解决问题，而不是简单地把事情草草处理完毕，那有点儿自欺欺人的潦草。

人是最高级的动物，是最讲感情的。钟意付出了心血与感悟，自然就收获了学生对他的尊重和爱戴。

在这样愉快的工作过程中，钟意感受到充实与快乐。他有时会想起刘芸，也很感谢刘芸。一次，他想起与刘芸在火车上初相遇时，得知她是湖南长沙人时，脱口而出了湖南籍的三个伟人，让让芸以为他对湖南很熟悉，其实，那是假象，东华人对于湖南并不熟悉。但现在，很熟悉了。原因在于，所带语文课的班级以及任班主任的这个班有好些是湖南人。

资料看得多了，有一天，钟意突然想起，以刘芸的口吻来写一篇关于湖湘文化的文章。他就这么边查资料边写了，留下后面这些文字，有机会让刘芸自己读读，看模仿得像不像。

我是地道的湖南人，自幼接触的是随和豁达、热情勇敢的父辈们，还有火辣能干、不服输的姐妹、玩伴和邻家大妈，讲着我们本地的方言，吃着永远无辣不欢的特色美食，经历过高可达41摄氏度的酷暑，也经历过低可至零下10摄氏度的寒冬。不谙世事的我对湖湘有很强烈的感受，然而却并没有真正的了解。

升到大学后，发现大家虽然都是湖南人，方言却是出乎我意料的多种多样，有的甚至几乎不能交流……于是暗自思忖：湖湘到底有多大呀……一个偶然的机缘，我陪同学随旅游团参观了张家界、湘西凤凰古城、橘子洲头和韶山冲等景点，身为湖南人的我又从导游口中感知到了另外的、更富有神秘色彩的湖湘：。

随着阅历的增加，慢慢地体会到，原来自幼的辣味，多达40多种方言的湖南腔，酷暑、寒冬，还有风景秀丽的山山水水都是我所感知过的湖湘……

自幼喜欢热闹、爱看戏的我，只要听到十里八乡的戏讯，我都会不辞辛劳地随大人、随同学去看戏，就是那些民间说的"大戏班子""长沙班子""湘潭班子"，最喜欢的是花鼓戏，《打铜锣》《补锅》《烘房飘香》《双送粮》，感受那些戏曲里的各种不同的人生。

湘剧、长沙花鼓戏，尤其是那个倾誉全球华人界的《刘海砍樵》，还有多达400多个舞种、节目多达几千个的湖南舞蹈艺术，让我感知、体味到了湖湘文化。而从成为官方哲学的《太极图说》和《通书》的湖湘文化奠基者开始，其中朴素的唯物主义和朴素辩证法结合，成为一座蕴含丰富的宝贵思想矿藏，其所倡求的实理之学、重实践之学，更成为士大夫文人关心政治、民生，着眼于社会发展的思想源泉，影响湖南几代人。经陶澍、魏源、曾国藩、谭嗣同、黄兴、蔡锷、毛泽东等辈发扬光大，形成一种根基深厚、万物昭苏之文化沃土。学习这些历史人物、学习湖湘文化更是让我体味到了湖湘文化的丰富营养。

曾国藩的"湘军"影响了中国历史，"湘军"也成为湖南人的骄傲，近些年，接连出现了"广电湘军""出版湘军""动漫湘军"等，全国知名。而这些突起的"湘军"不能不说是得到湖湘文化滋养后的成长，也让我近距离地感知、体味了湖湘文化。

湖南人的性格特质和那些众多方言的渊源更让我理解了湖湘文化。湖南自古为南北兵家的必争之地，湖湘大地遭受战火蹂躏，土著族十室九空，元代和清代有两次由朝廷鼓励和安排的大规模移民，移民主要来自江浙、江西和四川等地。这样就形成了湖南省境内的40多种方言。而这些移民为湖湘文化提供了厚实的文化基础，因为移民最根本的特点就是吃苦耐劳和顽强拼搏。

资料显示：湖湘文化，是指一种具有鲜明特征、相对稳定并有传承关系的历史文化形态。由于历史的变迁发展，南下的中原文化，在文化重心南移的大背景下，湖南成为一个以儒家文化为正统的省区，被学者称为"潇湘洙泗""荆蛮邹鲁"；唐宋以前的本土文化，包括荆楚文化。这两种渊源的文化组合后相互渗透：即湖南人的性格特质，又受到儒家道德精神的修炼，就表现出了一种独特的人格魅力和精神的升华。代表人物曾国藩的"血诚""明强"，常使我们体味到这二重文化组合的妙处。

不断地学习和领悟，让我这个湖南人懂得了湖湘文化也是一种地域文化，文化特质与其自然环境不无关系。湖南地形东西南三面环山，对北敞开。冬季，凛冽的西伯利亚寒潮滚滚南下，长驱直入湖南全境；夏季，南方的阳光烈日加上湘北洞庭湖水面的蒸发，使得三湘大地热气郁结而不得散发，致使盛夏酷暑可达40摄氏度以上，夜晚的气温仍可高达33摄氏度；而春秋二季，三湘大地时而受西北风控制，时而受西南暖湿气流的影响，故气候多变，时晴时雨、骤冷骤热。也因此培养了湖南人能够认同天道的变化无常，具备了不屈不挠的奋斗精神。

湖湘文化继承了炎黄的基本精神，那就是勇于征服洪荒的艰苦创业精神。湖南先民就是发扬了这种精神、敢为天下先的性格特质率先栽培水稻的。因此，湖南号称"鱼米之乡"，但自古因为湖南三面环山、四季气温变化无常又属于条件恶劣的荒蛮之地，以致贾谊被分配到长沙作王太傅，自视为流放而痛苦早逝。

在乡先贤王夫之"身之所历，目之所见，是铁门限"的理论遥相倡导下，湖南文人雅士得风气之先，经陶澍、贺长龄、魏源弘扬光大后，形成了以曾国藩、左宗棠为代表的湖湘经世派文学群体。他们以功业自许，以务实为先，写诗作文则提倡介入生活，明确提出将"经济之学"纳入文学范畴，主要考虑"经世致用"，注重务实，注重实践。使得湖湘文化走向成熟、趋于繁荣。

身为湘人，我很骄傲："湖南人才半国中"，"中兴将相，什九湖湘"，"半部中国近代史由湖南人写就"，"无湘不成军"。

文章写好后，钟意自我感觉良好。他想拿给班上湖南籍的学生看看，但想想学生们通常忙于学习，对这些成人世界的东西缺乏一定的感受与认识。算了，还是给刘芸看吧。这个时候的通信不是很方便，要给刘芸看，得找机会了。

第三十三章　作文写作新方法

钟意尝试着多种教学方法，琢磨后认为关键要调动学生的积极性，如何调动呢？最有效的是培养兴趣。对于高中生而言，他们有一定的学习自觉性，但是如果没有合适的引导，也是行不通的。

先从作文写作开始尝试，钟意把学生分成四个小组，采用小组模式进行立意、构思、文字应用的引导和启发。首先他给学生们谈写作文的方法与技巧，谈完了之后就开始小组讨论，同学们可以互问互答，也可以问老师，或者是老师让学生回答的讨论方式。另外，同学们有问题可以随时打断老师的讲座，即时提问。

钟意这天讲的题目是："知识爆炸的时代，如何写好作文？"

钟意朗声道："同学们，不知大家有没有注意到，我们写作文最怕的就是不知如何引用材料。要知道，现在是知识爆炸的时代，很多的写作材料可以通过图书馆等地方去找去看。同学们，有时间的话，要好好利用图书馆。当材料不缺的时候整理材料，就好比调料丰盛，主菜也不缺，那么如何做好一桌菜，变原材料为美味佳肴，那就特别考验厨师的功力。

"社会发展日新月异，人类正处于一个'知识爆炸'的时代，面临着更多的机遇和挑战。这是几千年文明共同铸就的。从文字的载体演变可以看见这样一个历程。到现在为止，我国共有五种书。

我国的第一种书，是龟壳'书'。在3000年前的商朝，人们发明了甲骨文，这种文字刻在龟背上，文字时代此开始。

第二种书，是青铜'书'。刻在青铜'书'上的文字是金文，又叫钟鼎文。

第三种书，是竹简。这种书的制作方法是：用麻绳、丝绳或皮条串编一根根竹条或木条。

第四种书，是帛书。将文字写在绸子上面，一部书就是一卷绸子。

第五种书，就是现在经常见到的书——用纸做成的书。公元前12年，纸造出来了，但质量差。蔡伦（东汉年间，公元61-121年）发明的造纸术，极大地提高了质量。当时是手抄本。唐朝时期，利用雕版印刷术。宋朝，毕昇发明活字印刷术，印书。当代，计算机备份，打印。

前面四种，有的十分笨重，有的十分昂贵，知识的储存与传播非常不便。那个时候，要看到书，也是不容易的。

到了当代，迎来知识的大量更新。书籍、电脑普及到千家网户，在不久的将来，将迎来网络时代。'知识爆炸'如影随形：健康、文学、历史、科学、新闻，大到世界政治经济形势，小到一个村委会的选举，热闹到明星动向、各类炒作，让人应接不暇。

可以说，只要我们愿意写作文，不缺材料。我们要从大量信息中获取有用的东西。'只见树木，不见森林'是典型的局部思维，如同盲人摸象。观察事物有无数个点与面，如果没有整体的思考，无法做出正确的决定。我们必须把写作文的各个层面有机融合起来，看到题目和材料，不要急着下笔，先进行较为可靠的系统思维尤其重要。"

"同学们，现在我和大家说一说'黑天鹅'和'灰犀牛'。'黑天鹅'指那种极其罕见的风险，一只黑天鹅的出现，可以颠覆人们对天鹅的定义。所以，'黑天鹅事件'一旦发生，倾天覆地，对外界产生极大影响。'灰犀牛'指能够预测甚至让人习以为常的风险，就像一只远处跑来的犀牛，开始显得笨重缓慢，一旦贴近时，却难以躲避。所以，'灰犀牛事件'的发生，是一个过程，初期便可察觉，却又让人视而不见。人生的多数悲剧，都和这两个动物有关。但是比较起来，黑天鹅虽可怕，但是实属无奈，因为不可预测，不可控制。而灰犀牛的可怕之处在于，本来可以避免，却最终厄运来袭，除了损失本身，为此而产生的悔恨更是一种不可承受之痛。

说这两个事情，是想告诉同学们，我们是可以写好作文的，作文对我们是非常重要的。我们天天阅读，时时写作，提高了自身水平，就是防范了'灰犀牛'。再者，我们见识多了，写作手段多了，我们偶尔发挥失常的事情都不会有，那么'黑天鹅'事件也就不会发生了。"

同学们一副完全听懂、感兴趣的表情。

"老师，真的有黑天鹅吗？"一个学生问道，有些害羞。

"当然有，从前大家以为天鹅都是白色羽毛的，后来，在澳大利亚见到了黑天鹅，关于天鹅都是白色的观点立即就得到纠正，所以当然有真正的黑天鹅，总之，全面、系统地看问题、整理材料非常重要。"

一学期很快就结束，尤其钟意是半道上接来的，没多久就迎来期末考试。这天，学生们考完第一场语文，正在操场上休息，钟意坐在办公室整理考卷。

待把试卷整理好后，钟意把五个平时成绩好的学生叫到办公室，一起批改期末考试的卷子。这五个学生都是特别聪明的孩子，钟意简单培训一下，他们就完全可以胜任帮老师批改卷子的责任。这样的办法很管用，钟意在很短的时间内就把他担任任课老师的试卷批改完成。他为自己这一举两得的方法感到自豪与高兴，既让学生学到了东西，又减轻负担，提高效率。

再过两天，其他各门功课的成绩都出来了。学校对各班、各科目的成绩都进行排名，以最精确的数字化比较来判断班级、老师的进步或者退步。钟意对于高一（三）班的成绩总体还是满意的，平均成绩在年段属于中上，他所任课的语文平均成绩也差不多是中上。能够有这样的成绩很不错，因为钟意是下半学期的后面才来接手的，两个月左右的时间能够取得这样的成绩，聊以自慰，没有必要对自己要求太苛刻。

环宇中学正式放寒假，学生们都回家了，校园里显得特别安静。环宇中学在会议室召开表彰总结大会，全体老师和管理人员都到会，这天也是学校的发红包日，领了红包大家安心回家过春节，这红包数目不会太小，起码是 5000 元以上，很可以好好地买些礼品送给家人。为了红包，也因为纪律，没有人愿意缺席这样一个会议。

大会第三项，人事部主管周连才宣读表彰通告，包括"最优秀成绩奖""最佳班主任奖""最佳管理奖"，等等。钟意心想，他刚来时间不长，得奖自然与他无关。所以，当他听到自己的名字时，很是感到意外。

"最佳教学创意奖——钟意！"

当然，让钟意惊喜的是，最佳教学创意奖的奖金相当丰厚，与红包旗鼓相当，他一下子额外拿了 1 万元钱，可以过上一个丰盛的春节。这经济效益不差，与在东阳省电信公司比起来，似乎还稍稍多了点。

第三十四章　伴郎伴娘展芳华

钟意打电话告诉张雯雯，他将回龙华市过寒假与春节。雯雯听后很高兴，说天天盼望着他回来呢。能不盼望吗？她的心、她的身体都给了钟意，说是常常渴盼着钟意的滋润一点不为过。

钟意买好了机票，还有给爸爸妈妈以及张雯雯的礼物。飞机票是下午的，回到龙华差不多正好吃晚饭的样子。钟意告诉爸爸妈妈具体的航班，他们说好等他回家吃晚饭，还准备了张雯雯的那一份。

钟意告诉张雯雯他的航班时间，雯雯说在机场迎接他，像迎接贵宾一样。

上午的时候，钟意在宿舍里看电视，中午，他收拾好随身物品，还有买回去给爸妈以及雯雯的礼品，踏上了去机场的路。

机场的人很多，一年一度的春节在中国备受重视，也的确是一年里最重要的时候，大家利用这样一段时间联系感情、交流信息、传递关心与爱护。许多在深圳广州工作的人都要回老家过春节，全国各地都有，其中尤以湖南、四川、河南、安徽居多，加上放假的学生，三潮合一，构成独具特色的人潮，那就是中国的春运。怎么样解决春运问题，许多人提过建议，尤其是对于春运的铁路运输部分，全国各界人士都给予了密切的关注，但是相关总结性的文章认为，或者缺乏可操作性，或者短期内不具备条件，或是技术原因，或是人力物力不足，总之无法顺利开展改革与转制等。春运的问题，尽管逐渐有了进步，但是一年又一年过去，不少人在岁末年初还得充分领略滚滚春运狂潮。

好在航空运输大致上能够满足旅客的需要，基本上随到可以随走，偶尔的例外不算。也正因为这样，经济条件较好的中层以上人员，对于春运购票困难没有深刻的体验。改革之路，任重而道远。

张雯雯在龙华机场翘首以待，还好，钟意乘坐的由深圳飞往龙华的航班正点到达龙华机场上空。张雯雯听到正点到达时，很高兴地起身，准备迎接心爱的情郎。

钟意与张雯雯紧紧地拥抱在一起，两人无所顾忌地在机场出口处吻了起来，差点影响交通。在别人的提醒下，两人收拾激情，在心里计划着等回到家里——也可能得吃过晚饭之后——再狂风暴雨痛爱一场。

钟天保守在了楼下，见钟意和雯雯从出租车上跳下来，连忙去接了行李。一边大声说道："儿子，爸看你更福气了呢！"

"哈，爸，你身体好吗？"

"爸好得很呢，你在电话里就知道，我老当益壮。"钟天保喜欢和儿子开玩笑。

"走，你和雯雯快进去。你妈在家里着急见你们。"钟天保对钟意和张雯雯说道。

钟意的妈妈见着儿子和雯雯一起进来，高兴异常。钟意去了深圳之后，张雯雯偶尔会到家里来，但是没有钟意的陪伴，雯雯说话做事缺乏灵气，也感觉不习惯、不自然，所以就来得少。

饭菜都差不多做好了，钟天保问道："儿子，先吃饭呢，还是先洗澡？"

钟意想冬天气温不高，坐飞机也没怎么出汗，不影响吃饭，于是对爸妈说："先吃饭吧，不然菜都凉了。"

"好咧，那就上菜。"钟天保中气十足地说道。

菜很快就上来，很丰盛满满一桌子。钟天保拿出两瓶青岛干红。四个人很有酒兴，两瓶干红很快喝光。钟天保问："儿子，还要来点吗？"又对张雯雯说："雯雯，钟意回来了，咱们高兴，再来点儿酒好吗？"

钟意怕爸妈酒喝多了伤身体，忙对钟天保说："爸，喝得很好。不要了。"

张雯雯感觉到钟天保有了些醉意，于是支持钟意道："伯父，我喝了很多，足够了。"

钟意妈妈见状说道："天保，既然孩子们都喝好了，那就这样吧。"

钟天保见他的提议没有得到人支持，于是选择放弃，"好吧，我们吃点饭，保护好我们的胃。"

晚饭后，四个人一起在客厅里看电视，聊天，其乐融融。10点钟还不到，钟天保却打起了呵欠，不是他不想和儿子准媳妇聊天，实在是他今天喝酒稍稍有些过量，酒精开始发挥抑制作用。

"天保，看来你得去睡了。"钟意妈妈提醒道。

"还真是这样，年纪大了，精神不怎么好了。"钟天保自嘲道，"走吧，孩子他妈，我们休息去。"

客厅里就只剩下钟意和张雯雯，自然地，今晚的激情时刻到来了，他们很快地抱在一起看电视。其实也不是看了，就是把电视声音当作一种伴奏。终于，钟意抱起张雯雯，走向卧室。

学校里的寒假，让作为老师的钟意有了足够休闲的时间。自从大学毕业参加工作以来，这年的春节对于钟意而言是真正的放松与享受。偶尔他会陪张雯雯去电信公司那边看看。

这天，钟意往东阳省电台去，打算看望刘芸。趁着现在回到了龙华市，也有时间，得去感谢刘芸，是她做出去广州的建议，并请她的朋友张致远帮忙引荐。虽然因为情况有变，钟意最后转往深圳，在深圳环宇中学立足，但是如果没有她的建议，没有前往广州的起步，就不会找到深圳环宇中学，那就没有现在的好心情。他还想让刘芸看看，他以她的口吻写下的关于湖南的文章"阅读伟人，感受湖湘文化"。

虽然离开龙华市去深圳才两个多月时间，但是就在这短短的几十天里，刘芸的名气似乎比他去之前大了许多，钟意到了东阳省广播电台，在门口报了刘芸的名字，说是他的朋友后，门卫和保安都很热情地帮忙指路，年轻的保安甚至还把他带到了刘芸的办公室。不过，不知道是保安消息不灵通，还是休假了的原因，总之他不知道刘芸有几天没来上班。

保安领着钟意，敲开隔壁办公室的门，这才得知刘芸回老家湖南过年去了。哦，是呀，当时第一次与刘芸在火车上见面的时候，刘芸就告诉了他她的家在湖南。

"请问同志，刘芸大概什么时候能够回来？"钟意问道。

"这个不是太清楚，好像要过了元宵节吧。"那人不知是记忆力不好，还是真不清楚刘芸的动向与安排，接着依然模糊地说道，"她说差不多有好几年没回老家湖南过年了。"

钟意有些失望，没有想到，居然有可能在这次寒假见不到刘芸，如果她真的到元宵节才回来上班的话，他那时已经去了深圳，环宇中学要求正月初十前所有老师要到学校报到。

傍晚的时候，钟意在家看电视，张雯雯下班回来带给钟意一张红色的请柬。

"猜猜看，这是什么？"张雯雯拿着请柬说道，笑盈盈地。

钟意有些不屑地回答："切，这还用猜吗，一看就是大红请柬呢。"

"谁要你猜这个呀，我是要你猜猜是谁请我们，又是因何事请我们？"

"是请我们两个吗？"

"当然。"

"那就简单，肯定是结婚请柬。"钟意在想着他们共同的朋友，"这个我想想看，应该可以猜测得出来。"

雯雯故意翻开来看了一下，又立即合上，调皮地问道："怎么样？想起来了吗？"

会是谁呢？照理说来，最有可能的是东阳省电信公司的人结婚，请他们两个人的可能性比较大，因为钟意之前在公司上班，而雯雯现在还在公司工作。

对了，钟意想到了最大的可能——汪雨清和于珊，这两人结婚是一定会请他们的——只是好像一直没有怎么听说呢。

"我想应该是汪雨清和于珊。"钟意把最大的可能说了出来。

"不错，不错，不愧是北大出来的。"雯雯把请柬打开给钟意看。

果然是汪雨清和于珊结婚大喜志庆，诚邀钟意与张雯雯共赴喜宴。

"这么快呀，以前没有听他们说过要结婚呢。"钟意感叹道。

"也不算快，好像我们是差不多一年前给他们做的媒，谈了一年时间的恋爱，也差不多了。"雯雯说道，"人家心急，可不像我们，我们是持久战呢。"

钟意听出了张雯雯话中的羡慕与期待，她也想与钟意早些结婚。

"是呀，我们是好事多磨。要不是我换了地方，改了工作的话，我们可以和他们一起办集体婚礼呢。"

"嗯，没事，我们先学习学习他们结婚，以后就有经验了。"雯雯转而开心地说道。

"这事还用得着特别学习吗？"钟意调侃道，"不会要熟能生巧，结几次婚吧。"

"你敢！"雯雯大喝道，颠覆她的传统美女形象，"我们只要结一次婚。"

"好，好，一次就过关。"

"还有一件事要告诉你。"张雯雯搂住钟意的脖子，很幸福的样子说道，"汪雨清和于珊请我和你做伴郎、伴娘。"

其实，张雯雯前些日子就知道了汪雨清和于珊要结婚的事情，但不知道他们具体的日子，这是他们两家父母商量之后定的，所以也是收到请柬后才和钟意说这事。

汪雨清与于珊的婚礼办得非常热闹。席开40多桌，接亲的小车弄了20多辆，请了专业的摄像公司全程跟踪拍摄婚礼过程。东阳省电信公司及龙华市铁路分局的员工差不多全部参加了他们的婚礼，不难看出新郎新娘在单位里人缘极好。

钟意和张雯雯担任他们的伴郎、伴娘。他们两人经过精心的打扮，可以这么说吧，风采绝对会盖过新郎新娘，当然不是他们有意避免喧宾夺主。

在这样的场合，钟意和省电信公司的老同事全部见面了。在如此喜庆的场合谈个人恩怨就不合时宜。钟意不会那样做，前来参加婚宴的其他人自然也会有所收敛。

省电信公司现任董事长谢玉石当了证婚人，与钟意近距离接触，也同桌喝酒。钟意和谢玉石董事长在场面上相互微笑，两人都显得大度。

龚永生副董事长、广告部主任关月在婚宴上与钟意重逢，这两人应该是钟意的同事兼朋友，相见之下自是很高兴，把酒言欢。

许多其他以前和钟意有过交道的人见到钟意都碰杯喝酒以表情意，可以聊上几句的时候会问钟意如今在哪儿高就，钟意笑着回答如今在深圳教书育人，一副阳光灿烂的样子，问的同事会说不错不错，是金子在哪儿都金光闪闪。

在汪雨清和于珊的婚宴上，钟意和张雯雯的风采迷倒众人，随着他们的事业腾飞，他们的未来定会色彩斑斓。